青年文学粤军丛书

黄厝埕

黄超鹏 —— 著

SPM 南方传媒 花城出版社

中国·广州

图书在版编目（CIP）数据

黄厝埕 / 黄超鹏著. -- 广州 ：花城出版社，2024.
8. --（青年文学粤军丛书）. -- ISBN 978-7-5749-
0173-5

Ⅰ. I247.82

中国国家版本馆CIP数据核字第2024D5W202号

出 版 人：张 懿
责任编辑：李 谓 曹玛丽
技术编辑：林佳莹
责任校对：李道学
封面供图：包图网
封面设计：吴丹娜

书 名	黄厝埕

　　　　HUANG CUO CHENG

出版发行 花城出版社
　　　　（广州市环市东路水荫路 11 号）

经　销 全国新华书店

印　刷 佛山市浩文彩色印刷有限公司
　　　　（广东省佛山市南海区狮山科技工业园 A 区）

开　本 880 毫米 × 1230 毫米 32 开

印　张 10 1 插页

字　数 224,000 字

版　次 2024 年 8 月第 1 版 2024 年 8 月第 1 次印刷

定　价 62.00 元

如发现印装质量问题，请直接与印刷厂联系调换。
购书热线：020-37604658 37602954
花城出版社网站：http：//www.fcph.com.cn

谨以此书

献给我的祖父——黄告

目录

第二辑　古城风采

第三辑 俗世男女

第一辑　俗人异事

神　眼

三角街有间眼店。

以前乡下的药店很多，跟米铺一样多。有中医、西医，专门拔牙医牙的叫牙科，专治跌打损伤的叫跌打铺。可这家眼店，不是配眼镜也不装假眼，而是专门替人看眼疾医眼病。因他医术高明，大家都管店主人叫神眼庄，久而久之，真名大名没多少人记得。

总之，饶城人只要眼有问题，去三角街找神眼，准没错。

神眼的神，在于他能人所不能；神眼的神，还在于他的专。

一般中药店医治的眼疾，不外乎风热火眼、赤目肿痛，多是配几服中药，去火清热，以内服治外表。但神眼不是，他没正经学过医，不懂得配药抓药，只靠着祖传的几招本事混饭吃。

眼睛有问题，最常见是近视跟老花。近视是远的看不见，老花眼是远视，近的看不清。近视的来了，神眼唤人家坐在椅子上，不停地观察店内鱼缸养的几条鱼，鱼游到哪里眼睛就跟到哪里，一会儿转圈一会儿浮沉；要不就请他到天台上去看隔壁放养的信鸽，目光随着鸽子翱翔，一会儿从西到东，一会儿从上到下；要不然就是领着去到对面的小学，看里面的孩子们打球，足球、羽毛球、乒乓球，一会儿左来一会儿右，眼珠跟着直滴溜，一天看上个两三小时。远视的进门来，神眼就拿出一盆东西，时而芝麻，时而绿豆，时而大米，叫人家坐好了用筷子一颗颗分出来，数数一共有多少颗，一盆下来得耗神两三小时。真有坚持下来的人，几个月后，近视、远视真的不药而愈。

别以为神眼只会用话忽悠人。他最绝的是会洗眼，别人用药水洗，而他是用针洗。据传此术源自"金针拔障术"，用普通的铜针将白内障晶状物慢慢推离原来的位置，如同用水洗去眼中污物，让患者重获光明。过程令人胆战心惊，亦觉出神入化。

有位爱美的妇女，向神眼诉苦，言及自己被倒睫所扰。倒睫者，乃眼睫毛向内生长，刺痛眼睛。解决方法其实简单，将倒长的眼睫毛拔掉即可，但此法治标不治本。神眼帮她拔尽内翻的眼睫毛后，再用烧热的细长铜针，插入拔除的眼睫毛根部进行灼烧，断其毛囊，再无后顾之忧。美妇又惊又喜，惊的是怕一有差池自己不盲则伤，喜的是全过程一气呵成，不感半分痛楚。

神眼大名越传越响，前来求治的疑难杂症也越来越多。

一次，邻居领来位中年男人，絮叨多时，神眼方明白男人来意。男人昨日丧父，明天便是出殡之时，可他天生怪病，一生下来就不会哭，从小到大没有流过一滴泪。便想请神眼帮忙，让孝子能在老人灵前痛哭流涕一回。神眼轻扶男人下颌，观察片刻，请男人睁大双眼，忍住痛楚。紧接着，神眼不知从桌上绒盒间摸起何物，就朝男人双眼戳下，一眼一记，动作迅雷不及掩耳。一收手，只见男人哇的一声，不知是疼还是想起丧父之痛，泪如泉涌。邻居定睛一瞧，方看清神眼手中之物乃是一根短粗鬃毛。

"人有泪腺，他自幼双腺堵塞，当然哭不出来。"神眼道，"如今我帮其扎通，无污无垢，以后就能跟常人一样流泪了。"

男人仍泪滴似雨，邻居有些担心。

神眼又说："他半生未哭，加之丧痛，必要哭个痛快方休，放心，一日一夜可止。"两人千恩万谢离去。

果不其然，如神眼所言，两日后，白事毕，男人双眼不再流泪。

事情传开，众人称神，言天下事，皆逃不过神眼神目。

这日，女儿归家，还有两位男士相伴，一人戴眼镜，一人无。神眼客气招呼，待男士走后，女儿告知，两人皆为其仰慕者，眼镜男还是刚从国外留学归来的高才生。自己拿不定主意，就约回来请父亲把把眼，看谁更佳。

神眼一愣，一笑，答道："哪个更优秀我看不出来，但我看得出，戴眼镜那位跟不得。"

这事就这样过去。半年后，女儿告诉神眼，眼镜男原来善于伪装，其实是个花心大萝卜，同时结交了多位女友，幸好听了父亲的话，才没有上当受骗。

女儿不明白父亲从何处看出眼镜男人品。

神眼答："我看了一辈子眼疾，他的眼睛一点事都没有，却戴个无镜片眼镜框，有爱弄虚作假之嫌，不能要。"

《羊城晚报》2020年6月12日

剑 客

　　饶城人尚武，年轻人都好佩剑。壮志男儿当佩三尺剑，更显玉树临风，帅气凛然。不光练武的男人爱剑，舞文弄墨的学子们也爱佩一把宝剑，彰显自己的英气。仗剑天涯的人多了，免不了有磕磕碰碰，互相切磋，一言不合就打起来。平时相安无事，一旦交手，刀剑无眼，没学过几天剑的文人对上习武之人，自然毫无还手之力，吃尽苦头。

　　不知何时起，文人与剑客间便有了默契。把剑分为文剑和武剑，剑首系一把红丝束成的穗子，以示区分，有红穗的为文剑，无红穗的为武剑。文人佩文剑，武人佩武剑。这样一来，双方身份明了，就算是要挑战，也可名正言顺地比试，避免出现内行挑了外行的尴尬场景。自然，文人也不敢随意去挑衅佩了武剑的剑客，因为他们自知手无缚鸡之力，多是附庸风雅的作用，摆摆样子，并非真用来杀人防身。

　　不过，也有些好勇斗狠的剑客看不惯文人佩剑，变着法子戏弄他们。

　　这日，酒楼里，上来位腰间佩带文剑的文人。经过一桌行着酒令的剑客身边时，坐外边的一位汉子悄悄用剑尖，以迅雷不及掩耳之势，轻挑掉文人剑柄上的剑穗。

然后，汉子拦住文人，责骂他的剑不小心碰到了自己，要其赔罪道歉。文人木然，怔怔不语，心知对方找碴儿，不想理会。

汉子指着文人的宝剑，骂道："既然你佩的是跟我一样的武剑，那咱们就来过几招。"

文人吓了一跳，低头望下剑柄，心中大骇，低头在地上四寻，想找回掉落的剑穗。对方并不理会，几人围上前来就要开打，文人百口莫辩，只好连连赔罪。

汉子们装出一副大度的样子，说："不比剑也行，你就替哥儿几个把账给结了吧。"文人心知中了圈套，但对方人多势众，只好认了哑巴亏，乖乖替人付了钱，息事走人。

汉子们乐不可支，认为找到一条发财的路子。酒足饭饱，出了酒楼，在街上四处晃荡，没一会儿，果然又瞧见一个手持着文剑的文人向他们走来。几人打算故伎重演，一左一右一前一后，分几路接近目标。为首的那位正出剑要割断文人的剑穗，只听得"咯噔"一声，后边斜插来一把剑鞘，格开了汉子的利剑。

"半路杀出个程咬金！"哥儿几个精神一振，转移目标，将挡剑的那位团团围住。

为首的那位叫嚣道："嚯，小兄弟，你手里拿的是文剑，咱们有规矩，可不能跟你过招。你真想出头，就把那穗摘了。"众人顺着望去，果然挡剑的年轻人剑柄上确有一缕红穗，比一般人的还要长些。

"我的剑可不分文武，打小就挂了穗！"少年轻抚剑柄，蓄势待发。

"这可是你自找的。兄弟们，上！"汉子们骑虎难下，顾不得江湖道义了。瞬间，叮当声四起，剑光飞舞。两个汉子不敌,退出了圈子,紧接着为首的那人咿呀大叫道:"哎呀!我的眼睛。"

众人以为汉子被刺中双目,非瞎必伤,全停下手来细瞧,发现汉子双眼分毫无损,只隐约有红印,原来他是被少年剑柄上的红穗扫中了眼睛生疼。

剑穗在少年手中竟成了武器。汉子们大骇,明白不是敌手,再打下去肯定出糗。于是,汉子骂道:"小子点硬,你有种别走,我去唤我师父来。"

少年提剑养神,没有走的意思。其余几个汉子如临大敌,持剑作围攻状守在外围。没一会儿,就听到街边风风火火跑来一人,口中大喝:"哪个敢伤我徒儿!"几个跨步,一道光芒杀到眼前,少年一退一让,手腕一反一提一甩,红色剑穗竟缠绕到来人持剑的手腕上。来人怒睁双眼,屏气凝神想抽回剑身,剑却纹丝不动。

众人哗然,比武的几个汉子面如土色。众人看清来人正是汉子们的师父,城中的剑道名宿。

"前辈,得罪了!"少年平静地望着名宿,突然手下一转,剑穗离开了对方身体。名宿不领情,反认为受辱,大吼一声,再次出招,不想给年轻人缠穗的机会。

少年冷笑,轻抛起手中长剑,伸手一抓,抓住的不是剑把,而是剑穗。陡然间,剑身似长长一般,一寸长一寸强,且少年抓着穗似比手持还灵活,如游龙闪电,神出鬼没。名宿直喘大气,招架不住,弃剑认输。

众人惊愕,少年没有得势不饶人,只轻轻抱拳,转身离去,消失于人群中。

　　从此，饶城的武夫再不敢小瞧绑有剑穗的文人文剑。时间久了，佩剑的人反而越来越少，大家纷纷带起纸扇来。为了区分真文人与假文人，还分了文扇与武扇，文扇题有字画，而武扇则是一面白扇。

《小小说月刊》2021年3月刊

行　规

　　清晨，饶城传播一条惊人的消息：三角街的药铺昨夜被盗，丢失数百银两。

　　在饶城，失窃本是寻常小事，但药铺被偷确实少之又少。饶城的小偷们有一条不成文的行规，就是绝不偷棺材铺和药铺。一来这两个地方管着人的死和病，去那里偷东西，如同偷病偷灾，晦气；二来药铺多和江湖中人有来往，有什么跌打损伤，药铺里的大夫都会帮忙疗伤治病，偷药铺就是断了自己的后路，坏了交情。

　　一定是外地来的流贼所为。药铺老板陆大对伙计们说道。陆大赶忙联系当地的盗贼头子，帮忙查问，追回钱财。

　　到药铺里行窃的小偷究竟何人？说起来，他是外地人也不是外地人。昨夜，这个外号叫神手刘的盗贼，带着徒弟从省城回到饶城。神手刘十多岁的时候父母双亡，就去省城投奔亲戚，没学好，倒学了一身偷盗的本事。这次归乡是为了祭拜父母。他们走到三角街，神手刘见四下无人，便领着徒弟跳上屋顶，跳来蹿去，跳到一处大房子上，见有天井，就顺着屋柱滑了下去。

　　一落地，就闻到一股浓烈的药材味道。神手刘和徒弟在屋内蹑手蹑脚转悠，没发现人影。原来，本该在药铺睡觉看店的两个学徒，到隔壁和人赌钱去了，彻夜未归。徒弟拉拉神手刘的衣袖，说，师父，咱们走吧，这是药铺。晦气。

且慢！神手刘亮起火折子，四下打量，说，到处找找，看钱在哪里，今晚咱们就在此处发财吧。

徒弟不解地问，师父你不是说过，饶城的规矩是不偷药铺吗？怎么……

你且看上面写的什么？神手刘笑着指着一副对联。对联上书：生意兴隆年年旺，财源广进天天发。

把药铺当作生意。这老板，巴不得病人越多越好啊！徒弟也乐了，说，一看这药铺就心黑。陆大的药铺确实风评不佳，常有哄抬药价以次充好的事情传出。两人不再多话，一阵倒腾，很快就搜到藏在暗格的银两，一卷而光，扬长而去。

第二天，住在客栈的神手刘师徒就收到饶城本地的小偷头子林二指的书信，约两人到城隍庙一见。

神手刘按时赴约。

林二指开门见山地说，行有行规，你们来到饶城，没来拜码头就私自行窃，坏了规矩。我不给你们点颜色瞧瞧，会让人误会我们饶城无人！

不知林老大意欲如何？神手刘面不改色。

林二指说，简单。我们来比试一场，输了，留下你的手指，加上所盗钱财，离开饶城。赢得了我，钱财归你，既往不咎。

如何比？

林二指指着旁边一个正燃烧的火炉，命人端来一锅热油，然后将两枚铜钱扔进油锅中，说道，我们来个油锅取钱，取不到的就认输。说罢，林二指伸出两根手指，以迅雷不及掩耳之势伸入锅中，稳稳夹出一枚铜钱。

神手刘的徒弟看得心惊胆战，暗拉师父衣摆，想伺机逃走。神手刘哈哈大笑，伸出手掌浸入油中，摸出另一枚铜钱。神手刘笑道，手涂油蜡比试，没意思。

林二指大骇，没想到自己的成名技一下被人戳破，仍强装镇定，问："那你想怎么比？"

神手刘道，我见药铺中有一千年人参，不如咱们今晚都去，谁能得手，谁就得胜？如何？

林二指眼睛滴溜直转，点头同意。

林二指正是受陆大所托，他想，只要和陆大联手，看住千年人参不让神手刘偷着，自己就稳操胜券。

入夜，药铺里人声鼎沸，陆大和林二指各带着一帮随从守在店里，彻夜不眠。一直守到四更天，都不见神手刘来行窃。

突然，铺门被敲开，陆大家人慌张来报，陆宅遭窃，账房的银子被全数盗空。陆大大叫不好，心想中了声东击西之计。陆大和林二指连忙带人赶回陆宅，已于事无补。

望着狼藉凌乱的账房，林二指忽然心有所感，唤陆大等人赶紧返回药铺。谁知还是晚了一步，刚才陆大亲自锁进柜子的千年人参已不翼而飞。柜中留有一纸条：行有行规，你先犯规，我方违规。

《天池》2023年1期

扫街丁

清晨，薄雾笼罩着刚刚醒来的饶城。三角街的商铺没开门，南平路就响起了扫街丁窸窸窣窣的扫街声。一人，一扫帚，一簸箕，一竹斗笠，下雨天多加件蓑衣，就是扫街丁的全部配置。

扫街丁姓丁，家在旧县衙附近的南平路尾，父母早逝，家里只有他一人，因左脚有点残疾，加之身体单薄，居委会为照顾他，在他成年后，给他安排了扫街道的工作。

扫街丁负责清扫旧城中心的几条大街，工作量不大，扫街丁扫得十分认真，轻扫慢拢的样子，跟琴峰书院的老夫子写大字一样认真庄重。

除了台风天和暴雨天，饶城的街道上都能看到扫街丁的身影。

本以为扫街丁的生活会宛如一潭死水，可却在某一天早晨被激起波澜。

那天，路上还没有行人。扫街丁扫到戏院门口的台阶下，忽然听到几声轻微的婴儿哭声，循声寻去，发现台阶上有一个包裹，襁褓里孩子的脸蛋被冻得通红。

扫街丁忙把孩子送到派出所，一检查，孩子似乎右脚有毛病。寻访许久，都没能查到孩子父母，估计是外地跑来饶城遗弃的，只能让几个妇女干部暂时轮流看管。饶城没有福利院，不能长期抚养孩子，就想让好心人领养。

孩子有缺陷，没有人家愿意收养。

"要是没人要，我来照顾。"扫街丁对大家说。

众人看了下扫街丁，脸上满是犹豫。

最后，实在没办法，孩子只能送到扫街丁家里。在大家的帮助下，孩子磕磕碰碰长大了。不知是跟扫街丁多了，还是腿部确有残疾，孩子走起路来的样子真有点像扫街丁。

有人笑说，扫街丁有福气，老天爷送来了个儿子。

扫街丁傻笑，虽条件有限，但仍尽力抚养孩子，供他上学。从此，扫街丁的生活多了色彩，扫起街道更加卖力。饶城人都说，扫街丁有了盼头。

孩子读书读不下去，扫街丁就想让他学门手艺，以后好自力更生。带着孩子求过泥瓦强、拜过木匠李，可孩子学什么都学不长，总想着发横财走捷径，跟着同龄人下海南去深圳，摸爬滚打几年，依旧没混出人样来。

扫街丁退休的时候，儿子一事无成，也没成家，终日游手好闲，跟饶城一帮闲人混在一块，不是赌钱就是干偷鸡摸狗的勾当。扫街丁恨儿子不成器，儿子嫌他没本事，两人大吵了几回，儿子跑去外地，极少回来。

闲着无事，扫街丁又拿起了扫帚簸箕，义务扫街。年轻的环卫工乐得清闲，睁只眼闭只眼，久而久之，旧县衙附近几条街又成了扫街丁的"地盘"。

饶城人不觉得稀奇，可这份平常在一个清晨又被打破。

晨光透过薄雾投射到县衙的牌匾上时，扫街丁的工作已经完成大半，他在衙门口停下歇息，抹了抹额头的汗，阳光穿过旗杆，老人的剪影和古城墙的旧瓦青砖汇到一处，特别有意境和韵味。

咔嚓一声，这一幕被路过的一位摄影师抓拍下来。

一个月后，这幅名为《古城扫街人》的作品赢得了国际大奖，随着荣誉和掌声而来的还有一大群摄影爱好者。

这些人挎着"长枪短炮"，在凌晨前赶到饶城，就为拍摄扫街丁扫街的照片。摄影师们围成半月形状，镜头对准扫街丁，来得晚的，只能踮起脚尖在人群外围努力地找角度。

古城街头俨然成为新的网红打卡点，扫街丁成了饶城名人。

扫街丁儿子嗅到商机，火急火燎回来，挡在镜头和扫街丁中间，对摄影师们说："想拍照可以，50块钱一位。"

扫街丁儿子不白收钱，只有他能叫得动扫街丁配合摆拍，还在旁边燃放烟饼，让大家在晴天也能拍到雾气迷蒙的效果。城里来的摄影师为追求完美作品，不在乎这点小钱，双方一拍即合。

摄影师们蜂拥而至，络绎不绝。扫街丁儿子到手的钱也越来越多。

扫街丁虽觉得摄影师碍事，可心想着能帮忙让孩子挣点钱，没多言语，仍埋头扫地。

这一天，来了个摄影团。扫街丁儿子乐呵呵招呼，说拍得好明天还会来个团。两个小时后，摄影师们拍到满意的照片，上车走了。儿子也不见了踪影，估计躲到某处数钱去了。扫街丁已扫到街尾，回身一望，突然看到扫过的路面一片狼藉，遗留很多摄影师留下的空罐和垃圾，装着烟饼余炽的铁盆也被人踢翻在地。

扫街丁顿时觉得胸口一阵憋闷。

翌日，晴空万里的日子，扫街丁破天荒，第一次没出现在饶城的街头。

《天池》2022年15期

余夫子

饶城最出名的文人当属琴峰书院的余夫子。

余夫子是州府最后一名举人。清朝灭亡后，他回到饶城，进琴峰书院当了一名私塾先生，饶城人尊称为余夫子。

余夫子学富五车，琴棋书画样样精通，懂篆刻，爱收藏碑帖，尤擅书法，无论篆书、隶书、楷书、行书、草书，都已至登峰造极境界。饶城人想要一幅他的字画，绝非易事，市面上的书画店更是难觅其踪迹。在饶城，有余夫子的书画，一尺值一金之说。

虽只是穷教书匠，糊口谋生，但饶城的官员们都很敬重赏识余夫子，多次邀请他到县衙一聚，想请其出山，辅助管理政务。余夫子却总婉言推辞，不谈国事，只谈文学书法。高风亮节愈加令人尊重，便不再勉强，任其逍遥自在，闲云野鹤。

自古常道，文无第一，武无第二。可饶城的文人们都公推余夫子为饶城第一文士，心悦诚服。与大力生齐名，誉为文武翘楚。

大力生，饶城西关人氏，天生神力，从小就力大无穷，长大后好习武，舞枪弄棒，耍刀玩剑，自号武痴。尽管没成为一方恶霸，可因他好勇斗狠，身边多聚集一些青年武夫，饶城人多不敢与他正面冲突，久而久之，倒令大力生的一众狐朋狗友生了些跋扈之心，多有仗势欺人的事情发生。

最近，余夫子的两位学生与大力生一伙，因为鸡毛蒜皮的小事发生争吵，学生被大力生打伤，无法上学，在家休养。

余夫子得知后前去探望，询问缘由，又提及如何不去告官？要大力生赔偿医药费云云。学生答曰，县衙的官差与大力生相识，最多判个互斗民怨，肯定讨不得好，只能自认倒霉。

余夫子听罢，轻轻摇头。离开了学生家，他打听到大力生的住所，来到西关大力生的院门外。

院子里，大力生正和一帮朋友在练习武艺。几个人围成一圈，看大力生表演一套自创的剑法，只听得金属铿锵，剑声凛凛。

舞罢，众人鼓掌吹捧，大声叫好。大力生环顾四周，神情颇为得意，忽然看到门口站着的白胡子老头，眉头一皱，问道："你找谁？"

余夫子自报家门，说明来意。

大力生这才明白，眼前看上去弱不禁风的老头就是闻名饶城的余夫子，不过一听对方要自己道歉，赔汤药费，又不禁生气道："大家比武，他们技不如人，受伤了怨不得别人，怎么可能要我赔钱呢？"

"书生手无缚鸡之力，勇士武艺高超，不可同日而语。"余夫子捋须笑道。

大力生摆摆手，说："我不管你文绉绉说什么，总之，能打赢我，我就心服口服，就去道歉。不然，别浪费口舌。"

"赢得了你？你就赔钱？"余夫子问。

"当然！难道，你老爷子想下场跟我比试？"大力生故意讥讽道。一帮同伙哈哈大笑。余夫子微微一笑，说："拳怕少壮，比力气我自然比不过你，不过比招式，我不一定落下风。就你刚才的剑招，我就看出有几处漏洞。"

大力生哼了一声，说道："口水多过茶！好，我就跟你过过招，别说我欺负老人。我出剑招，你出口，只要能说出破解我剑招的方法招式，就算你赢。"

余夫子点头表示同意。大力生右手腕一转，挽出一朵剑花，灵光一闪，直直刺出一剑。余夫子随即说道："低头俯身，侧步剑刺腋下极泉穴。"大力生忙回剑下挡，接着反手一格，换作劈剑势，余夫子口中不停接招出招，两人你来我往，一手一口，已比了数十招。

过了一会儿，大力生突然收起宝剑，拱手站立，对余夫子说道："晚辈输了！"余夫子颔首微笑，认为大力生并非蛮横之人。

"不知先生师从何门何派？竟有如此妙招？"大力生谦逊问道。

余夫子摇头，笑答："无门无派，我只不过从书法里领悟到剑招一二罢了！"

"从书里学剑法？"众人哗然，不敢相信。

余夫子继续道："书法中领悟武学，寻常事而已。剑道、武道、书法之道，本就殊途同归，有异曲同工之妙。古有夜观公孙大娘舞剑而悟书法精妙，近有浙江武人观《侠客行》碑刻得武学妙义的真事，由武入书，由书入武，不是无稽之谈。比如刚才你的劈剑势，锋芒过露，得学会书法中的收锋顿笔，留余力……"

说着，余夫子又指出几次大力生剑术的不足来。

众人恍然大悟，大力生心悦诚服。

这时，大力生猛地双膝着地，跪在余夫子面前，请求道："弟子愚钝，不识真人，多有得罪！愿拜先生为师！"

余夫子边扶起大力生，边笑道："我可教不了你什么，最多教你书法。"

大力生重重点头。

收了大力生为徒，令余夫子的声名更盛。

此后，大力生就常去琴峰书院学习书法，侍奉老师左右。自打学习书法之后，大力生跟变了个人似的。心性收敛，不再争强好胜，自然也少了许多鲁莽之事。

后大力生文武双全，成了执饶城文坛武届牛耳的顶梁人物。

《时代潮人》2022年1期

老茶师

　　饶城武术名家大力生小时候并没有过人的力气。相反，当时他长得比同龄的孩子都要瘦弱。原因无他，就因为他有个后妈。后妈生了弟弟后，对阿生的态度差了许多。家里有好吃的都留给亲生儿，重活累活却使唤他。

　　早上，阿生早早吃过早饭，就拎着水壶朝南关外的瓷窑走去，他在那里干活打杂，赚点工钱，贴补家用。经过一户人家门口，阿生觉得肚子不舒服，额头渗出细汗，他忙靠墙休息。院子里坐着喝茶的大爷瞧见了，就关心询问起来。

　　"肚子疼。"阿生抱着肚子。

　　"早上吃啥了？"

　　"饭……掺了糠的饭。"阿生如实道出。

　　大爷眉头微皱，早听说阿生后妈心狠，亲生儿吃白米饭，阿生的饭则是半糠半饭。

　　"糠难消化，才闹肚疼。你且坐下，喝点茶缓一缓。"大爷叫他坐下，往阿生的水壶里灌满了茶水。

　　喝了几口茶水，阿生感觉舒服许多，能站起来走动。

　　"你以后吃过饭出门，绕过来我这里，装一壶茶。"大爷说："我泡的是凤凰山的单枞茶，半发酵乌龙茶，促消化，对你有益。"

阿生感激不尽，以后每次出门前，都来大爷家喝茶灌茶。饶城人爱把嗜茶爱茶懂茶的人叫老茶师。大爷没告知姓名，让阿生管自己叫茶师。

半个月过去，后妈发现阿生似长壮许多，心中纳闷。可见他没吃其他东西，就认为吃糠能长身体，把糠饭调转过去，让亲儿子吃。孩子吃了两顿，拉不出屎，肚子疼得死去活来，后妈吓得大惊失色，以后再不敢煮糠饭给孩子们吃。

后妈心中恼火，使唤阿生去挑水，要求挑满水缸才可以吃饭。阿生人小，挑不了扁担，手提着两个木桶去到井边，望着水井发愁。茶师从旁边经过，指点道："你可以手脚分开，就不会那么累。先是双手提水，各提一点水，手上轻，力气就多花在脚下，走快点，多走几趟；等脚走累了，就把力气放到手上，双手提满满一桶水，脚步放慢，让脚歇息。"同时，还教会他一些吐气吸气的窍门。

阿生按照茶师的方法，果然轻松许多。闲时，阿生想挑水给茶师，茶师却叫他去一里地外的龙井泉挑水。

"泡茶得用好泉水，不怕艰辛方得好茶。"茶师指点道。

连续提水半年，阿生练得脚下如飞，双手能提百斤不喘气。

一天，阿生挑完水，去找茶师喝茶。来到院子里，见到两个陌生男人正站在茶师对面，三人都不说话。

阿生站着看了一会儿，忍不住开口讨茶喝。

"乖娃儿，你要喝茶，先帮我把门口的石条给搬过来，让客人们坐下。"茶师吩咐道。

阿生没多想，走过去，弯腰用力，一下就把长石条搬动。两个男人瞧在眼里，心中暗暗吃惊，没想十来岁的娃娃竟有如此神力。

石条搬来，男人们仍一动不动。

"贵客有两人，凳子只有一条，让客人怎么坐？" 茶师又指点道："你把石条踹断，一人一半吧。"

阿生一缩腿，再一踢腿，重重踹在石条中间，石条应声裂开，一分为二。

男人们惊骇，目光落在阿生结实的小腿肉上，眼神带着迷惑。几秒后，两人互相打了个眼色，不约而同抱拳，向茶师拱手，说道："贵徒武艺高强，让我们大开眼界。翟老宝刀未老，名师出高徒啊。看来你老人家功力犹存，不像外面传的那样。今日我们兄弟俩有眼无珠，冒犯了，告辞。"

说罢，两个男人转身离开，一副斗败模样。茶师则风轻云淡，含笑不语。立在旁边的阿生挠着脑袋，不知道他们葫芦里卖的什么药？

又几日，阿生听闻茶师搬家。跑来一瞧，已人去楼空，没见上最后一面，不禁有些落寞惆怅。此后，他牢记茶师教诲，每日勤学苦练，四处拜师学艺，最终出人头地。

多年后，大力生多方打听，才约莫弄清茶师的身份。茶师是外地人，曾是武林高手，后不知何原因伤了身体，不得已跑来饶城隐居。茶师结识大力生的时候，身上已无半点功夫。

一想到茶师，大力生总觉得唇齿留香，茶气隐隐。

锔碗阳

饶城的锔碗匠分两种，一种干粗活，就是锔补普通人家里的锅碗瓢盆，粗补粗修，不漏能用就行，讲究一个实用经济；一种干细活，补的都是富裕人家贵重的古董瓷器，不单要锔得好，还得锔得巧，锔得美，锔出艺术感来。

干粗活的人很多，大多是补锅匠兼任，有金刚钻就可以揽活。干细活的却只有一个人，这个人被大家唤作锔碗阳。

别的锔碗匠喜欢在当街当巷，显眼的位置锔碗，或蹲台阶，或坐小凳子，在膝盖上垫上厚布，将碎碗片拼凑起来，夹紧放在两腿之间，用线固定，然后用金刚钻在瓷碗外壁分别钻孔，再取铜质或铁质的锔钉，用小槌铆紧，最后抹点油灰，用布擦拭干净，碗就算修好。看上去并不复杂，只要细心多练，假以时日便可学会。

锔碗阳的手艺不同于其他人。锔碗多在家中进行，避开众人耳目，没人知道他是如何锔碗。他锔碗颇费时日，少则三五天，多则三五月。他用的锔钉也有点特别，除了铜铁，还有金银材质，能按照瓷器的花色式样选用不同的锔钉。据说，需要锔修的瓷器送到他家，他不急着锔补，会慢慢欣赏琢磨，等想好方案，才下手打孔。在他的妙手之下，锔好的瓷器有时看不出锔补的痕迹，锔钉锔成一束花一片叶，能与瓷器上的图案花色天衣无缝地融合到一块儿，佐以纹饰包嵌，甚至青出于蓝，让修补品更上一个档次。

饶城有些玩家，会把买回来的宜兴紫砂壶里塞满黄豆，灌点水，外面用皮筋扎好。黄豆吸水会膨胀发芽，一膨胀就会把紫砂壶撑裂。玩家再拿着裂开的紫砂壶去找锔碗阳锔补，经过锔碗阳之手打磨过的紫砂壶，身价倍增。

锔碗阳不理会顾客拿来的瓷器是故意弄坏还是不小心摔坏，也不问身份来历、不管价高价低、不管是贵重的古董古玉还是普通家用碗碟，只要出得起他开的锔补费，照样替你补得滴水不漏，皆大欢喜。

锔碗阳的生意虽然不像别的锔碗匠那般多，可他的锔补费高，一单可以顶别人几十单。所以，锔碗阳的日子倒也过得富足且悠闲。每日，他必去三角街的云来茶馆喝茶，一身长衫，说话轻声细语，看上去像个教书先生。他不喜欢别人当面唤他锔碗匠，自称金缮师。

一日，锔碗阳正在茶馆的包厢喝茶，悠然自得。楼下走上来一个年轻人，礼貌地敲开房门。锔碗阳认出年轻人曾是他的顾客。年轻人从背上卸下包裹，慢慢打开示于锔碗阳。里面是三个破裂的小瓷瓶。

年轻人想请锔碗阳锔好三件瓷器。锔碗阳边喝茶边拿起瓷器碎片，眉头皱起，边看边思考，过了一会儿，照例朝年轻人报出一个价格，约定一周后去家中取货。年轻人爽快，没有还价，放下定金拱手离开。

几日后，年轻人如约而至，看到修缮好的瓷器，对锔碗阳的手艺赞不绝口。付了尾款，年轻人哼着小曲离开锔碗阳家。殊不知，出了巷口，有几个身影紧随其后。他们一路尾随年轻人到了城外一间偏僻的草屋前。

年轻人正与同伙密谋时，简陋的木门被人一脚踹开，那几个身影是衙门里的捕快，接到锔碗阳的举报，得知有人贩卖假古董，便顺藤摸瓜，将罪犯一网打尽。

制假贩被抓，消息在饶城传开，大家都说，锔碗阳干了件好事。

可从那天起，锔碗阳却停掉营生，不再替人锔补物件。有人猜测他怕给假古董犯报复，只有他心里清楚，坏了自己定下的规矩，举报了客人，就不能再从事此营生。

年轻人第一次来，锔碗阳就看出送来的瓷器是赝品，本着不问来历原因的规矩，他尽心锔补好。只是他没有想到，年轻人会把锔好的假古董运到省城，当成真古董卖给别人。

原本错漏显眼的假古董，有了锔碗阳手艺的加持，摇身一变，居然让人真假难辨。

"这般好的锔活，不是真品，谁舍得花如此大力气修补？"

"锔活都如此妙，此物定是真物无疑。"买家们议论纷纷。

因为是锔过的古董，最后买下的价格自然比真古董要便宜，可也比假古董高出数倍。

这一切，是省城一位朋友写信告知锔碗阳的。

锔碗阳得知后，心中如吃了几只死苍蝇，里外不是味道。他没想到一身本事倒给贼人利用，不明不白当了回帮凶，便有了合力擒贼的一幕。

拐手赵

拐手赵的手其实不拐。

只不过因为他走路的时候，喜欢把右手扭在身后，拉住左臂，那姿势有点像被人绑了右手一样，所以大家便给他起了个别扭外号。

外号叫顺了，拐手赵的本名叫什么，镇里的人大多都不记得了。他也不在意，一个无人无物的孤儿，吃百家饭、穿千家衣长大，独自住在镇南的城隍庙里，除非生病住院，咽气归西，说真的，确实不大用得到真名。

他是镇里"打杂户"，无一技之长，无正当职业，饶城人遇上的大小杂事，或是公家的鸡毛蒜皮事务：公厕堵塞了，唤他去通；粮站仓库顶漏水了，唤他去补；竹竿山的野坟坍塌，唤他去填。最脏最累的活，没人愿意处理的，需要用到人手的，都会叫上他一声。日积月累，倒也练就得他无所不能，搬挪腾砸，十八般手艺样样懂点。

不过真正让拐手赵家喻户晓的还是那一招拿手绝活，无人能比的独门绝技——举花牌（花圈）。

饶城有风俗，逢人过世，得请上精壮汉子，一人一边，举着花牌走在送葬队伍的最前边，引着孝子贤孙们边走边哭。有点类似古时官府出巡的仪仗队,花牌越大越多,代表逝去的仙人地位越崇高,哭喊声越响亮,证明子孙们越孝顺。

拐手赵举花牌有点跟别人不一样,别人是两个人一起举,而他是一个人举着花牌独自走在前头。有人笑他贪心,一个人想赚两份"辛苦钱"。很多人家办白事都愿意请他,只因他的哭丧与众不同。

山风阴冷,拐手赵穿着单薄的衣裳走在最前头,边走边颤。拐手赵说只要送葬的哀乐一起,不用拧大腿,就想起自己从小到大的悲惨生活,便会哭得稀里哗啦,情真意切,哭喊声盖过所有孝子贤孙。遇到夜葬的差事,拐手赵还会在腋窝里夹手电筒,山路崎岖,他驾轻就熟,不时提点后面的人小心路滑石峭,如仙人指路。所以,有不少老辈人临行前都指明要拐手赵来举花牌,认为那才稳当,才不枉来这世上走过一遭。

拐手赵对此也是乐此不疲,每叫必到,一丝不苟地扮演他的角色。除了能赚取外快,还能从别人的痛苦里得到一丝久违的尊重。

后来,当地殡葬改革,全改火葬了,仪式从简,举花牌的人都失去了用武之地,拐手赵也失落了好一阵子。

失了美差的拐手赵依旧忙碌,忙过了岁月沧桑,忙过了人生坎坷,忙碌大半辈子,忙到头发灰白。依旧是那副老样子,孤家寡人一个。好几次,镇上的媒婆想介绍几个年纪大些的寡妇,都被他给回绝。一来二去,人们便在背地里笑他,说他是个太监命,好事上门都不要;也有人笑说他卵都没有,老婆也不敢娶。

笑声飘到东门溪边洗衣服的女人堆里,洗衣服的婶娘们不这样认为,她们说拐手赵看她们的眼神可贼了,色眯眯的眼神老飘到她们身上滴溜溜打转。

别人家有老婆女儿，都不用到溪边洗衣裳。拐手赵却没那般自在，隔三岔五地仍得自个去溪边搓衣服，任凭流言四起，谣言纷飞，仍自顾自地欣赏着别人的媳妇、他家的女儿，过下眼瘾，不亦乐乎。

婶娘们在上边扯着嗓子问："拐手，婶婶家的衣服味香吗？"

拐手赵笑眯眯地答："香，香得很咧！"

媳妇们在对岸打闹地问："拐手，姑娘们的衣服好看吗？"

拐手赵笑嘻嘻地答："好看，好看得不得了！"

有些未出嫁的姑娘，耍调皮时，总被母亲教训：不听话，将你送到东门溪边，让拐手赵给拐了去。

有一年，发大水，下游水势过大，平日洗衣服的地方都浸没了，要跑到上游拐角处水流较急的地方去洗。

那天，就拐手赵和一个小姑娘在岸边洗衣服，拐手赵慢条斯理地捶打着几件破衣服，时不时瞟几眼不远处的姑娘。

拐手赵吸完口烟，一转头突然不见了姑娘的踪影，见到河中央有黑点在挣扎，应该是溪边石滑，不小心掉下去。

拐手赵鞋都没来得及脱，一猛子扎入水中，几番沉浮，费尽力气把姑娘给拽离了旋涡，自己却给水草绊住，扑腾几下水花，转眼消失在水流中。

闻讯赶来的人在下游打捞了三天，没打捞到拐手赵的尸体。镇里筹钱给他办了个简单的追悼会。自发参加的人很多，可没有人哭，黑压压的人群，四下肃穆。

不知谁在人群里说了句："拐手为咱们镇哭了这么多年，咱们也为他哭上一次吧。"

等那人说完，还是没有一个人愿意为拐手赵哭上一下，被救的姑娘也沉默不语。

过了许久，门外突然传来一声响亮的哭喊声。

城隍庙里来祭奠的人群像炸开的锅一样，有些人吓得快晕厥了过去。

拐手赵没有死，他被下游的渔夫救起来后，在船上昏迷了三天三夜，今天才被送了回来。

现在，他独自趴在庙门口边的石栏上痛快淋漓地哭喊着。

他不是悲伤，他是开心。他满心欢喜，欢喜在自己的葬礼上，有这么多人来送他。

《小荷》2018年4期

星夜佬

星夜。这个名字听起来浪漫，饶城人听起来，更多像是讽刺。

星夜是孤儿，被遗弃在村上破祠堂里的孤儿。

见过他的人都觉得小孩被遗弃的原因很明显：半瞎子，两只眼睛不能完全张开，眼珠白多黑少。

有村民猜想可能是邻县的人趁着黑夜偷偷遗弃在这里的，遗弃得很决绝，小孩身上除了必要的单薄衣物，没有任何纸条或身份凭记，名字也不曾留下。

小孩沉默寡言，表情夹杂着恐惧与呆滞，嘴上说不清话。重复的最多的一句话是：好黑，好黑……

看来这孩子脑子也有问题！有人说。

就叫他星夜吧。村长摇摇头说，星夜在潮州话是"瞎子"的意思。此时，头顶的夜空并无半点星光，漆黑一片。

名字定下来，孩子的归属却定不下来。

那个年代，每个家里都是七八个小孩十几张嘴的，谁家都不宽裕。饶城还没建福利所孤儿院，村长把情况报上去，却迟迟没有回复。

小孩不能饿着，村里长辈们开了个会，决定每家每户都出点口粮钱物来暂时抚养星夜，破祠堂修了修，算作他的住家。

日复一日，年复一年，人们忘了要等回信的事。

星夜就这样吃着百家饭，穿着百家衣长大。老人常说，越低贱的物件越命硬。这话在星夜身上体现得淋漓尽致，尽管他的身子孱弱，成长的过程不免有些病痛缠身，但他竟然活了下来，顽强地生长在生活的底层。

等星夜长到十多岁，国家实施了五保户政策。保吃、保穿、保医、保住、保葬。孤儿还可以保教。不过，星夜的眼睛不好使，教了也是白教。村长说还不如多给他粮油被褥。

镇上发粮油，村长有时会从星夜的份额里拎部分回家。他说，要叫媳妇给星夜做几餐好吃的送过去。上面送被褥，村长说先拿回去洗净晒干再给星夜，可大多时候星夜盖的总是那一床不算干净的旧棉褥，陪伴春夏秋冬。

村长，你是个好人啊！住在破祠堂隔壁的干嫂竖起大拇指。

好黑，好黑。星夜对现状没有不满，只会重复他的名言。

有时，市里的电视台和报纸杂志会组织些送温暖献爱心的活动，村长只要得这种机会，便会费尽心机去争取接受捐赠的名额。

我们经常可以在电视里头，或是报章显眼的大篇幅上，看到村长亲密地搂着被换过一身干净衣服的星夜，动情地对着镜头述说我们听过无数次的遗弃故事，令人伤感的成长经历。有时，说到煽情处，村长双眼湿润，不时用衣角抹拭着双眼。

村长是个好人！干嫂说。

好黑，好黑。星夜机械地对记者们重复。

人间有爱的故事经过渲染加工，让村长收获了不少来自上级的表扬跟奖励。

年底，村长得到了省里的一个"感动中国十大人物"的大奖，要到省里开几天会接受表彰。

今年冬天，千年难得一遇的寒流刚走，村长捧着留着体温的奖状奖杯兴冲冲地回来了。刚回到村里，便听到了个惊人的消息。

星夜走了！

他不是自己走掉，也不是给他的亲人认回，没有被好心人收养接走。冷彻心扉的寒夜带走了他。寒流过境的第二天，人们发现星夜冻死在破祠堂的破床上。村中长辈们当夜就草草埋葬处理了，没有仪式，没有送行的人。

就这样走啦？村长有点失落，不敢相信自己的耳朵。说，我还想着下次带他一起去省里参加大会，到处玩玩呢！

村长，你真是个大好人啊！干嫂说道。

村长落寞地摆了摆手，愣在破祠堂前。

突然，他一个转身回头，大步地朝村委会走去。要赶紧把这件事上报上去，替星夜申请些丧葬的费用。村长想。

《金山》2017年1月刊

蔗头龟

县衙里流传出来的消息，再一次震惊饶城的百姓。

县太爷把城里所有厨师都叫了过去，在县衙后院做菜。单是一道清水浸鸡舌，就用掉一百多只鸡。这道菜看似简单，其实复杂万分，一只鸡只有一根舌头，杀百只鸡取舌头只要人多就可办成。可那些清水，却不是普通的清水，而是将上等的走地鸡，加入各种名贵中药材，放入瓮中，文火慢慢熬制一日，令肉烂骨碎，再筛掉鸡渣，撇去泡沫，倒出鸡汤静止，后只取下半部较清的鸡汤，上半部浑浊的弃之，烧至沸腾再用纱布不停过滤，再煮沸腾，如此反复多次，直到汤清澈如水，再用来煨鸡舌。此汤入口，清甜甘香，不肥不腻，饱含精华，鸡舌嫩滑可口。

现任县官，是去年从京城派来上任，据闻是京中某大员的侄子，从小锦衣玉食，生活奢靡。自从他来了之后，饶城便多了许多名目不清的苛捐杂税，城中富户商家也时不时被要求上贡孝敬。

有不服的人偷偷去府城告状上访，没等状纸递上去，就被官差抓进大牢，治了一个无证无据诬告官员之罪，重打三十大板。官官相护如此，饶城百姓死了心，不敢再越级上告。

县官没有丝毫收敛的意思，反而变本加厉，命令恶仆差吏在饶城各处寻访美味美食。有一次，县官带着差役在饶城外的塔山打猎，追逐一只黄猄跑入山下百姓的良田，黄猄没抓到，却踩坏大片稻苗，一片狼藉。田主敢怒不敢言，只能哀叹时运不济，自己倒霉。

不到半年，饶城的各种山珍野味特产小吃都被县官尝了遍，厨师们费尽心思，变着花样研发各种新菜，仍无法满足县官的贪欲，再难有新意。县官郁闷，在衙门里大发雷霆。

刚招进府的陆师爷在旁进言道："老爷，小人有一道世间难得的美食愿献给您，不过，制作这道美食，需要的时间颇长，耗费人力多，就怕……"

"无妨，只要你能做出我没见过没尝过的美味，花再多时间，花再多钱，我也愿意等。"县官说道。

陆师爷见县官点头，当天下午，就命人从外地购买回一大批蔗苗，派发给饶城百姓扦插，种了满满几片蔗林。

甘蔗是多年生草本植物，一年过去，蔗田连阡，到了收获的季节。

县官咀嚼着陆师爷送来的甘蔗，脸上不屑，道："甘蔗此物，我在京城时也吃过，虽然饶城产的比北方的甜些，但也算不上难得美味，你可在骗我？"

陆师爷连忙解释："小人要献的是一种名为蔗头龟的蝉虫，大如蚕茧，一百亩甘蔗里，最多只能凑齐一盘，抓了洗干净，炊僵，晒干，扯去其足后油炸，下盐佐酒，脂膏直冒，鲜香酥脆，是人间至味。"

县官听得食指大动，忙喊："还不快快抓来。"

"急不得，这第一年种出来的甘蔗，谓之新丛。得等全收割后，留下蔗头，栽土施肥后，等来年分芽萌生，茂盛如初，第二年种的甘蔗，谓之老丛。这蔗头龟就寄生于老丛的蔗头中，以吸吮蔗头蔗根的汁液为生。"陆师爷说道。

听完来龙去脉，县官更觉得蔗头龟美味难得，只好强忍口水，打算再等一年。

可还没到甘蔗成熟的季节，县官却等到京城来的一纸诉状和诏书。不单县官掉了乌纱帽，连远在京城的大员亲戚也牵连落马，双双打入大牢。

押送县官入京的早上，饶城百姓都聚集在官道两侧围观，百姓身后，如青纱帐般的甘蔗林，在风中摇曳。

县衙内的爪牙鹰犬也被清算处罚，唯独不见了陆师爷。饶城人百思不得其解，后来县官被斩立决的消息传回，饶城人才知道，原来密报京城告状的人正是陆师爷，他在县衙中充当谋士，拖延一年，只为收集县官和其背后靠山的罪证。

陆师爷没再回来。留给饶城百姓的，是成片成片甜蜜多汁的甘蔗林。人们在砍伐甘蔗时，偶尔真在蔗头中发现一两只蔗头龟，入油煎熟，确实人间极品。

《小小说月刊》2023年7月刊

刀

饶城人爱调侃，三把刀最厉害：手术刀、杀猪刀、厨师刀。

其中手术刀最受尊重，也最为赚钱。饶城人将医生戏称屠夫，医为刀俎，患为鱼肉。不管中医西医，医生赚病人的钱，不可能讨价还价，如刀砍一样果断一般深。病人钱包受伤，仍不敢多言语，乖乖交钱。

中医钦是饶城众多"手术刀"中最锋利的一位。

中医钦没接受过正规医学培训，曾是饶城中学的老师，聪明，口才过人，一直认为教书匠付出与收入不成正比，心中多愤懑。班里有调皮的富家孩子，如何管教都无济于事。一次，富家娃用削笔刀险些划伤同学手臂，教师钦情急，忍不住踢了那娃一脚。孩子回家便向父母告状。富人父母不分青红皂白，居然在第二天放学时，守在校门口，当着众人的面狠打了教师钦一巴掌。教师钦大受侮辱，脸皮宛受刀割，自觉不被尊重，一气之下，决定弃文从医。

他祖上是中医师，家中珍藏诸多药典医书。中医钦自幼好读书，早把藏书翻了个遍，对中医也有浓厚兴趣。自学成才，斗胆在北门外开起中医馆。当时管理不严格，无需证件证明，挂上祖传中医的牌子，竟顺利开业。

一开始，很多人不信任中医钦，嫌其半路出家。最初看病的只有自家亲朋好友，且都是些小病小痛。尽管这些病症不严重，但中医钦从不含糊，认真把脉问诊、开方子，并指导如何调理和注意身体。好几人在他的医治下，身体变好许多。

慢慢口碑相传，病人慕名而来，生意渐有起色。中医钦医术了得，真给他治愈了几个疑难杂症，一下子声名鹊起。名气日隆，生意红火，药店外常大排长龙。

中医钦的坐诊方式与其他中医不同。其他医生通常会在安静的内室里把脉，屏气凝神，深思熟虑，生怕有一点干扰。中医钦则坐在店铺一侧，背后是一排中药柜。妻子负责收钱，大儿子负责抓药，小儿子坐在旁边的小桌子上负责记录。

病人坐中医钦对面。中医钦望闻问切，时而闭目思考，时而口中念念有词，最后大声说出中药名称、用量及服用方法。小儿子奋笔疾书，在纸上记录下方子；大儿子听着配药包药，拉柜捣药；妻子当出纳，在算盘上敲打，铿锵有力。各种声响混如刀击。病人看毕付款，药包和方子已经打包好，拎起便可出门。

病人越多，声音越嘈杂，看得越快，家人各司其职，效率之高，堪比现在的流水线作业。

当然有不服气中医钦的人，比如调皮孩子的家长，常在背后嘲讽，言辞似刀，并夸口自己一家只信西医，生病都进城里医院看。

然而，天有不测风云。一年，调皮孩子不知得了什么怪病，脖子间的淋巴结异常肿大，家长吓得不轻，送去城里治疗，仪器查不出病因，针打了，药吃了，淋巴结消后肿，肿后再消，病情反复。家长感到非常焦虑和心疼，四下寻求帮助，朋友建议他们找中医钦。

经过一番思量，家长带着礼物和孩子来到中医钦的药店。中医钦不计前嫌，细心地检查了孩子的病情，开出方子。他对家长说："要想根治此病，须连续服用十几服药剂，且药汤异常苦涩，做好心理准备。我还会开一个药引，每次喝药前都得按步骤来。"

药引奇特：喝药前须念一遍《三字经》，喝罢再读一遍。家长半信半疑点头。

药带回家，煲好汤色如墨，孩子一入口哇地哭出来，苦涩如刀割。家长筷子一蘸，试舔也觉苦如黄连。奇妙的是，一服药下去，肿处消失。半月后，药全喝完，病情不再反复，孩子熟读《三字经》，气色变得喜人，脾气也好了许多。

家长感激不尽，前来送礼，中医钦方道出药引奥妙："孩子恃宠而骄，时日一久，性格就暴躁乖张，火气过旺，肝气郁结，导致颈部肿大。须苦其身心，用圣贤书磨其心智，才能平衡阴阳，压制邪气。"

饶城人闻之，更加佩服中医钦的医术。

小儿子成家后，中医钦就金盆洗手，把药店传给中医院毕业的大儿子继承，自己跟着小儿子进省城享福。据说，小儿子在城里也是一把"名刀"，开了医美公司，专门替城里的有钱女人整容修身，日进斗金。小儿媳是知名的服装设计师，手里拿的，是"一刀千金"的"金剪刀"，一件衣服就得上万。

饶城人津津乐道，又多了一把厉害的刀：裁缝刀。

《山西文学》2023年8月刊

马不停蹄的内伤

官道上，一匹白马飞驰而过，马背上紧贴着一个劲装疲服的佩剑汉子。行至颠簸处，马身一纵，汉子冷不丁吐出一口鲜血来。

他心中懊悔不已，暗道不该自视过高，去嵩山挑战那位隐世的高僧。尽管他的功夫早已位列武林前茅，败在他手下的江湖高手亦不计其数，可他仍好胜善斗，发誓要挑战天下的名宿，打败世间所有的高人方休。高僧正是传言中的天下第一之人，据传有许多高手在与他交手后，不是隐退江湖，便是自废武功，不再踏足江湖。

落败的一幕不时闪现眼前：他走入老僧禅修的山洞，盘腿坐定，还未等自己摆好架势。只见身似坐定的僧人突然飞身而起，双掌齐出，往他胸口拍来，闪躲不及，身上已经中数掌，内力受损，未交手已成败局。

天外有天，人外有人啊！他痛苦万分，紧抽两记马鞭，踏着落日的余晖，希望赶在气绝之前回家再见上家人一面。

枯叶满地，村庄陌陌，鸡犬之声四起，眼前依旧是熟悉的家乡景色，却平添几分落寞无奈。

疾马停于屋前，从门内闻声走出一男一女，携手并肩。女的正是自己的布衣荆钗，男的是相识多年的至交好友。

数目相持，他眼见此景，心中已明白几分。

兄长莫怪，我俩真心相爱。男人脸带羞愧之色。

怨只怨你沉迷武学，我才……女人泣不成声。

也罢！我命不久矣！便成全你们这对痴男怨女。汉子仰天大笑，气血攻心，长喷出一阵血雨。回身上马，朝村外驰去。

马蹄轻响，恍然间，他又想起，多年未见，寄读于邻村私塾的小儿。

信马由缰，不知不觉已至私塾附近，不忍儿子见到一身血污惨状，只想躲于远处观望几眼便好。

隔着浅浅池塘，正好撞见儿子与同学在外嬉戏打闹，两人手持木棍做出剑式，互相比试。私塾先生赶来责骂，黄口小儿，不读圣贤书，舞刀弄剑有何出息？

我要练就绝世神功，将来挑战我的父亲，将他打败，他便会乖乖回家。儿子出言不逊，一脸倔强。

汉子听得真切，大吃一惊，心中又是一阵剧痛，鲜血直涌唇边。自觉无颜面对儿子，掉转马头，奔赴后山老宅。心下盘算，妻可休，儿可不认！但家中老母却是不能不见，料想她慈爱痛怜，必定会原谅我这不孝的孽子。

远远瞧见旧宅，他仓促下马，不愿让急促的马蹄声惊扰到久卧病榻的母亲。狼狈爬至屋外，抬头一见，屋前似乎站着一位耆耆老妇，正朝自己招手。

娘！儿子不孝！他痛哭流涕，磕头不起。

娃啊，你且看好，我不是你娘，乃邻家大婶，你娘亲已于前年过世……老妇人话音未止。汉子惨叫一声，连喷数口热血，晕厥过去。

不知过了多久，汉子在混沌昏沉中慢慢醒来，只觉凉意贴身，全身上下已被冷汗浸透，一呼一纳，调整气息，胸口似乎并无大碍，内力也未尽失。再睁眼一瞧，还是那个昏暗的山洞，自己仍盘坐于老僧面前。

怎么回事？难倒一切都只是梦幻？他百思不解，方明白高僧法力高强，不敢造次，忙俯身求教。

老僧缓缓开口，说道，贫僧早年练武走火入魔，功力尽失。只剩一招佛音梵响度人，施主方才不过是入了我的催梦迷眠之道，才有此如虚似幻的遭遇。你梦中所见，非真非实，大可放心。

汉子恍然大悟，五体投地，着实佩服老僧的武学，转念间，不禁潸然泪下，道，多亏前辈教化，令我受益匪浅。经此一役，晚辈决定退出江湖，不再过问名势争斗。

说罢，汉子双掌运劲，自拍双肩，废弃两经三脉，舍弃一身武学，悠悠然站直身，向着洞外的光明处，大步迈去。

《小小说家》2018年8期

神经刀

神经刀，这是戏班的行话。指的是那些表演不稳定的人，一般指业余演员，北方人常讲的票友。没经过专业系统的科班训练，基本功不扎实，有的段落表现出色，超出意料；有时候又表现得一塌糊涂，不堪入目。时好时坏的状态，如神经错乱，像把忽上忽下的利刃，在舞台表演时，容易给对手带去伤害，专业者怕与这种人做对手戏，生怕一不小心就被连累。

戏院看场的阿二就是大伙口中所说的神经刀。近几年，饶城人爱看潮剧，便请了戏班子驻场，戏班子平时吃住在戏院后面，一个月演十来场，场场爆满。戏班子有一男一女两位台柱，男的艺名唤玉春，女的唤怡芳，皆是闻名省内外的"大额头"（名艺人）。一生一旦，配合得天衣无缝，两人有真功夫，用的道具非寻常的纸糊道具，招式逼真，不同于其他戏班，故叫好又叫座。

阿二爱听爱唱，卖完票常站在戏院的后排看演出，有时连瓜子花生都顾不得叫卖，看得如痴如醉，嘴里哼唱不止。闲时戏班彩排，他跟着玩耍，伴奏、化妆、服装都愿意掺和，遇到戏班有人请假缺勤，阿二多跟班主纠缠自荐，上台配合演个龙套跟班，一句词没有也不亦乐乎。众人见他真心爱好，都喜欢教他一招半式，玉春常与他喝酒，兴致起时，会授其功法套路，阿二虚心，回家后多加研习，模仿得有模有样。

　　一日，玉春与人饮酒，彻夜未归。当夜戏牌，演的是《穆桂英挂帅》，主角是扮演穆桂英的怡芳，玉春扮的是杨宗保，戏份虽比穆桂英少上许多，但也是剧中主角，缺不得。班主唤人找回玉春时，他神情混沌，坐在后台多时仍脚下不稳。耳听锣鼓声密，观众已入场坐定，班主心急。不知玉春淡定抑或糊涂，竟指着阿二说道："让他顶我一幕，待我酒气过了再换回来。"班主本觉不妥，情势紧急，死马当作活马医，将阿二化妆完毕，便推出台去。这一幕，演的是杨宗保与穆桂英狭路相逢，不打不相识，来往对招，一招一式配合巧妙。台下不细看，真没有观众看出杨宗保换了人，以为是玉春照常发挥，叫好声四起。

　　一幕完毕下来，阿二大汗淋漓，内衣浑身湿透，此幕他曾多加练习，方不出糗。阿二内心得意，表面不骄不躁，换掉戏服后把后面几场交还给已醒过酒的玉春，换回平常服装仍到台下巡场。

　　事后，众人对他大为褒奖，谢他救场救急，连怡芳都对他刮目相看。

　　过了几日，戏班排练，班主一时兴起，唤阿二再上台与学徒演练，演的又是《穆桂英挂帅》。鼓点起，杨宗保与穆桂英刚喂两招，就出了状况，阿二持的棍棒不稳，不小心捅到女对手肩胛，只好喊停。幸好戏班用的是假枪头，才不至于受伤。

　　同一场戏，差别如此之大。阿二认为是对手的问题，跟怡芳演，遇强越强，加之人家有经验会迁就，带着他，自然没问题。换个年轻的，不懂变通带扶，一下就出问题。

　　"神经刀就是神经刀。"班主连连摇头，认为是阿二的问题。

说者无意，听者有心。阿二当夜就拎着两瓶好酒敲开玉春的房门，说出拜师学艺的念头。玉春高兴，两人择了吉日行过师徒之礼，阿二成为玉春身边的跟班徒弟，日夜苦练。戏班众人向玉春道喜，贺他收了好徒弟。

玉春诡秘一笑，道一声："好事还在后头。"

戏班双喜临门，没多久，台柱玉春与怡芳喜结良缘，怡芳成为阿二的师娘。本以为是天造地设的一对，谁知坏在酒事上。玉春嗜酒，婚后越发放浪，已成酒瘾，整日喝得酒气熏天，偶尔误了演出。班主看在怡芳分上，百般容忍。怡芳却恨浪子不成器，苦劝恨劝，玉春恼羞成怒，对怡芳恶语相向，继而变本加厉，拳打脚踢，还常不归宿，留恋别处温柔乡。

怡芳本是戏班明珠，众人爱慕，常为其抱不平。阿二看在眼中，心中可惜。玉春听不进别人良言，仍我行我素。

这日，怡芳又被玉春打伤，无法排练。《樊梨花》中少了樊梨花不成体统，玉春不以为然，唤阿二替代走位扮樊梨花，与其过场彩排。

阿二持枪上阵，英姿飒爽，脚下生风，几下虚晃。突然听得玉春一声惨叫，樊梨花的枪竟没入薛丁山胸中。假枪头不知何时给人换成真利刃？

"神经刀杀人了。"

翌日，消息如瘟疫般蔓延在饶城上空。

《韩江》2022年3期

私家侦探

这天，一位英俊的年轻人走进饶城一家侦探社，私家侦探承杰热情地接待他。年轻人坐下后开门见山，拿出支票和一个信封，说："这是我妻子，麻烦你帮我跟踪她，看她有没有和其他男人来往。"

承杰笑眯眯地接过资料，他们侦探社最拿手的就是偷拍跟踪，像这种捉情人的差事，既容易赚钱又特轻松，求之不得。"放心，这位先生，我们侦探社办事稳当，出了名的效率快，下个星期同一时间，你过来这里拿结果。"

等客人一走，承杰慢慢从信封里拉出相片和客户信息，突然，他面上的表情定格住，照片上的女人他熟悉得不能再熟悉了。女人名叫张妮，正是他的情人，两人偷偷来往有半年多的时间了，一直没有被人发现。他知道张妮是有夫之妇，她的丈夫是城中某大集团的老总，业务繁忙，经常不在家，也没有多少时间陪娇妻。自然而然，就被承杰乘虚而入。

找侦探查情夫？难不成是她老公发现异样？承杰心中七上八下，瞬间闪过无数念头。要不要将这事通知张妮呢？他又想起来，曾在张妮手机里见过一张他们夫妻俩的合照，照片里的老总是个头发花白的老头，而不是那位上门的年轻人。也许是她老公不好意思出面，安排手底下的人来跟我接触。

不过，事情也许没有坏到无法收拾的地步。试想下，如果她老公知道奸夫是自己，就绝对不会叫人上门来，花钱购自己去调查妻子的婚外情。承杰想到这点，心情又变得轻松起来。

"咱们正好利用这点，来个将计就计。"他在电话里头对张妮说道，嘱咐她这几天千万不要再跟自己联系，照常生活，他会偷偷派人，拍下些跟踪的照片来交差，既可以从富翁手中得到佣金，又能让她老公不再起疑心，方便日后他们继续约会，一举两得。

"真是妙计。你太聪明啦！亲爱的。"张妮在电话里头给了他一个飞吻。他沉浸在情人的赞美声中，不可自拔。

就这样，事情按照计划进行，非常顺利。承杰将偷拍到的照片都洗了出来。第二个星期，年轻人如约而至，准时出现在侦探社。

"这是你要的资料。"承杰递过照片，高深莫测的眼神不停打量眼前的顾客。顾客接过照片，却没有打算打开来看下里面男男女女的合照，而是一言不发伏在桌上，写起支票，想支付剩下的尾款。

"告诉你一个坏消息和好消息，坏消息是她这几天都跟另一个男人待在一块儿。"承杰点燃根香烟，得意地说道，"好消息是，这位已婚少妇并没有出轨。她确实和另一个男人在一起，不过，那个男人是她合法的丈夫。"

年轻人一听，皱下眉头，显得有些尴尬，仍旧一言不发。

"看来你并没有对我说实话，照片上的女人并不是你妻子。"承杰不愿意放过这个机会，除了想显示自己高超的调查能力，也想趁机羞辱下对手，尽管对方只是张妮老公的手下。"当然，要是你一开始就跟我说实话，会让我们的调查进行得更加顺利。现在你可以把照片都拿回去，向你老板交差了。请附上我的评语，他拥有一位非常忠诚的妻子。"承杰一副洞察所有秘密的模样。

年轻人抬起头，想了下，终于开口道，"你的消息很准确，没错。我不是她的丈夫。"年轻人顿了下，又说道，"可惜有一点，你猜错啦。不是她的丈夫派我进行委托，其实我是她的情人，想你们调查她，只是想确定下，除了她的老公之外，她身边还有没有其他的情人。因为，我总感觉她有所隐瞒……"

承杰的脑子像被重击了一下，心情久久不能平复，后边年轻人再说些什么他都已听不进去。但是他还是装出镇定自若的样子，送走了顾客。

"女人心，海底针！原来张妮背着我还勾搭上别的男人！"被人背叛的恨意涌上心头，承杰越想越生气，咬牙切齿骂道。他痛定思痛，下定决心不再与张妮联系，不再陷进女人的甜蜜陷阱，再不想自己被人当傻瓜一样摆布。

而在城市的另一端，年轻人从侦探社出来后，开车来到张妮老公所在的公司大楼。他熟门熟路地上到总裁办公室。

年轻人轻轻将资料推给张妮老公，谦恭道："你委托的事情都已办妥，相信那个侦探以后再也不会跟你太太联系啦。"

"非常好。这场戏你演得太漂亮啦。你当侦探太可惜了，去当个演员多好呀！"总裁递给他一箱现金。眼前这位年轻人是邻市的一名私家侦探，多亏他的调查，总裁早就发现自己太太出轨的事实。不过，考虑到家丑不可外扬，总裁听从年轻人的建议，采用了另一种完美解决的办法。

《中山日报》2018年1月21日

《幽默与笑话》2019年8上转载

鲍局长

鲍局长在县国土资源局干了大半辈子，兢兢业业数十年，五十岁那年终于当上了局长，算得上光宗耀祖，完成了父辈们的一个心愿。

还有一年时间，鲍局长就从一线退下来。这天晚上，他正坐在家里读书看报，一个面相陌生的中年人摸到他家来，一番自我介绍，对方是一家公司刚上任的经理，他们公司最近有意竞标饶城附近一小海岛的开发权。

"还是按规定办事吧，张经理。你私下找我不符规矩，一切按流程走，该投标投标，该竞标竞标。" 鲍局长多年在官场摸爬滚打，一眼就洞穿来者的心思。

来人很不好意思，气氛尴尬地聊了几句，想匆忙告退。男人刚起身没走两步，鲍局长便在后头叫住他："张经理，你的包落沙发了。"

男人笑笑，说："鲍局，这是我上周去香港刚买回来的新包，名牌货，没用过，就留你这吧。" 鲍局长也笑了，拎起包，掂了掂重量，他心里清楚，包是没用过，但里面装着东西，仍将包递给男人。

男人推了推说："你姓鲍，鲍中有包，收个包不算啥？"

鲍局长说："要是你不赶时间，咱们再聊会儿。"男人一听连连点头，坐回沙发。鲍局长说道："其实我们家早不姓鲍，而是姓包！包青天的包！"

接着，鲍局长又讲起那个他重复过无数遍的故事来。

相传他们家的祖先跟包拯是同宗同族，比包大人小一辈，算是叔侄，同朝为官。一回，有人给鲍家祖先送去八条鲤鱼，金鳞闪闪，腹部隆起。鲍家祖先没有客气收下了鱼，待人走后，刀剖开鱼腹一瞧，内藏一块银锭，八鱼八块。鲍家祖先笑纳，送礼人托付的事也暗里办了。谁知没多久东窗事发，贪污一事被捅到包拯案前，包大人铁面无私，大义灭亲，将包侄子革职查办。包大人还下令，侄子有辱族风家门，支脉后人不得再姓包，得在包姓前加个鱼字，改姓鲍。因收八条鱼，得后代子孙出八代清官方可洗清此辱，方能改回原姓。

至今算起来，已不止八代，阴差阳错，先人们从政为官并不多。到了鲍局长这一代，恰好正是第八代为官的子孙。鲍局长一入仕途，顿觉肩上担子沉重，故而一路为官清廉，正气勤勉，不敢有一丝行差踏错，恐误了前七位清官先辈的苦心。

"你肯定是刚来我们市，了解我的人都知道这个事。"鲍局长摆完龙门阵，客气地将客人连礼物一同送出门外。

一年后，鲍局长按计划退居二线，在等待办理退休手续的日子里，他为了家族改姓的事忙碌奔波起来。

成年人改姓太麻烦，鲍局长把目标放在刚出生不久的小孙子头上。没想方案一提出来，就遭到儿媳儿子的反对，儿子认为要改就全家一起改，不然老子跟儿子不同姓，外人会有非议；儿媳则认为姓包不好听，十万个不愿意。

鲍局长没办法，只能把注意力转向重修包氏家谱上，希望至少在族谱上能认祖归宗。追根溯源，寻祖问宗，终于给他问到了城里一支源自包公一脉的宗系，恭恭敬敬跟人家族长说明来意。

族长一皱眉头，说："翻遍族谱，没有包氏改姓鲍氏一说，空口无凭，入不得族派世系啊。"鲍局长仍争辩，"书上虽没有事迹记录，但这事我们家传了十几辈人，还能有假？"

族长摇摇头，世上想认个名人当祖先的大有人在，头也不抬地说道："保不成是你家祖宗，想让后代孙子为官爱民，清正廉洁，才编出这等故事来教育你们向善向上罢了。"

鲍局长听完闷闷不乐，但无法反驳人家。垂头丧气往家中赶，心里暗想难道自己遵循了一辈子的祖训到头来只是"纯属虚构"？

当夜，鲍局长做了个梦。

梦中，包青天一张正气间带着和蔼的黑脸，告诉他，只要身正心直，姓不姓包都无所谓。醒来后，鲍局长认为有理，从此不再纠结于更姓归宗。

他觉得保留鲍姓挺好，将来子孙们再有人当官，可将祖训与传奇延续。

《羊城晚报》2021年3月19日

菜脯林

老华侨林富商打算回饶城的消息传回，饶城领导们激动不已。领导班子马上召集干部开会商讨接待事宜，还请来林富商家乡河尾村的老村长坐镇。

"算起来菜脯林跟我还是同辈呢！"老村长顿了顿，说，"菜脯林是他的外号，现在得叫人家林老板。他小时候家里穷，经常吃不饱，瘦得就像菜脯一样，所以我们叫他菜脯林……他年轻时就跟人下南洋打拼，事业有成啦，还不忘本……"

饶城人把萝卜干叫菜脯，管萝卜叫菜头，脯字类似干，常见的还有鱼脯、肉脯等。

以前，饶城最出名的土特产里就有河尾村的菜脯。

河尾村地处东门溪出水口，靠近河边的地方有一片平坦肥沃、半沙半泥的菜地，特别适合种萝卜，种出来的萝卜个头适中，脆甜多汁。冬至前后，把菜地里的萝卜挖出来，去掉叶子，挑到溪边用水洗干净，锄头将河滩上原有的沙坑再刨得深一些大一些，村人都来腌菜脯，所以河滩上常有几个浅坑，各家各户可依据自家需求再扩大或另择地刨坑。萝卜围着沙坑一圈圈摆列好任其暴晒，摆完后再去河边拣些大块干净的石头放在一旁待用。半天后，把晒到脱水的萝卜翻个身，暴晒另一面。到了傍晚，挑一捆干稻草，先抽一些薄薄地铺在沙坑底，手上撒点粗盐，然后人立在坑中，将萝卜一个个平放进去，一层萝卜撒一层盐，边光着脚在萝卜上轻轻踩压，力求压实但又不弄断萝卜，直到将坑外所有的萝卜都填进去，再在上面铺上严实的稻草，稻草的作用是防湿防露水。最后，像垒塔一样帮着垒石头，把十几块大石头都放置到稻草上。第二天清晨，露水刚散去阳光还没出来之前，早早赶到河滩，取下石头和稻草，将坑里的萝卜取出来平放在草地上继续日晒，重复之前的工序。朝来暮往，就这样连续晒上十几天，萝卜渐渐变成菜脯，颜色呈金黄色泽便可以收回家去，放入干爽干净的陶瓷容器内塞满封盖，可以吃上一整年。有些老菜脯，是越老越值钱，能保存几十年。

镇长怕老村长一说开话头就说个没完，忙打断他，拉回主题，说："这次林老回来，一方面是探亲，一方面是考察，只有让他满意了，才有可能回来投资、建厂……接下来，我分工下具体的安排……"

旁边的秘书汇报道："林总那边反馈过来，有一个特别的要求，想请我们寄点正宗的河尾菜脯过去。"

"寄就是啦，这有何难？"

"之前寄了两次过去，林总似乎不大满意，说好像不大正宗。"

"怎么可能？不是在河尾村买的吗？"镇长瞪大眼问。

"现在的萝卜不比……"老村长说话。对口管理的副镇长忙打了个眼色，抢着道："现在河尾村民都外出打工，很少人种地了。自然腌萝卜的人也少啦。"

"胡说，我们再有钱也得种菜呀！"老村长不给副镇长一点面子，直接反驳道："是现在的地不行了，种出来的萝卜，不是空心就是黑心，根本做不了菜脯。"老村长继续侃侃而谈："河尾菜脯之所以出名，除了手艺好，还有我们那里的水好地好，而今上游开了加工厂，环境被污染，你们现在去看看水质，流到我们村都是垃圾和污水，这样的水浇灌的地能好？这样的地能种出好萝卜？"

众人一脸尴尬，可问题还得想办法解决。

最后，还是老村长有办法，自愿贡献出家里一瓶封存了十年的老菜脯，保证味道跟几十年前的一样。

快递寄出去没多久，就快到华侨说好归国的日子，领导们盼星星盼月亮，没等到林富商，回复说有事耽搁，无法抽身回来，还表示很满意上次收到的老菜脯，仿佛吃到儿时味道。菜脯林同时汇款来一大笔钱，说是定金，用于建设家乡，打算在河尾村兴建食品加工厂，生产各种饶城土特产，特别是河尾菜脯，一定要把它推到国外。

领导们听后，半喜半忧。喜的是招商引资，创造就业机会；忧的是担心林总得知真相，河尾村已无正宗菜脯，一怒之下，不再回来。

此时，老村长又发话："有什么难，现在还有时间，亡羊补牢也不晚呀。"

镇长觉得在理，一拍板，决定将林总的定金先用于水源治理，保护好水网脉络，杜绝污水黑水排放，一定要让饶城恢复青山绿水，让河尾菜脯重新回归当年的味道。

当天夜里，老村长回到家，掏出手机和菜脯林视频。

"林老板，还是你有办法啊。几句话就让他们行动起来啦。"老村长对菜脯林说。

菜脯林笑着答道："还是叫我菜脯林吧，老哥。以后呀，咱们的河尾菜脯还得靠你这个正宗'林菜脯'来传承啊。"

老村长不好意思笑了，年轻时他腌的菜脯，冠绝饶城，所以也有了个花名，叫林菜脯。

网吧军

网吧军原来不是开网吧的，他曾是人类灵魂工程师，在饶城中学教电脑课。

中专毕业那年，本来有两家深圳的大单位向他抛出橄榄枝，他没有接受，反而回到家乡饶城，成了一名没编制的代课老师。他想发挥在科校所学的专长，于是向校长建议在中学开展电脑知识的教学，毕竟在大城市很多学生在小学阶段就接触到电脑。

领导层认为建议不错，向上面打了申请报告，很快批下来一笔资金，买回来两台电脑，阿军也成了中学第一名电脑教师。让阿军傻眼的是，电脑买来后，没有放在教室，而分别放在正副校长的办公室。

"电脑金贵，还是放在校长室安全。"正校严肃道。

副校长说："上面正要求现代化办公，电脑先拿来给老师们练习下，过后再安排给学生也不迟。"

阿军捧着课本，给孩子们上了一学期没有电脑的"实操电脑课"，心里头恼火。学期末，他想去办公室找领导们再反映下，却撞见校长和副校长在电脑前不亦乐乎地玩着纸牌游戏，痴迷表情，跟学生们打游戏机一模一样。

阿军顿时觉得很没意思，回去后，把课本一摔，辞职不干了。不干教师，饶城里没有适合他的工作。他跟几个亲戚一商量，借了笔钱，去城里买回来几台二手电脑，在学校附近开了间网吧。

网吧是新鲜事物，一开始，阿军打出的是电脑培训班的名义，可饶城的家人认为学电脑没什么用途，报名的寥寥无几。眼见日子快过不下去，新婚的妻子忍不住了，逼着阿军放下往日的清高，给所有的电脑都装上了当时最火的电子游戏。不准未成年人进来打游戏的规矩也成了摆设。

昔日的学生前脚后脚进来打游戏上网，不再尊称他为军老师，在背后给他起个绰号"网吧军"，家长们生气不已，认为他误人子弟，咒骂他是"王八军"。

网吧军为了养家糊口，不得不低头，任人戳脊梁骨。只能在孩子们玩游戏之余，教授他们一些电脑知识，教会他们如何打字、如何申请邮箱、如何通过社交软件和别人聊天语音，等等。

一年不到，网吧就取代了之前的街机游戏厅，成了孩子们常去的场所。生意越来越好，网吧里的电脑数量从一排变成三排。

网吧军对同学们很好，从不责骂大家，平时有同学来上网没带钱，他都慷慨表示先记账，等有钱了再还。直到一次，几个社会青年忽然闯进网吧，要欺负一男同学。网吧军上前阻止道："别在我的网吧里打架，要打出去打。"

社会青年怏怏出门，并没走远，等在附近。男同学自然吓得不敢出门，一直躲到傍晚。社会青年仍没离开的意思，网吧军打了个电话。过会儿，那位同学的父亲就找上门来，气冲冲拉起孩子要他回家，恶狠狠地甩下几张钱，大骂网吧军只知道赚钱，让孩子们沉迷网络，不得好死。

"欠债还钱，天经地义。他欠网费，肯定得打电话找他爸还呀。"网吧军没在意，自言自语道。

等网吧里的其他人回过神来，发现门口的社会青年已不见踪影。

后来，科技不断发展，饶城很多人家里都有了电脑，能够自由上网。网吧生意萧条，网吧军突然又改了行，关了网吧，开了家电脑和手机维修店，还兼职帮人拉网线、设计网站，等等。日子过得充实富足。

网吧结业的时候，网吧军把店里所有的电脑都处理好，全捐给了山里的几所小学，让山沟里的孩子们能早几年摸上电脑。

十多年过去。网吧军教过的那些孩子里，不少人从事计算机相关行业，好几位成了软件工程师，大多数人的日常也离不开电脑。当有人获得成功或过年大家回乡闲聊，谈及第一次接触电脑的趣事，都不约而同把那段美好的回忆，与网吧军的网吧联系在一起，所有对科技的美好想象，都归之于网吧军的启蒙。

官爱瓶

  饶城南郊的陶瓷作坊，有一"白地刘"的字号，作坊里堆满各式器形的瓷胎泥坯，生产各种瓷器，从日用陶瓷到观赏瓷器，还有艺术陶瓷。作坊已传承十数代人，数百年窑火不曾熄灭。

  白地刘是作坊的创始人，原居南关刘村，以生产白地瓷闻名。白地瓷就是纯白色的瓷器，上面没有任何花纹图案，多是日常使用。白地刘为人精明，脑子活络，不断拓展业务和门类，花重金聘请工匠，派两个儿子到景德镇等瓷都名镇学习制陶做陶的手艺，还结交上城中琴峰书院的余夫子，请余夫子赐墨宝，为作坊绘制图样花式，再拿回原图到作坊，让工匠照着临摹，在陶器上绘以写意青花或浓墨重彩，置于窑炉内高温烧制成彩瓷。

  名士原作，名工匠手艺，烧出来的工艺瓷器大受欢迎，赚得盆满钵满。白地刘不满于此，他想更进一步。

  饶城置县的第一年，上面派了第一任县官来。到任当天，白地刘就命人送去贺礼，是一对半人高的青花梅瓶，瓶身上画的是周敦颐爱莲图，取"爱莲之出淤泥而不染，濯清涟而不妖"之意，来赞颂县官高洁自好。

  县官是湖南人，平生最喜欢的文章正是濂溪先生的《爱莲说》，马屁果然拍到马屁股上。县官大悦，欣然接受梅瓶贺礼。

白地刘乘机造势，说县官爱用他们家出的瓷器，将周敦颐爱莲图和《爱莲说》描绘到其他盆、碗、碟、杯、壶等器皿上，一经推出，果然风靡饶城。

三年后，第二任县官到任。到任当天，白地刘又派人送去贺礼，同样是一对半人高的青花梅瓶，瓶身画的是王羲之爱鹅图。白地刘打听过，新县官好书法，最喜行书，见后爱不释手，收下梅瓶贺礼。白地刘又放出风声，说县官爱用他们家出的瓷器，将王羲之爱鹅图和《兰亭集序》描绘到其他盆、碗、碟、杯、壶等器皿上，一经推出，再次风靡饶城。

如此循环往复，饶城换了九任县令，白地刘就送出九套梅瓶。每一任的梅瓶图案都不一样，颇有"一朝天子一朝臣"的味道。上有所好，下必跟附。白地刘如此操作，只不过是为了让饶城人家中的瓷器更新换代，卖更多的瓷器。

除了前面两瓶，还有"陶渊明爱菊瓶""林和靖爱鹤瓶""孟浩然爱梅瓶""苏东坡爱砚瓶""李白爱酒瓶""陆羽爱茶瓶""米芾爱石瓶"，合起来称官爱九瓶。

这一年，新县令赴任。白地刘听闻其祖籍为扬州，灵机一动，就烧制出扬州八怪之一，诗书画三绝的郑板桥爱竹瓶。白地刘派人将礼物送到县衙，可是，县官立马给退了回来。白地刘不解，又命人换其他官爱瓶去，没想，同样拒收。

连碰几次钉子，白地刘感到为难，私下买通县官仆人打听，得知新官原来是名盐商，贩盐暴富，靠捐钱得了顶戴，文墨艺术一窍不通，自然不懂花瓶上的风雅。

白地刘连忙去找余夫子商量。两人秘密商议半晌，余夫子又画出一幅名人新图相送。白地刘回去后，连夜赶制。

几天后，白地刘亲自将新青花梅瓶送到县衙，与县官喝下半杯香茗，然后起身告退，县官起身恭送，笑纳花瓶。

消息很快传遍饶城，县官这回收的梅瓶是"石崇爱珠瓶"。石崇富可敌国，独爱美人绿珠，千古留名。新的官爱瓶随之推出，饶城人争相购买。

官爱九瓶就成了官爱十瓶。官爱瓶畅销大卖，俨然成为饶城一道独特的文化风景。饶城人赞新县官和历任都是风雅之士。只有白地刘心中如明镜，新县官喜石崇，做事亦如石崇，表面痴情，内则贪财好色。县官根本不管瓶身字画，也不去看图案名人，还是余夫子的建议起了作用——在两个梅瓶内各塞了几个沉甸甸的大金元宝。

蛇　魁

乌崇山佘家，种茶世家。

前不久，佘老板从省外考察回来，就张罗在茶坊举办新闻发布会。

只见佘老板手持麦克风，一身帅气西装，站在茶树前向记者们说道："在开始之前，先请大家看场表演……"

佘老板的手一扬，旁边助手拎着一个罩着红布的铁笼子上前，半蹲到茶树下，一手拉起铁笼一端的铁闸，另一只手快速扯开红布，然后迅速退后。

众人一阵哗然，只见铁笼里盘着条蛇，懒散地吐着芯子。

佘老板道："别怕，这不是毒蛇，它只会采茶！"

"采茶？"众人好奇心顿生。

佘老板从兜里掏出一个哨子，放到嘴边轻吹。蛇闻音而动，从笼子里慢慢滑出来，像闻着茶叶的香气般，顺着茶树一路盘绕上去，爬到中部，蛇扬起头部，张开嘴，竟咬住顶部的新芽，又原路返回，把咬下的叶芽放回笼子里，然后又重新上树采摘茶叶，如此来回。

围观的人目瞪口呆。

佘老板介绍道："动物的触觉或嗅觉有时比人还要灵敏，想必大家都听过安徽猴魁茶吧？茶树野生于峭壁，人力难及，便有人驯养出猴子替人采茶，采回来的茶叶制成的猴茶鲜爽味醇，茶质一流，魁者尖也，猴魁因而得名。"

"蛇只采新芽或新叶作为茶青，做出来的茶叶自然也品质上佳。"佘老板继续说道，"因用蛇采茶，此新茶名为：蛇魁！"

现场爆发热烈掌声。工作人员适时地送上新冲泡好的蛇魁茶，记者们接过一品，不知是被刚才奇特的一幕所征服，还是真被茶香所醉倒，纷纷点头称赞。

蛇采茶青的画面被放到了电视新闻中、网络、报纸上，一下子就替蛇魁茶打响了名堂，一炮而红。市场反应亦如佘老板所料，订购蛇魁茶的订单如雪片飞来。

佘老板扬扬得意，他总想着干出一番事业，走出父辈们的身影遮挡，这下终于得偿所愿。

"这就是你去外地取回来的茶经？"老佘却唤儿子到跟前，劈头盖脸冷冷责问。他尝过蛇魁茶，比自家之前出品的白叶还要差。别人尝不出来，在茶叶里浸泡数十年的老茶师老佘不可能尝不出来。

"小声点，别让外人听见！"佘老板小声告诉父亲："都是噱头。现时兴炒作，你不搞点名目猎奇，谁来买你的茶叶呢？蛇魁茶火了，同样的白叶卖高一倍的价钱。"

"弄虚作假骗人，你的良心过得去？"老佘头连连摇头，劝孩子放下花花肠子。

佘老板并不理会，照样大肆宣传。谁知，天下没有不透风的墙。附近茶农们一见到蛇魁茶成了网红，便跟风想学佘老板的歪招。花钱打听，弄明白蛇魁茶的玄机：佘老板从广西请了个蛇贩，从人家手里买了个驯蛇的方子和草药，提前把药粉撒到想让蛇咬采的茶叶上，只要蛇闻到药粉的香气，就会循味上树，咬下嫩茶放回笼子。

蛇贩经不住利诱，又把驯蛇的机密和蛇药贩卖。这样一来，佘老板的谎言再也藏不住，蛇魁茶没红火几天就成为众人的笑柄，佘老板被顾客唾骂，生意一落千丈。

佘老板后悔不已，终日在家长吁短叹。

这日，老佘头把儿子唤到房中，请儿子坐下，沏了一壶好茶，让儿子先喝茶。佘老板见汤色清澈绿亮，一尝顿觉茶香满腔，知是好茶。

"这是我新开发的浪菜茶！你觉得如何？"老佘头说道："你的安徽一行，根本没有领会到名茶猴魁的精髓。猴魁的出名其实与猴子并没有多大关系，咱们的工夫茶也一样，都是靠数代人的苦心经营与努力，让茶叶品质始终保持在前列，这才是吸引顾客的最终秘密。"

佘老板默默点头，心中陡然明朗，明白神话与传说只能帮你一时，花样百出的噱头或许能短暂吸引别人的目光，但出品一流的茶叶才是品牌长红的关键。

此后，佘老板推翻以前的思路，从头再来，脚踏实地，跟着父亲在茶山茶园里苦心钻研，细心挑选，终于开发出一系列品质出众的新品来。很快，他们家的茶叶受到茶客们的追捧，大家给他的工夫茶品牌起了个响亮外号，叫"佘魁"。

镖师放

三角街是饶城的商贸中心。

在饶城开店可不容易，讲究三过硬。第一关系硬，开店有后台，幕后老板是县衙的老爷们，或是沾亲带故，能与官家攀上点关系；第二本事硬，黑道有靠山，自己有本事，一般的地痞流氓都不敢惹你；第三就是腰杆硬，腰杆硬就是荷包足，有钱能使鬼推磨，愿意花钱消灾，上交保护费，上下打点，生意才能长久。

如果不是三过硬的一种，你的店肯定开不下去。别提找碴儿找晦气的，光是欠账耍赖，三天两头吃霸王餐，没几天就得关门。

本来按规矩办事，各做各的生意，相安无事。可有一年，饶城的地痞头子换了人，下令上涨商铺的保护费。商家们不乐意，多不愿意缴纳。几位没背景没后台的商家平日就受够地痞流氓的吃拿讨要，就商量："不如我们把钱拿出来，合伙请个保镖巡店看店，都好过受那帮人的气。"

众人为难不知要请谁好，因为衙门里的捕快很多与地痞有来往。怕请错了人，赔了夫人又折兵。

有人提议说："不如请城北的镖师放吧。他以前在省城就是干镖师，功夫了得，看家护院，替人看场子应该胜任有余。"

镖师放是饶城本地人，年轻时出外打拼。去年才回家乡养老，虽然上了岁数，可体格强健，虎背熊腰，手足敏捷，目光炯炯有力，精气神一点不比年轻人差，一看就是练家子。邻居们还常看到他在院子里练功打拳。他为人低调，从不在人前炫耀武艺，绝口不提押镖或当镖师的任何事情。

老板们带着银子和厚礼，三请四求。镖师放终于点头答应。此后，镖师放就常出现在三角街的店铺里。从这家走到那家，在这家喝会儿茶，到那家吃个饭。有时白天在，有时夜晚在。

一连数日，店铺平安无事。地痞们把此事汇报头子，商议对策。地痞头摸不清镖师放深浅，不敢轻举妄动，商量着要不要派人去试探试探。

这日，镖师放走到理发铺门外，听到里面传来吵闹声。走进一看，有个二十岁出头的年轻人理完发，嫌弃理发匠理得不好，不肯给钱。理发匠的手艺在饶城是公认的数一数二，年轻人一看就是无理取闹，想赖账。镖师放可不惯着，一个马步上前，三拳两脚就放倒年轻人，年轻人举双手求饶，乖乖掏钱。

中午，饺子铺不知从哪里跑来个男人，耍酒疯要钱。醉汉胡言乱语，乱砸碗碟，饺子店老板忙叫人请来镖师放。醉汉似懂拳脚，从桌上跳来跳去，店伙计围不住拽不到。镖师放瞥了一眼，跳上凳子，凌空一脚，就把男人踢下来制住。醉汉一下子老实下来，后镖师放押着醉汉离去，生意照常。

下午，镖师放和朋友们在绸缎铺里喝茶闲聊。有个四十来岁的中年人，外地口音，满脸横肉，袒露上身，大大咧咧占了绸缎铺门前的空地，摆开架势，一把钢刀耍得有模有样，卖艺卖药。镖师放上去好言相劝，请他移到其他地方，不要阻挡绸缎铺生意。中年人自恃力壮，恶言挥刀相向，刀光晃晃，吓退围观的路人。镖师放镇定自若，看对方耍刀如看耍猴，看准时机，大喝一声，一记黑虎掏心，击中中年人胸口，对方随即倒退几步倒地，疼得直哼哼，自感不敌，灰溜溜收拾东西走人。看客们喝彩声四起。

消息传回地痞头耳里，地痞们心有顾忌，不敢再打镖师放和商家们的主意。

在镖师放的看护下，三角街的店铺有了五年平安时光。

五年后，镖师放因病去世。老板们感恩镖师放的帮忙，纷纷送去花圈帛金。镖师放没有儿子，只有三个外嫁女儿，从省城赶回来操办丧事。饶城人意外见到三个忙里忙外的女婿，隐约觉得面善，认出就是当年故意闹事，与镖师放大打出手的三个男人。

众人疑惑，渐渐弄清楚。镖师放的三个女婿都是省城戏班里的武生，有点功夫底子，虽多是花拳绣腿，腾挪跳跃，耍下套路仍可以骗过外行眼睛，就与镖师放上演了三场好戏。

镖师放，也没当过镖师。当年，乡人在省城遇到阿放推着独轮车送东西，见到箱子边还插着镖旗和刀枪，误以为是押镖，殊不知那都是戏班的道具，镖师放只是个戏班打杂。回到饶城，以讹传讹，唱戏的成了押镖的。

镖师放不澄清，只因镖师比戏子好听多了，还能受人敬畏。

补鼎洲

饶城人把锅唤作鼎，大鼎就是大锅。补鼎洲走街串巷专门帮人补锅补鼎，就是补鼎匠。

补鼎洲的手艺是祖艺，传了一两百年。他不单会补鼎，还会箍桶、锔碗，等等。箍桶是木匠活，有跟木匠争饭碗的嫌疑；锔碗又称锔瓷，修补各种瓷质器皿，在碗盘碟的破损处用铜钉将裂缝收紧锁定，能破镜重圆。不过因为饶城是瓷城，日用瓷器便宜，用坏的瓷器就随手扔掉，极少拿来修补，所以，补鼎洲的活计就多落在补锅补鼎上，就得了这么个外号。

生意好的时候，补鼎洲固定在三角街支摊摆点。生意一般的时候，就走街串巷，或出城下乡，一根扁担，一头挑着小风箱土火炉，一头挑着原料工具，边走边吆喝："补鼎补锅补脸盆，大坑细洞都能平！"走到哪补到哪。

遇到有人家要补鼎，就停下来寻块阴凉平整的空地，架起炉具，鼓动风箱，一边等炉火烧旺，一边摆开铁锤铁片锉刀等工具。等小陶埚里的生铁碎片烧融化了，坐下后在双膝上盖上一块厚厚的帆布，小锤锉子处理干净裂缝附近的铁垢锈斑，一手舀出铁水，一手持着石棉木棒，对准漏洞缝隙，边滴边按，呲喇声阵阵响起，白烟升腾，等铁水凝固，缝隙就已封上。小的洞滴铁水，大的还要放铁片铝片等焊接，冷却后再用砂纸慢慢打磨，补好的部位光洁如新，新旧鼎面衔接平滑，跟没坏过一样。当然，也有更简便的方法，俗称铆补法，用预制好的铁铆钉从鼎内面破洞处进行铆补，只须敲打铆合，形似图画钉，但这种方法修补后的鼎面既不平滑，又易损坏，虽然省些时间，可补鼎洲不屑用之，认为不是真正的手艺。

时日推移，人们的生活水平日渐提高。别说铁锅铁鼎，耐用的不锈钢，轻便的铝锅，美观的不粘锅也早不是什么稀罕物，价廉物美，用坏了，饶城人也不再修补，转头买新的用。

补鼎洲的生意一落千丈。

他想法子变通，开始帮人修补雨伞，磨剪子戗菜刀。世事如驹过隙，很快，补雨伞的行当也消失殆尽。别人磨菜刀，与时俱进，买回电动磨刀石做生意，又快又好，只有补鼎洲仍死脑筋一根，坚持手磨，争不过人家，还落人笑话。

幸好，子女们都成家立业，已不需要补鼎洲出卖劳力养家。七十多岁的年纪，本应该颐养天年，可补鼎洲闲不下来。把所有的工具都搬回城东老宅，改成工作间，想继续为别人服务。

人们看到补鼎洲大多时间，都在工作间里和老友喝茶聊天，没有接到一单生意。补鼎洲不在乎，也不差钱，反正有得干就干，没得做就休息。

一年暑假，在省城读大学的孙子回家乡，还带一日本同学前来游玩。日本同学来中国学习语言，和补鼎洲的孙子聊得来，成了好友。同学此行还从日本带过来一个家传的青釉花口碗，碗名叫"蚂蟥绊"，是从古代中国传到日本，落入同学祖先手里，因为碗有些裂痕，用锔钉修补过，形状像大蚂蟥，故而得名。许是日子久远，"蚂蟥绊"下有两颗锔钉脱落，日本已经找不到懂得锔碗的工匠，便想送来中国维修，给很多博物馆的老师傅看过，人家都不会修。补鼎洲的孙子得知后，就拍胸口表示自己的爷爷懂锔碗，连人带碗一道回来饶城。

补鼎洲接过花口碗，翻过碗底看了两眼，估摸下瓷器厚度，点头说能修。日本人欣喜不已。补鼎洲说干就干，掏出金刚钻、锤子、镊子，没一会儿就嵌入新锔钉，补好后，用布擦净碗，倒上一半水，滴水不漏。

日本同学叹为观止，拍手叫绝，然后慢慢道出此碗的来历。补鼎洲的孙子越听越觉得不对，忙用手机上网一查，不查不知道，一查吓一跳，在东京国立博物馆藏有一只一模一样的青釉花口碗，价值连城，已至国宝级别。锔的这只虽有残缺，料想也是不菲之物，难怪博物馆的师傅不愿意修，不是不会，而是不敢。

日本人家世不同凡响，为表示感谢，一高兴，就给了补鼎洲一大笔酬金。一旁听孙子说完来龙去脉的补鼎洲，已出一身冷汗，不知是后怕，还是酬金实在过于丰厚。

酬金有多丰厚？补鼎洲没说。但饶城人猜，该印证了那句老话：三年不开张，开张吃三年。

车站王

饶城有个车站王，大名王智强。

车站王的称号名副其实。在饶城车站外有一排建筑物，大多给王智强买下或租下，开了一家三层高的饭店，一家汽车修理店兼营汽配，一家小超市，还有一家小旅馆，几乎和车站相关的营生都被他给垄断，说日进斗金都不显言过其实。

王智强的老家就在车站附近的南关，他小的时候，就表现不同别的孩子的智慧，当然，有人说那是小聪明。十一岁那年暑假，他去饶城三十多公里外黄岗城的姐夫家小住。准备回家那天早上，姐姐赶着上班，就给他五块钱，送到车站门口，嘱咐他上车把钱给售票员。当时的车票四块五一张，剩下五毛钱姐姐奖励给他当零花钱。姐姐走了，智强坐在门口的台阶上等班车，等着等着，他脑子里浮出一个大胆的想法。

没等车来，他去路边的小卖部买了两包炒花生米，花了一块钱，把找零的四块钱藏好，左右口袋各塞包花生，顶着太阳上路，边走边吃。以前的孩子比较皮实，经常下地干活，风吹日晒都是小事。一路上，智强觉得很开心，心想着走回家，除了有花生吃，还赚几块钱零花。走渴了，下到路边的小溪，掬一把清冽的溪水解渴；走累了，躲到大榕树下歇息片刻。

他走啊走，从早上走到下午，从烈日当空走到太阳西斜。虽然还没看到饶城的地界碑，他一点都不着急。

可智强的父母却着急坏了。本来说好是早上九点半的汽车，两个小时就可以到饶城车站，父亲在站外等了半天，看着汽车停下来几辆，没一辆车上见到孩子的踪影。那年月没手机，好不容易通过公家的电话，三转四问，托人联系上黄冈的女儿女婿，得知孩子早上送到车站，自己坐车回家。

消息一传，家里人惊骇不已，生怕孩子给人贩子拐走。智强的堂哥忙找人借了辆摩托车，顺着饶城往黄冈的方向一路疾驰。堂哥骑到汤溪水库的位置，见到智强一脸疲惫，慢吞吞迈着步子，才把他载回。家里人见着孩子，大叫庆幸，没有责骂他。智强则十分得意，兜里藏着几块钱不用上缴，肚皮塞满香脆的花生米。走路回家的"创举"成为饶城趣谈。

到了十五岁上下，智强的心思更加活络。书不想读，天天和哥哥两人聚在车站附近，想着如何发财。

他们一开始捡车站里别人不要的空瓶子换点小钱，后来见人卖特产卖水果卖饮料，他们就学人家做起小生意。把捡回来的饮料瓶，拿回家洗干净，然后灌入自来水，再重新拧好。智强用竹篮提着饮料，专门守在路边等过路车。过路的中巴车靠站，有人下车有人上车，时间差不多，司机会重新启动车辆准备离开。这时候，智强头托着竹篮凑到玻璃窗外，殷勤地吆喝，要价比别的小贩便宜，有些乘客以为占了便宜，推开窗户掏钱要水，竹篮利索收钱，递给乘客的确是灌了自来水的假饮料。交易一完成，车子离开，乘客回过神来喝水，等他们发觉上当，车子已开出老远。过路客知道上当，又见是孩子，多只骂两句或自认倒霉，不会回头找他们晦气。

　　有一次，智强和小伙伴们在城外御史岭下玩。他看到岭下不知何时多了条浅坑，有辆三轮车经过，啪的一声，从车后震下一条青瓜。这一幕给了智强灵感，觉得是条发财路。夜里他拎来铁锹，悄悄把浅坑挖深，在附近摆上几个石头。每天，进出饶城的车辆不少，有时跌落一个瓜，有时运煤车撒下些碎煤块。智强他们就躲在路边的草丛里"守株待兔"，一旦有东西，就跑出来抢回。

　　一辆载着满满潮州柑的货车经过，轮胎辗上石头，剧烈震晃，掉下来两个柑。有个孩子眼尖，趁大伙不注意，蹿出来追着不停翻滚的柑。智强叫唤不止，后头下来辆快车，刹车不及，车头撞上那孩子，鲜血满地。

　　事故轰动饶城。智强的父母重重惩罚了他一番，不幸中的万幸，被撞孩子经过抢救，捡回一条命，腿部落下残疾。

　　此后，智强收敛心性，跟变了个人似的。第二年就跟乡人出外打工，几年后，攒下积蓄就回来车站摆摊卖水果，他的生意公平公道，童叟无欺，也不欺骗外乡过路人。生意越做越大，慢慢有了现在的规模，渐渐有了"车站王"的称号。

　　饶城人还看到，在车站王的饭店柜台后，常坐着一位负责收银的年轻人。年轻人瘸了右腿，干活马马虎虎，但工资比很多人都高。

大神钱

二十几年前，地下彩票风行饶城。

地下彩票，是不法分子借用了香港六合彩的开奖数据，将其改头换面，包装成另一种博彩，实则仍是旧社会的字花赌博。将彩票里的几十个号码，十二生肖的动物套入其中，每期开出的特等奖号码谓之特码，派彩奖金赔率一般为一赔三十左右，最多可达四十倍，诱惑性与吸引力极强，且常传出某某人买中特码一夜暴富的新闻，加之操纵彩票的人还常在下注前，到处散布一些似是而非的中奖提示，比如图纸等，让彩迷们去参透领悟，更让地下彩票披上了一股神秘与传奇色彩。当时，饶城中下至贩夫走卒，不识字的农民，上至达官贵人，或饱读诗书的教师们，都趋之若鹜，沉迷其中，倾家荡产负债累累者不在少数。

为押中开奖号码，大家无所不用其极，天天埋头苦思。有请学校里的数学老师推算公式，总结开奖规律；有请懂古诗古文的老学究解读图画旁边的生肖诗；时髦的年轻人还借助科技手段，输入电脑中企图破解玄机；封建迷信之辈，则想到去庙观里求神拜佛，摇签掷杯，占卜扶乩，妄想神明点化，托梦送个好数字。

不知是谁谣传，疯子能"透码"。能透露下期的彩票开奖号码？城里城外的几个疯子顿时成了人们眼中的香馍馍，都被尊称为"神仙",当然称呼中多少带着点戏谑。

每次开奖前,人们会拿着印有各种生肖图案的"图纸",到疯子处请求其指点迷津。有求于人,去的人自会带些水果糕点,或干脆装钱封个利是,半威胁半诱导,让疯子在图纸上点出最有可能摇出来的生肖号码。疯子们有痴有呆,眼见有吃有喝,有的开心胡言乱语,有的是举止怪异,顾左右而言其他,有些甚至捡起石头怒骂,拿起扫把驱赶来者。但任何疯言疯语疯行乱状,在求码者的眼中,都认为是带有玄机,需在记下回家参悟。

"刚才刘疯子打了我三下,估计下期特码会开三号。"

"不对,黄疯婆捡起地上的五块石子,我猜号码会是五、十五、二十五。"

"听我的,李傻强跳舞的样子像猴子,这回生肖押猴,错不了!"

大家互相交流起求仙心得,押什么码的人都有,自然有中有不中。不中的怪一声自己悟性不高,或疯神失手;要真中了,大夸特夸疯子灵验厉害,下期投注仍会前去求教。饶城内外方圆数十公里的十几个疯子里,名声最响、据称透码最灵的,要属住在桃源村的钱大,相传去请教他的人,中奖的概率最高,故而饶城人都称他为"大神钱",神仙中的大神。

钱大确实与众不同,他自幼聪慧,读书聪明,是二十世纪九十年代的中专生,考中的是录取率极低的省科校。要知道,当年的中专生可不简单,有真才实学,含金量比得上现在的研究生。毕业后分配到省里的科技单位,大好前途。可不知什么原因,竟传回来钱大神经错乱疯掉的消息。没多久,他就被辞退回到家乡。亲属们不愿意和他住一块儿。

城里的大宅在弟弟钱二名下，钱大便回到乡下老宅居住。他本身的性格就内向，加上读书多人显得高傲，行为举止略不近人情，在桃源村整天待在家里，不言不语。饶城人管他这类疯人叫文疯子，相对而言，会打人会伤人的叫武疯子。

大神钱透码的方式也很特别，不直接告诉你。求码人拎着礼物到他门前，他坐在门槛上似笑非笑地望着对方，看到对方心里发麻了，他就起身回屋，在纸上写下一个书名，扔给来人。求码人千恩万谢，放下礼物，回去后便去找那本书来读，从中寻找生肖和数字的踪迹，真有人读着读着参透了玄机，买中特码发了财。

新闻一传十，十传百，前来求码的人越来越多。

有个开瓷厂的老板财大气粗，扔下几张钱，拽着钱大说："我不识字，你别叫我去读什么书了，直接写数字给我得了……"

钱大仍笑，叫老板回家去看电视，就看市台的《晚间新闻》。瓷老板一连看了两星期新闻，没悟到什么特码，倒让其发现一个政策宣传中的商机，贷了款全投进去，竟意外暴富。奇事让大神钱声名鹊起，老宅的门槛都快让人踩断。

这天，钱二出现在桃源村。钱二开门见山，要哥哥赐几个特码。钱大摇头不语，钱二死乞白赖苦求，纠缠急了，钱二抛出撒手锏。原来父亲临走前，认为以前花钱供养钱大上学，忽视和亏待钱二，便把饶城的房子和老宅都给了钱二。

"你不说，别怪兄弟无情，宅子是我的，我可以赶你走！"钱二喊道。

钱大听完，直起身，回屋关门。第二天，再没人见到钱大在饶城出现过，传言他四处流浪去了。

后来，钱二回老宅收拾东西，在桌子上发现哥哥留下的一张纸，上面写着两个字，"豆其"！钱二想了许久，都没有想明白个中含义。

木雕森

  小金山麓山脚有木工作坊，作坊的主人叫木雕森。木雕森干了一辈子木雕的活，虽然早过了耳顺的年纪，可身板硬朗，带着一帮宗族子弟，终日在木头木屑中敲凿捶打。

  饶城木雕，是项古老的民间雕刻艺术，又被称为金漆木雕。木头经过精雕细琢之后饰贴上金箔涂上彩漆，顿显金碧辉煌，高贵大气。饶城的许多古木建筑、家具和祭祀神器上都能见到这种木雕。

  木雕森家几代人都是木雕工匠。他从小在木头堆里摸爬滚打，饶城的木雕行里很多工匠都是他的徒子徒孙，提起木雕森的手艺，饶城人都赞不绝口。

  年轻时，别人跟木雕森玩笑打赌，用布条蒙住他的双眼，只用手触摸木材，他都能一一分辨出摸到的是何材质。再严格些，不能用手摸，只能靠鼻子闻，他在木头上轻嗅几下，说出樟木、紫檀、龙眼、酸枝、黄杨，分毫不差。

  木雕森性格内敛，老成持重，说话总是轻声细语，从不高声喧哗。走进他的作坊，只能听到闷闷当当的凿刻声。专心干活的时候，没有人敢闲聊说话，也没有人敢放音乐听歌消遣。木雕森说，木刻是一项静心的活，工匠有自己的节奏，如果手机吵闹歌曲喧腾，乱了阵脚，刻出来的木雕也浮躁轻浮。

木雕森坐在木雕前，左边放一把紫砂西施壶，装满工夫茶，手持刻刀锤子，能坐上半天。干累了，站起来，手捧着西施壶，在作坊里来回走动，观看徒弟后辈们雕刻，偶尔出言指点几句或比画上几刀。

他从不以艺术家的身份自居，坦言只是手艺人，并不认为木雕高大上。作坊里刻的最多的还是日常的器具，大到门窗承梁，小到全盒、案桌摆件，等等。木雕森说，传统工艺如果不能走进平常百姓家，只活在博物馆和档案里，普通人用不上，又有何用呢？他只在闲暇时刻些木雕艺术品。

木雕森曾刻过二绝。

一绝，为饶城最大木雕，一尊长八米、宽五米、高四米，重达数十吨的卧佛，花费了六年才雕刻完成；二绝，为饶城最小最多的人物木雕。一个小灯罩上居然刻满水泊梁山的一百单八将，人物栩栩如生，线条分明绝不含糊。

木雕森不守旧，时常有创新。

一年恰逢北京奥运会，读中学的孙子接到任务，老师要求做一样工艺品参加展览，最好有奥运元素。孙子冥思苦想不得法，木雕森指点道："我不是教过你'虾蟹篓'吗？你把造型雕得扁平些，中间的缝隙留得再大些。"

一语点醒，传统的"虾蟹篓"摇身一变，竟变形成了国家体育场鸟巢的木雕，原本篓上的鱼虾蟹成了福娃白鸽和祥云，精美又贴题，为孙子赢回大奖。

也有不服气的匠人，总想找机会和木雕森一较高下。

有位南洋华侨归乡。打算出资在城南建一"忠直庙"，选定名臣"魏征""包拯""海瑞"三人入庙立像供奉为神。

华侨出重金请来包括木雕森在内的三家木雕师傅，有意让众工匠斗艺，提出让他们每一家负责一个木像。没规定什么姿态神情，也不管用什么技法，只提出一个要求，规定每尊木像需要全然垂直于地面，特别后背腰杆，得笔直挺拔，方符合"忠臣直臣""国之脊梁"的美誉。

雕神像是木雕森的强项。一般雕站立神像多上身略为倾斜，呈俯视状，信众抬头看上去会更加威严神圣。全身笔直有违传统技法，不过，既然华侨提出这个难题，三家工匠都决定在上面做文章，调整神像比例和姿态，让笔直的神像在视觉效果上也有俯视之感。

三家各展神通。木匠甲在木头上精描细绘，在神像头顶垂下墨斗垂直线；木匠乙则动用了电脑绘图，用激光标线仪定位。只有木雕森气定神闲，不需要草图或在木头上标线，胸有成竹，脑中有腹稿，直接上手雕刻。

一个月后，三尊神像都被请到了新落成的大殿内，殿中央的墙下已用水泥浇筑好三个基座底位。饶城人围观议论，都在比较哪一家的神像更直更庄严。

华侨到场，肉眼分不出哪尊更直，便命人把神像抬上基座，贴墙而立，再领着众人到墙边细看。

墙直像直！众人哗然，高下立判。唯独木雕森雕刻的神像紧紧贴住墙壁，没有露出一点缝隙。木匠甲乙的神像都有空隙。

木匠甲乙甘拜下风。木雕森谦虚道："不是我的木像比两位的更直，只不过我事先来新殿看过位置，知道如何因地制宜罢了。"

脚车杰

饶城人管自行车叫脚车，用脚踩就可以走的车。

改革开放之前，自行车在饶城是稀罕物，农村基本没有，在镇上谁家有一辆脚车，相当于现在谁家里有一辆宝马。新娘子的嫁妆里有一辆脚车，总会赢来无数人羡慕的目光。

脚车杰看着身边的伙伴一个个有了脚车，心动不已。秋收后，他把所有的粮食都拉去卖掉，换回一笔钱，瞒着新婚的妻子，加上家里的积蓄去趟黄冈，骑了辆崭新的自行车回来，十分气派。

妻子气得直瞪眼，骂："把粮食都卖了，我们明年吃什么？自行车能当饭吃吗？"

脚车杰不跟女人争吵，一副胸有成竹的模样。接下来的举动更让女人看傻了眼，脚车杰随车还买回来几件工具，把新车拉到院子里，放倒，操起工具就对着脚车东敲西扭起来。

"你是吃错药了吗？车敲坏了还能载货吗？"女人忧心忡忡。

没几下工夫，完好无缺的脚车就让脚车杰大卸成一地的零部件。女人欲哭无泪。脚车杰没停下，接着安装，过了一会儿，散落一地的零件又让他重新组装回一部车，女人瞪大双眼。脚车杰扶起车骑着踩了两圈，感觉没啥异样，一刻都不停歇，又拆卸起车来，女人皱起眉头。再拆再装，又装又拆，连续三次，女人大惑不解。

脚车杰停下来，跟妻子道出原委，说："我打算明天起开个脚车修理摊。这回去黄冈，和人家谈好了，以后需要什么配件就从那边运过来。"

女人惊为天人，没想到平日里屁都不多放一个，看上去老实巴交只会种地的老公，居然还有这一手。

没几日，三角街尾新开了一家脚车修理店，店主正是脚车杰。饶城的脚车越来越多，他的生意自是水涨船高，再之技术过硬，慢慢就打出了"脚车杰"的字号。七里八乡的脚车坏了，人们都推荐去脚车杰那里修，修一回能顶别人几回，结实耐用。

经济发展，几年后，摩托车慢慢成了饶城人出行的主流交通工具。脚车杰与时俱进，买回来一辆摩托车，准备拆卸研究。

有人笑话他："摩托车烧的是油，还有电路，跟脚车不一样，不要以为会修脚车就会修摩托车呀！"

脚车杰没理会别人的嘲笑，看着说明书，埋头研究摩托车。他花了一天学会骑，一天弄懂原理，买了几包烟去请教懂电路的电工大头一天，花三天拆装，前后一星期，脚车杰会修摩托车了，修脚车行升级为修摩托车行。

饶城人由衷佩服他的聪明。

此后，凡是饶城流行什么新电器新事物，脚车杰都会买回来研究。收音机、录音机、VCD机、电视机……不单自己拆，还带着儿子一起拆，反复把玩研究。他儿子似乎遗传了他的天赋，无师自通，也是个修理小能手，初中一读完，在修车行隔壁开了家电器修理店，生意同样火爆。

二十多年后，脚车杰自觉年纪大，便不再替人修脚车和摩托车，关掉修车行，专心帮孩子带娃。

五岁的孙子调皮捣蛋，脚车杰爱惜不已，比当爹时都用心，天天围着孙子转。孩子见到爷爷的新手机闪闪发光，以为新玩具，拿过去左看右看，用力上砸下敲，满脸好奇。脚车杰的妻子见状，生怕孙子丢坏手机，正要上去夺回手机。

"让他玩、让他拆，玩坏了我再买新的。"脚车杰却阻止妻子，说出了那句到现在都被饶城人津津乐道的名言："不破不立，无拆不成。只有下得去手，才能学得真功夫。"

三剑客

饶城有三剑客。

大哥外号"剑痴",家里藏剑数百把,墙上各处都挂满宝剑,密密匝匝,经常约两个兄弟来家中赏剑论剑;二哥人称"剑迷",拥有一把绝世龙泉宝剑,吃饭睡觉,连上厕所,走到哪里都要带着剑,他将剑比作妻子;三弟好像没什么名号,大家只知道他与其他两位剑客为伍,好舞刀弄剑。

大哥的剑法叫"无情剑",九九八十一式,出招冷酷无情,招招致命;二哥的剑招叫"多情剑",八八六十四招,招式凌厉,巧妙绝伦;三弟耍的什么招,大家说不上名堂,因为极少见到他出手,与人对敌。

外地有剑客听闻饶城三剑客的大名,前来挑战或切磋。一般都是大哥出面,无情剑寒光四射,大杀四方;如果大哥外出,由二哥顶上,多情剑一出,锋芒毕露,变化万千。三弟偶尔想对敌,总被大哥阻止,道:"有大哥在,用不着你们。"

三弟一听心中温暖,觉得有两位哥哥真好,有人保护有人罩。

二哥心里则有点情绪,他很享受大哥不在时,与敌对打的淋漓畅快,打得过瘾,打得解气。兄弟三人平日切磋,皆是点到为止。他暗想，要不是大哥在前面拦着，妨碍自己表现，说不准，名声要比现在响亮数倍。身边常有人为他抱不平，认为他的本事比大哥强，令他更是愤懑。

时间一长，大哥听到风言风语，对老二也多了几分忌惮和防备。

一夜，兄弟仨喝多了。一喝多，话就多。话一多，就难免有争吵。

二哥不服气，嘴里嘟嚷："凭什么你当大哥，我就得当老二？还有老三，你甘心一直当老三吗？"

"老三挺好。我喜欢当三！"老三继续喝着酒，嬉皮笑脸。

"我年纪大，自然是大哥。"大哥瞪起牛眼，直勾勾望着老二。一开始，他们就是按年龄排序。

"不行。我们是剑客。剑客得看各人的本事高低，谁的本领强，谁就当老大；谁的剑法高，谁就是大哥。"二哥话里有话。

"你这样说，是想比一比了？"

"恳请大哥赐教！"二哥一抱拳，摆开架势。

"不想当第一的剑客不是好剑客！早知道你不甘心当老二，好，今天咱们就放开了打一场，生死有命。你赢了我，我拜你为大哥。"大哥抽出宝剑。

"自家人，莫伤了和气。"三弟想劝架，却给剑气逼得连连后退。

"老三，你莫管！"

"对，等我们分出胜负，再来和你比。你能赢，我们一样尊你为老大。"

大哥刚猛霸道的剑招一一递出，九九八十一式，虚虚实实，繁杂多变，如海潮涌岸，连绵不断；二哥手中包罗万象，见招拆招，来招挡招，八八六十四招，防中有攻，守中有进。只听得剑击铿锵，两人杀得难解难分。

三弟站立一旁，手按在剑柄上，眼里脸上满是焦急神色。

哐当一声，两把宝剑同时断裂。老三望去，大哥二哥都平躺在地，各有一截断剑没入两人胸口，已然断气。

"大哥、二哥！"三弟泣不成声。

半月后，三弟处理完两位哥哥的后事，落寞地走在路上。忽然，他瞧见前面走来两位身佩宝剑的侠客。两人看上去年纪差不多。稍年长的英气逼人，威风凛凛；年轻点的剑眉星目，骨骼精奇。

三弟越看越欣喜，脚下靠近，上前向二人行礼，自报家门。

"两位哥哥，看来也是剑道中人，小弟心生仰慕。想请二位到酒楼一叙……"

"我们兄弟俩初到饶城，正想找个地方长住……既然如此，我们就不客气啦，请……"

两位剑客与他一见如故，越聊越意气相投，携手同行。

不久，饶城有了新的三剑客。

大哥"剑神"，二哥"剑圣"，老三依旧是老三。

字疯子

　　说起饶城里字写得最好的人，饶城人首推琴峰书院的余夫子。

　　饶城外有一个跟余夫子年纪相仿的老农，也特别喜爱书法，他所写的书法与众不同，也有人说，老农写的根本算不上书法。

　　一垄垄青绿的田地边，老农干完农活，没有休息，反而拾起一根枯木枝，不停在地上画来写去。路人笑他行为怪异，老农解释，他以地为纸，以木为笔，是在练习书法。

　　路人嗤之以鼻，叹气摇头，讽刺说这样练字定无出息。

　　老农答："古时有人以腿为笔，不停在地上练写一字，就连书圣王羲之见到都佩服万分，夸人家一字写得好，要拜他为师，称为一字师！"说完，老农仍自顾自练字。

　　除了种田，老农这辈子干的最多的一件事，就是写字。他学习书法似乎自成一派，小时候没读过几年书，字认得不多，却十分崇拜会读书写字的文人。买不起碑帖字帖，他就去看大户门口上贴的挥春、庙宇道馆上刻的对联匾额，甚至连写得弯弯曲曲的符咒和大夫开出的潦草方子，只要他认为好看的字，都记在心中，记下字的模样，回去就在纸上仿写临摹。如此学回来的字，自然没有规矩，没有法度，乍看上去，十分怪异，有人说是画，也有人说是字，不过肯定是丑字。

渐渐，饶城人都知道了他这号人物，赠个外号"字疯子"。老农不理会风言风语，日复一日，年复一年练字，不知过了多少年。

一日，余夫子在琴峰书院的学堂里练字，学生领着一个外人进来，外人三十来岁，一脸黝黑，看样子像个乡下汉。

学生介绍说来人是送东西的，余夫子认不得来人，心中纳闷。

乡下汉行了个礼，从怀里掏出一张折叠起来的大纸，自报家门，说："这是我父亲写的大字，想请先生看看。"

余夫子展开一看，仔细端详，眉头凝重，字非草非篆，非楷非隶，横粗竖粗，转弯处有圆有扁，不像字又像字，像画又不是画。余夫子心下一动，忙问："令尊是否就是城外爱写字的老农。"

乡下汉腼腆点头。

"他今在何处？是跟你一起进城来吗？是不是在外面，快请他进来喝茶。"余夫子忙道。

乡下汉低下头，神情黯然，一脸悲切道："老父亲病重卧榻，恐时日无多。弥留之际，心中仍念念不忘这些字。我就想着送幅字来给您看看，能否请您点评一二，好让他走得瞑目……他一辈子痴心书法，常被人看轻……所以……"说着说着，已泣不成声。

余夫子心中惊讶不已，顿觉手上的纸有千斤重。

"此字我收下细品，你且先回去忙你的，明日我会到府上，和老先生一叙！当面请教。" 余夫子对汉子认真道。可没等夫子和老农见上面，当夜就听到老农过身的消息。

汉子简陋的院落前，迎来余夫子和他几个弟子一行人，弟子们抬着花圈，有人捧着挽联，挽联是余夫子亲笔书写："手写天地神永驻，足踏山田书长存。"

余夫子来到灵前，正襟行礼，对着老农的棺木鞠躬，后拱手道："自古知音难觅，老先生赠字，是将我引为知音。余某心中有愧，愧的是没早点来结识先生。先生所写之字，我会好好保存。"

说完，又是一番鞠躬行礼。

消息传出，很多乡人都跑来看热闹。余夫子一离开，大伙就嘀咕上了。有人认为，连饶城闻名的大书法家余夫子都跑来吊唁，说明老农真有点本事，余夫子要珍藏他的字，那更说明"字疯子"的字肯定值钱。

一想到这里，有几个脑子活络的年轻人，不理会人家还在办丧事，硬挤进院子里，拉过老农的儿子，说出想买"字疯子"留下的书法。

"我爹的字，前两天守灵我全给烧了。除了送给余夫子那幅，世上应该再没有我爹写的字了。"汉子实在，一五一十说了。

想买字再去城里转卖得高价的人一听，不免捶胸顿足，后悔以前怎不跟"字疯子"要上一幅半幅字帖，白白错过良机。要知道，书画都是作者死后涨价升值，如果炒作一番，分分钟比得上余夫子的字画价格。

于是乎，饶城刮起一股收罗"字疯子"书法的歪风，甚至有人弄虚作假，伪造字帖。

　　再说回余夫子。回去后，他便命弟子把老农的那幅字挂在学堂的显眼处。在字画下面的弟子们抬头仰颈，观摩许久，都看不出字的妙处来，忍不住去请教余夫子："老师，这字到底好在哪里呢？我怎么看起来，觉得马马虎虎，没有一笔是对的呢？"

　　余夫子放下笔，眼睛望着窗外，轻声道："老先生的字，确实不算字。我佩服的，乃是他孜孜不倦、一生好字的精神。"

舔　官

　　午后，乞丐猫在官道边的野地里方便，身影隐蔽在半人高的野草后。忽然，听到路上响起鸣锣开道的声音，他明白应该是县官回饶城衙门，不敢冒出头来，身子继续往边上草木更葳蕤的地方躲了躲。要是冲撞到官老爷，不知道回避，少不了挨衙役一顿棒。

　　锣声越来越近，越来越亮，到了乞丐的附近，声音戛然而止，轿夫们停下轿来，喘着粗气。透过叶间草缝，乞丐见到轿上下来一个臃肿肥硕的身影，三步并两步，朝着乞丐隐身的方向奔来。

　　乞丐紧张得大气不敢出一下。官老爷走到距乞丐几步远的地方，停下来，一阵手忙脚乱，窸窸窣窣，解开官袍，褪下裤子，蹲了下来。乞丐捂着口鼻，才明白过来原来县官和自己一样，也是人有三急，路边随解。

　　过了一会儿，官老爷缓缓站起来，摸摸肚子，双手仍提溜着官袍。瞧着县官半个白花花的屁股，乞丐内心不由生出一丝好奇，他想看下官老爷用什么东西擦屁股。早听人吹嘘，说饶城里有钱的阔佬阔太、官老爷们上厕所，不用草纸，用的是名贵的绸缎。穷人家和乞丐没那么多讲究，没钱的就地取材，竹板、鹅卵石、树叶、干草都可擦拭。

官老爷半弓着身子，嘴上一记口哨，从轿子后猛地蹿出一只龇牙咧嘴的猛犬，狂奔而来。乞丐吓坏了，生怕被狗发现。

猛犬跑到县官身后，竟不再前跑，转身仰头，口鼻正好对准县官屁股的位置，伸出舌头，不停地来回舔，仿佛享受难得的美味，几下工夫，县官的肛门就干干净净。县官一脸轻松舒服，十分满意，提裤上轿，扬尘而去。

乖乖！叫狗舔屁股，真懂得享受！乞丐蹲在原地，久久迈不开步子，他无法想象狗舔肛门的感觉，就如同一个穷人，无论如何都体会不到富翁的快乐。

这一幕时不时萦绕在乞丐心头，他越想越好奇，也想体验一把狗舔屁股的快感。

几天后，乞丐乞讨至衙门后的小巷子，兴是吃坏肚子，见四下无人，就蹲到僻静处想速战速决。巧了，县官的宠犬不知从何处钻出来，一见乞丐，便目露凶光。

来得好！乞丐心道，从破衣里掏出一块刚从别处偷来的肉干，撅起屁股，朝恶犬引诱道，来，替爷舔舔屁股，这肉就赏你啦。

恶犬狂吠一声，飞奔扑上，朝乞丐屁股狠咬一口。乞丐哭爹喊娘，惊慌逃走，屁股处还滴着血，血点洒了一路。

狗仗人势！要不是县官的狗，我早把它拿来做狗肉煲了。乞丐躺在破庙的破席上养伤，对其他乞丐不停诉苦。

别人笑他自作自受，狗看主人，怎么会随便舔别人屁股。

乞丐回：狗舔官屁，不舔我屁，是因为我和官吃的东西不一样，要是我能吃上官老爷的山珍海味，拉出来的屎香，狗自然会舔。

这还不容易！老乞丐说，下个月城隍庙香期，照惯例，县太爷会摆席宴请乡绅，到时我们去那里转悠，定能讨赏些上等的吃食。

乞丐觉得有理。等伤养好，正赶上庙会，城隍庙附近人山人海。县官还请来戏班助兴，在戏台下大摆宴席。县官酒足饭饱，看戏看得高兴，就命人把还没吃完的佳肴美酒全端出去，施舍给围观的乞丐穷人，当行善事。

众丐一哄而上，抢夺争食。

乞丐抢到肉菜，就着半壶酒，混个肚饱肠圆。不多时，酒气上头，乞丐脚步踉跄，满脸红光，已有醉意，眼神迷离，些许犯困，想找个地方躲起来小憩。转悠到城隍庙的后花园处，见空地摆放着几个半开着的大戏箱，箱子里装着戏班的道具戏服，蟒、帔、官衣、褶子等。无人走动，乞丐便躺进一口箱子，大小正合适，随意拉扯过一件戏衣盖在身上，呼呼大睡。

不知睡了多久，乞丐迷迷糊糊间，感觉肚子阵阵绞痛，便意汹涌，从箱子里跳起，顾不得身上缠着的戏袍，钻入旁边一棵石榴树下，拉下裤子便噼里啪啦，一阵痛快过后，腹部的疼痛逐渐消失。

吁！乞丐缓缓舒气，揉揉大腿，弓身张望，想寻片树叶来擦拭。忽然，感觉后庭一阵暖意，像有羽毛来回拨弄，酥麻安逸。扭头一瞧，见到县官的宠犬温顺无比，伸长舌头，正一下一下舔着自己的肛门。

乞丐惊诧不已，难道狗真的能从屎中尝出食物的不同？再低头细看，发现自己腰间居然缠着一件戏衣，与县官的官衣有几分相似。

许大夫

　　许大夫坐诊的日子，没有那么多规矩，饶城的孩子和年轻人都喜欢找他看病。许大夫三十出头，他们家是悬壶世家，往上数十代人都是大夫。他们家在三角街开了家药店，以前一直由他父亲老许大夫坐诊。

　　十年前，老许得知省城有许多杏林名医，就出钱让儿子去省城拜师访医，提高医术。许大夫到了省城，遍访名医，求学求教。省城的教堂中，有几位来华传教的神父精通西洋医术，许大夫也登门拜访，虚心请教，学了些外国医生治病救人的方法回来。

　　许大夫看病，中西结合，不像他爹一把脉就把老半天，还不让病患随意说话，只能问一句答一句。小孩子觉得许大夫的器械新奇，听筒贴在胸口就能听见心跳，看病时还会逗他们玩，不会动不动就让他吃苦如黄连的中药，一两颗药品就能药到病除，有时甚至不需要他们吃药，回去休息几日便可恢复。年纪大的病人却觉得小许大夫不稳重，路子不正，望闻问切根本不理会以往的五行气脉之说，担心他学的是奇技淫巧，无益反招害，不愿意给他诊断。

　　父子俩就单双日轮流出诊，老许大夫主要看老顾客，许大夫招徕新病人，各有兼顾。

不坐诊时，许大夫就在饶城各处转悠，结交三教九流的朋友。最常去的地方是县衙后面的陈尸处和西关的大力生家。与陈尸处的仵作交友，方便观看尸体，遇到有被开膛破肚的或被刽子手砍头的尸体，他必次次亲往，细心研究，想弄清人体内在的真实情况。而大力生是饶城的武术名家，好舞枪弄棒，免不了受伤骨折，经常找许大夫治疗，一来二去，两人就成了好友。

大力生自从拜了琴峰书院的余夫子为老师，就很少与人争强斗勇。可名声在外，总有一两个武林高手借拜会请教之名，要与他比试。

某日，外地来了位武夫，自称是点穴高手。点穴神功出神入化，谁要是被戳中穴道，非死即伤。

点穴功夫玄幻缥缈，大力生本不想理会。点穴高手却在饶城各处叫嚣挑战，号称饶城无人能敌点穴功夫，看轻饶城武夫。大力生在他人的怂恿和刺激下，咽不下气，不得不出面应战。

"我就站这让你点穴，点死了算我倒霉！点不死，你以后就别再来饶城献丑了。"大力生凛然道，站如铁塔，一动不动。

点穴高手点头应允，右手竖起食指和中指，出手快似闪电，戳在大力生的胸部。

大力生觉得一麻，随即又觉安然无恙。

"点穴神功，不过如此嘛！"大力生笑道。

"你别高兴得太早！我方才点的是巨阙穴。此为死穴，百日内必死。"

大力生听后哈哈大笑，认为对方虚张声势，继续嘲笑道："那好，咱们百日后再会，你再来饶城看看，我死了没！"

点穴高手没讨得好，一脸讪讪，灰溜溜走了。

隔日，大力生起床后，感觉胸口隐隐有些酸痛，他不以为意。照常在院里打拳运动，一套长拳下来，他觉得被点中的位置仍然作疼。

难道真被封了死穴？大力生暗道，坐下运气，想用内力化解穴道。一使劲，胸口疼得更加厉害，他强忍着运气，不停用劲，穴位越来越疼。

一连数日，大力生在家中打坐运气，拍打全身，都没办法缓解疼痛，反而有加剧的情况。

幸好，许大夫上门做客。

大力生忙道出事情经过，想请许大夫用金针解穴。

许大夫摸摸胡子，仔细检查了大力生胸前背后，在穴道附近轻揉几下，嘱咐道："无须用针，也无须用药。你且先静卧几日。切记，这几日，你多卧床休息，莫要动气动怒，也不要喝酒，更不要再运气冲击穴道，心平气和，穴道自解。"

大力生听从吩咐，卧床一星期，果然。一周后，胸口疼痛感消失，恢复如常。他高兴不已，设宴感谢许大夫。

"没想到许大夫竟是解穴高手！"大力生拱手道。

许大夫慢悠悠掏出一本西洋医书，指着上面的人体解剖图画，解释道："我哪懂什么武学，只是略知人体构造罢了。巨阙穴在人字骨以下，此处乃人之膈膜，膈膜被重击受伤，容易发炎，如不休息恢复，仍用蛮力冲击，或饮酒动怒，会加剧炎症，导致死亡。其实不用懂功夫，一般人用蛮力重重击打此处，一样能让人受伤。"

百日后，大力生活蹦乱跳，点穴神功，不攻自破。那位点穴高手没再在饶城出现。

快刀翁

翁风在磨刀，磨他的快刀，不紧不慢地磨他的快刀。

刀锋闪烁着幽光，他的刀一点都不钝，相反，吹发可断。但翁风仍要磨刀，同行们知道，他一磨刀，就有人要遭殃。

翁风是个杀手，江湖人称快刀翁，每次杀人前，他都要磨刀。

"刀不磨不快！"翁风说，"就跟人一样，得保持锋芒，太久不出手，人就退步。一个杀手的刀不利，等待他的就是死亡。"

尽管朋友们一再劝说他金盆洗手，他都说不能退休。杀手真正休息的那刻，就是他倒下的那天。翁风如是说。

刀在磨刀石上来来去去，翁风边磨边想着如何堵截下一个目标。

哐当一声，忽然，刀断了，断成两截。

再锋利的刀也有断掉的一天。翁风在心里叹了口气，随脚把断刀踢到角落里。

"我需要一把新刀。"翁风去到三角街的打铁铺，对打铁匠牛大说道。牛大是饶城最好的打铁匠，翁风之前那把刀就出自他手。

"你还需要一个新手！"牛大接过定金，说道，"再好的钢，都会生锈；再厉害的人，也有老的一天。"

翁风听了，默然点头，认为有几分道理。

"三天后来拿吧！"牛大说。

三天后，翁风如约而至。牛大递过新刀，还领过来一位十来岁的少年。翁风打量少年许久，见孩子骨骼清奇，眼神里透着一股杀气，最重要，话不多，确实是块当杀手的好料。

翁风扔给牛大一袋银子，带走了刀和少年。

少年成了翁风的徒弟。翁风教他刀术，教他如何杀人。没几年，少年就出师了。雇主花钱请快刀翁去杀人，翁风收了钱，自己不出马，派徒弟出去，一样杀人一样打着快刀翁的名号。快刀翁是翁风，也是少年。

少年寡言少语，杀人赚的钱一分没拿。每回出门干活前，他都会磨刀，磨他的快刀，不紧不慢地磨他的快刀。

"刀得时时磨炼，才不会生锈迟钝。"翁风赞赏点头，他感觉，徒弟的功夫快赶上盛年时的自己。

自从徒弟能独当一面，翁风就极少出手，自然也不再见他磨刀。翁风坐拥万贯家产，闲着就养花弄草、喂鱼赏鸟，过得安逸惬意。

翁风躺在院子下的摇椅上，树荫浓密，清风阵阵，吹得他昏昏欲睡，心里不知多舒服。迷迷糊糊间，他听到一阵磨刀声。

翁风睁开眼，看下日头，又看了下墙根。徒弟在磨刀，磨他的快刀，不紧不慢地磨他的快刀。

"今天没任务，你磨什么刀呢？"翁风不解。

"磨刀，为了杀人！"徒弟咬牙切齿，缓缓说道。

翁风一听，后背不禁升腾一股凉意，嗖地从椅子上弹起来，喝道："你想杀谁？"

徒弟没答话，凌厉的刀势朝着翁风扑去。翁风仓皇应对，几个回合过去，雪白的墙壁染上几抹猩红，院落又恢复平静。

翁风直挺挺躺在树荫下。刀久不磨生锈，人不练则退步。他怎可能是天天练刀的徒弟的对手？

从此，江湖上再没有快刀翁这号人物。

饶城的打铁铺里却多了一位埋头打铁的年轻人。年轻人寡言少语，牛大也不多问，他爱惜地看着少年的后背，时不时想起，十年前的那个夜晚。少年满脸鼻涕和眼泪出现在他的铁铺门前，哭着要牛大卖刀给他报仇。

"想报大仇，你得耐下性子磨刀。"牛大对孩子说。

屠户庆

屠户庆的刀法闻名于饶城。

屠户庆以前在省城干刽子手。刽子手有一条不成文的规定，杀人不能过百。如过了百数，则死后会下十八层地狱，一般刽子手砍别人头砍到近百数就会金盆洗手，或改当普通的衙差或上了年纪的就告老还乡。有人说屠户庆在省城砍了九十九个头颅，秉着刀不过百的原则，才辞掉差事回家乡。

当一名刽子手，需要过人的刀艺和胆量，加之晦气不吉利，一般人干不了，刽子手的收入比很多人都高出许多。可因为屠户庆花钱大手大脚，当刽子手没积攒下钱银，回到饶城仍得找事情谋生，所以就当了屠户，杀猪卖猪肉。

所以，屠户庆身上除了有其他屠夫的杀气，还有一股子阴冷气。

屠户庆摆摊卖肉，不吆喝，不与人闲聊。顾客要哪块就切哪块，刀刀稳狠准，要一斤，一刀下去刚刚好。尽管服务态度一般，可去他那里买肉的人却不少。皆因屠户庆的刀快，血放干净了，开膛破肚，猪还活着，一颗猪心怦怦直跳。这样的肉能不新鲜？能不吸引人来买？再加上他从不二价，杀的猪多，卖得也便宜，薄利多销，早早就把两三头猪卖完，换身干净衣服就奔茶楼喝茶吃点心休息。

　　茶客中，有人好奇他过往的经历，旁敲侧击他关于刽子手的事情，可屠户庆不是岔开话头，就是置若罔闻。

　　当人们渐渐淡忘关于刽子手的传奇时。在某一天的清晨，县衙传出一个惊天消息，坏事做尽的山贼头子彭大刀疤昨夜乔装下山，去到怡红楼喝酒，醉后被擒。彭大刀疤是刑司衙门早下过通缉令的要犯，诸州县只要验明正身，不需要另行审核，都可裁定定罪。县太爷连夜审案，判了个斩立决。判决一出，县里的捕快们不知是胆怯，还是私下与山贼们有来往，无人敢持刀动刑，不是推托生病，就是推说非分内事，拖延着不肯上刑场。有人还说，彭大刀疤煞气太重，一般人压不住，生怕在刑场上露怯，万一失手，倒失了官府面子，不如上报州府，请来专职刽子手，择日再斩。

　　县太爷恐夜长梦多，无奈之下，只好纡尊降贵，去到屠户庆的家里，想请屠户庆出山执法。没等县太爷开口，屠户庆先说出杀人不过百的禁忌。县太爷是通情达理之人，一番劝说后不再强人所难。回去后下令把彭大刀疤关押于县衙左侧的监牢内，等候州府派人来行刑。

　　谁知入夜后，彭大刀疤的同伙竟混入城内，在城中各处放火制造混乱，等县衙的人出外救火之时，硬闯监牢，大动干戈营救彭大刀疤。一时间，听到饶城喊声四起，百姓惊慌失措。彭大刀疤趁乱和喽啰们杀到北城门口，与守城门的兵卒厮杀到一块儿，彭大刀疤杀红了眼，挥刀乱砍，几个准备进城的百姓惨遭不幸。

　　那时，昨晚下乡收猪的屠户庆正赶着两头猪走到北门外，听到前面刀剑齐鸣，惨叫连连，忙掏出插在腰间的杀猪刀防备。清晨的薄雾中，屠户庆看到平日挑菜进城贩卖的老头被砍倒在地，后面蹿出一个满脸刀疤的壮汉，举着大刀飞奔而来。屠户庆没有退去逃跑，反而镇定摆开架势，自若迎敌。哐当两声，杀猪刀和大刀碰到一处，大刀脱手飞出，屠户庆扬起一脚，重重踢在彭大刀疤心口，彭大刀疤应声倒地，脖子被屠户庆死死踩在脚下，动弹不得。后面的官兵姗姗来迟，见到屠户庆如守门大将，铁塔般魁梧，英明神武。

县太爷感谢屠户庆出手相助，再次邀请他为民除害。屠户庆迟疑。

"杀不死爷，爷改日一定血洗饶城！第一个杀你这肮脏屠户！"地上的彭大刀疤咬牙切齿咒骂道。

与彭大刀疤凶狠的眼神对视，屠户庆轻轻点头，终于答应县太爷的请求。

当天午时，南关外的较场挤满看热闹的人群，人们眼神中透着一股兴奋与好奇。屠户庆挎着明晃刀站立在彭大刀疤身后。

"时辰到！斩！"台上的县太爷扔下令牌。

光芒一闪，砍头刀如闪电劈下，彭大刀疤嘴里的骂声还没骂出口，头颅已经滚到一丈开外。没有想象中颈部喷血、血雨满天的骇人场景，没了头的身体向前缓缓栽下，过了一会儿，血流才从颈部潺潺流出，蜿蜒如蛇。

"好快的刀！"饶城人在心中暗道。

屠户庆头也不回，潇洒转身离去。

过后，屠户庆又跟往常一样，出现在三角街卖肉。有顾客买肉，故意问他："杀了彭大刀疤，不就破了杀人不过百的规矩吗？"

屠户庆淡然道："禽兽不如的人，算不得人，当多杀只猪罢了！"

白晓生

饶城北门一排古玩店，专卖古董字画。

白晓生的文雅轩就是其中的一家古玩行。白晓生，饶城人称百晓生，夸他博学多才，知晓天下古董，善辨真伪。文雅轩的生意自然比其他几家店要好上许多。乡下人挖到一些宝贝或有家传宝物变卖，多拿去文雅轩鉴定，一来白晓生开价实在，不会贬低贱买；二来认为白晓生水平高，经他鉴定过的古董，真赝立分，极其权威。每件经他手的收藏品，都会配上一张签有"白"字的鉴定书。有此印记，代表古玩字画就是真品，有些人甚至看都不看藏品，只认白字签章。

时间一长，其他几家古董店的老板对白晓生有了意见，总想着找机会杀杀他的威风。

几个老板相约白晓生到三角街的陆羽茶楼喝茶，表面上说开赏宝会，顺便品鉴下各号最近收回来的宝贝。白晓生却猜到几分，估计是场鸿门宴。

到了约定的时间，白晓生领着儿子小六子一起来到茶楼，走上台阶，就见到二楼站满了人，在座的除了几位老板，还有业内的行家、饶城的闻人，连过道都挤满了各色闲人，等等。白晓生眼见此情形，没有一丝紧张，谈笑风生，与一众熟人打起招呼。

李老板是牵头人，上前迎接，拱手请坐。喝过茶，李老板皮笑肉不笑拍下手掌，下人捧着长盒子来到众人跟前。

李老板打开盒子，从里面小心翼翼抱出一卷山水图，说是唐代名家真迹，请大家鉴赏。白晓生起身细看，手指轻捏了画作的纸边，末了，还俯下身在画上闻了闻，嗅了下。

"如何？白老板！"李老板问。

白晓生扭身，对李老板笑道："白某说实话，如说得不对的地方，还请李老板多担待。"

李老板冷笑，仍故作大方，伸手做出请的手势。

"新的。"白晓生解释道："虽然画作以假乱真，宣纸摸上去松脆变质，似乎年代久远。造假手段很高明，可惜，你们可闻到一股隐隐的中药味。"

"保存字画，放些樟脑松木驱虫，有点异味，有何不妥？"李老板不以为然道。

"李老板说得也对。"白晓生继续说道，"不过这味闻上去不像驱虫药丸味，但有点像广府的凉茶味，我知省城有种造假方法，就是把假画挂在灶台边，下面不停煮沸凉茶，让烟气熏蒸字画，药气可将字画熏黄，同时加速纸张陈化。"

李老板惊讶，低头在画作上闻嗅。

白晓生说："不过此法有一漏洞，蒸汽自下往上，并不平均，只要仔细捏遍全画，就会发现同一张画，纸张的老化程度却又不同。有时还可以看到，卷轴的位置纸张如新，因那里熏不到烟气之故。"

李老板一听一摸，再说不出反驳的话。

接着，潘老板拿出收藏的青铜器，张老板拎出最近收购的古玉镯。白晓生一一看过，分别指出两件作品的造伪之处，青铜器上用硫酸腐蚀种植"伪锈"，玉镯则用茶水泡过，再埋入土中伪造"土沁"，可染色过重露出马脚。大多数人听得心服口服，点头佩服。

坐在正中间的刘老板不服气，大马金刀坐着，朝后面摆摆手，立马有人抱着个蓝釉瓷瓶走到白晓生面前。

"丹凤朝阳瓶？"白晓生瞪大双眼，全然没有刚才的镇定自若，等对方把瓶子放到桌上，就迫不及待捧起瓶子，上下翻看，爱不释手，如同发现宝藏，嘴里念念叨叨："好啊好啊，终于见着啦。"

刘老板压抑住笑意，不紧不慢问了句："白老板，可看得真切，这瓶子是真是假？"

白晓生没答话，自顾自把玩着瓷器，眼神里满是复杂的意味。

"如果白老板喜欢，我可以割爱！"刘老板说道。

"当真？"白晓生的眉毛跳了跳，问："不知刘老板这价钱……"

"价钱好说！"刘老板得意地伸出一只手掌，说："这个数！"

"五万！"白晓生微皱下眉，沉吟片刻，咬牙道："数目有点大，还望刘老板能宽限几日，容我筹措钱银。"

"谁说五万，我说的是五块大洋！"刘老板哈哈大笑，说："在座的，随随便便都可以拿出来。"

人群发出惊讶声，弄不明白刘老板的意图。

只见刘老板又一摆手，另一个下人捧上来另一个几乎与白晓生手里一模一样的瓶子。众人看傻了眼。

刘老板一把举起那只瓶子，底部朝向大伙，说道："那只是赝品，这只才是真的。是几年前我从京城一位落魄王爷那里收回来的。虽然赝品仿得以假乱真，可王爷偷偷告诉我，真品底部有一小崩口，是他爷爷有回不小心碰到桌角碰坏的，一般人不知道。所以赝品上没有缺口，假就假在太完美了。"说完，刘老板嘿嘿直乐。

大伙算真正瞧明白了，刘老板是给白晓生下了个套，早拥有真品，却故意买回个假的，目的就是为了让白晓生在人前出丑。

白晓生认栽，乖乖掏钱收下赝瓶。

回到家中内堂，白晓生坐在椅子上仍不时把玩瓷瓶，满脸唏嘘。一旁的小六子看不下去，忍不住开口道："买了假货还如此开心，嫌丢脸丢不够吗？"

"我找的就是这只假货！"白晓生冷不丁来了一句。小六子丈二和尚摸不着头脑。

白晓生叹口气，说："以前我总叫你多学点造假知识，为了知己知彼。其实还有另一层原因。其实咱家祖上就靠赝品发家，这只瓶，是我年轻时做的三样最得意的作品之一，前两件都给我买回毁了。而这只……"

小六子听到哐当一声，父亲手里的瓷瓶脱手落地，碎成几块。在一块碎开的底座瓷片上，隐约看到一个"白"字印记。

赝品既碎，白晓生如释重负。

回去后，照常跟往常一样开店做买卖。经过昨日一事，饶城人都知道，白晓生绝非完人，也有看走眼的时候。虽然生意差了点，可同行们见他跌了跟头，也就不再视他为眼中钉肉中刺，文雅轩真正在饶城立稳脚跟。

孙先生

饶城人迷信，凡事都讲风水。婚丧嫁娶、动土兴宅、乔迁开张等，都会找风水佬帮忙，选定黄道吉日，吉时吉辰，方可动手。

人们一般当面不会把人唤作风水佬，而是尊称为先生，跟叫书院里的老师一样，一样有学问。孙先生正是其中的佼佼者，饶城人遇红白事都喜欢请他看风水。

孙先生一脸书生气，文质彬彬，常年长衫长裤，说话慢条斯理，不认识的人真可能误会他是教书先生。他看风水不跟别人讲价钱，随便你给，给多给少他都不会有怨言。大家心中有数，给出的红包往往是最高的价钱。

孙先生有些真本事。

南门街上在筹备兴建悦来饭店。店家请孙先生摆阵旺财。几日后，鞭炮齐鸣。食客们去到门口，看到饭店的装修很特别，在门口的位置，居然修筑了一个大大圆形台阶，食客们进店都得经过那个台阶，台阶旁边还摆个熟食摊，站着位伙计在那里剁肉斩料，售卖各种卤肉熟食。

众人不解其用意。饭店老板解释，孙先生说饭店地处南门街与三角街、南平路交会的三岔路口，俗称三煞位，煞气十分重。

古书有云：要快发，斗三煞。三煞位虽然对人有影响，但如果能制服三煞位却有利于经商投资，易招财进宝，横财就手。门口的台阶如杀猪佬的案板，配以斩刀，能将煞气斩为财气，煞气重的位置变为财气聚的位置。

果然，悦来饭店生意火爆，日进斗金。也有食客笑言，饭店门口的台阶如砧板，食客进店，如肉上砧板，不得不挨宰。大家都夸孙先生手段高明，孙先生却谦虚道，是饭店老板会待客，厨师出品好，态度好饭菜佳，生意自然好。

生意场，有人欢喜自然就有人愁。眼见悦来饭店出尽风头，街对面老字号天然酒楼的老板不乐意了，认为悦来饭店抢走自己的客流，摆出风水阵，肯定把煞气都吹到自家。心中恼怒，想寻求破解之道，可望遍饶城，似乎没有其他风水先生高明过孙先生。于是，他花重金去邻省请教一位大师，回来后便停业装修。

半月后，天然酒楼重新开张。人们看到原在一楼的门面和大厅被搬到二楼，一楼的位置修了一条长长的楼梯，顾客须拾级而上，从二楼进入。二楼门口还立着一尊威风凛凛手持大刀的关公神像，关公又被称为武财神，以青龙偃月刀来挡煞，抵达对面的斩刀，自然胜券在握。登台阶看似辛苦，可老板却说是登龙门，步步高。这样一说，引起无数欲科举求功名的文人墨客的兴趣，争相呼朋唤友，来此品茗相聚。而愿意爬楼梯进店的食客，多有心帮衬，上了就不轻易下楼，多多少少消费一番。

这回又轮到悦来饭店的老板紧张了，连忙捧着礼物去到孙先生家。

时值年末。第二天，食客们见到悦来饭店门口的熟食档撤掉了，台阶两边各摆了一盆大大的桃花树，花开正艳，灼灼如火。

店内各处也摆满了枝繁花茂的桃花盆栽，香气隐隐，令人耳目一新，心生欢喜。

"红桃正当时，红桃红桃，谐音宏图，寓意大展宏图。"老板跟顾客们解释道，"桃花招人缘，做生意讲究人和，和为贵，和才是最好的风水。"

这番话传到天然酒楼老板耳中，他心里别有一番滋味，思前想后，没等他出发去请教外省的大师。大师来了一封信，信中请他把关公像撤掉，在店内显眼处摆上观音像，观音大慈大悲，讲究和气生财，对双方都有利。信的末尾，还提到孙先生其实是自己的远房亲戚，一身本事都是跟他所学，再斗下去没有意思，连摆观音的招式都是孙先生所教。

天然酒楼老板心中恍然，心悦诚服，换过观音像后，再没有任何举动。从此，两家相安无事，各做各的生意，门庭若市，皆言拜孙先生所赐。

泥瓦强

　　饶城县衙正对的那条路，两边是二层五脚砌建筑。省城人唤五脚砌为骑楼，一楼临近街道的部分为行人走廊，能挡雨防晒，走廊上方则为二楼，犹如二楼骑在一楼之上，故而得名。

　　骑楼的店铺最大最好，自然租金也最贵，一般多是饶城里最赚钱的行当，譬如服装店、米店、首饰店、票号、当铺，等等。特别是靠近县衙的两间，名副其实的铺王，左边一家为银号，右边一家以前是古董店，现变成砖瓦店。

　　砖瓦店的老板叫泥瓦强。从小跟当泥瓦匠的父亲生活在城北山脚的砖窑作坊里，闲时烧窑制瓦造砖，忙时帮人装修房屋。十来岁的时候，泥瓦强辞别父亲，独自进省城打工，跟着城里的名师名匠们学习各种建房修屋的技艺。

　　二十岁那年，泥瓦强回到饶城，自立门户。三角街的银号打算翻新地面，饶城很多工匠都想承包换地砖的活。泥瓦强也想争这个机会。他告诉银号老板，不单不要工钱，还可以免费提供地砖，唯一的条件，是换下来的旧砖地泥全归自己。银号老板一听有不花钱的买卖，想着旧砖亦不值钱，就点头应允，签下合约。

　　泥瓦强没有食言，两天工夫就拉来新砖新泥换走了旧砖旧泥，铺好地砖。当饶城人在背后暗笑泥瓦强傻的时候，竟传出一个惊人的消息：泥瓦强在银号换下的烂砖旧泥里筛出来不少银屑金粉。原来银号称金分银时，难免会有损耗，散落的粉屑扫落入砖缝间。饶城的银号上百年没换过地砖，日积月累可是一笔不小的数目。

银号老板得知消息后，虽然懊恼，可碍于白纸黑字，不能反悔。就这样，泥瓦强赚下了第一桶金。他用这笔钱租下了银号对街的店面，开了家砖瓦店。

泥瓦强的砖瓦店与众不同。店里摆放着各式各样的新潮砖瓦门窗，还有从省城采购回来的满洲窗，五颜六色的洋玻璃。大到房屋设计，小到补漏补缺，泥瓦强都可以一手包办。顾客上门，泥瓦强拿出请画师画好的各种图纸，结合店面的砖瓦木件样板，让顾客自行选择，有定制需求，也尽量满足。城里看板商谈，城外发货，安排工匠上门安装，顾客们十分满意。一时间，泥瓦强的砖瓦店成了饶城富商们修房建宅的首选。

不到两年工夫，泥瓦强就成了饶城的名工匠名老板。

这一年，城南有位前清将军荣归故里，还请来外地的一队工匠修建养老的府宅，老将军的几个儿子都在省城经商，富可敌国，大儿子还身兼民国政府的要员。所以，府邸规格极高。老将军财大气粗，居然命人锻造出一批金瓦片，用来铺设卧室的屋顶，取黄金屋光明顶的美好寓意。金瓦不同泥瓦，金瓦较重，表面光滑，灰砂浆窝牢后经阳光暴晒容易脱离，接缝处就会漏水，这可难倒一众外地工匠。

老将军气急，炒了外地工匠，重金聘请高人解决难题，声称不计成本。最后，还是泥瓦强出手，爬上屋顶观察一番，轻描淡写道，金瓦当配金泥金浆方可。下来后，唤人烧熔金水，再配以金枝金棍架构坐窝牢固，瓦与瓦接缝严密，滴水不漏，又结实牢固。

此事一了，泥瓦强更是声名大振。

老将军大喜，后聘泥瓦强为府宅维护检修房屋。

半年后，泥瓦强再次来到将军府，刚走入内院，就见到一妙龄女子衣衫不整，披头散发，从主人卧房内哭哭啼啼夺门而出。泥瓦强纳闷，不敢多问，渐渐在仆人口中得知，女子是乡下一农户的女儿，因欠下将军巨债，无力偿还，只好以女抵债，送入府中充当丫鬟。谁知老将军看中少女，昨夜强行拉入房子，才有了早上的一幕。

泥瓦强爬上卧室屋脊，检查金瓦。忽听到外边一阵吵闹，从仆人口中闻之女子不堪受辱，一时想不开，投井自尽。

老将军全不在意，视人命如草芥，酒歌如故。泥瓦强在屋顶暗自摇头，替女子叹气。

当夜，下起连绵大雨，似为女子喊冤。一声惊雷响过，又听到轰隆一声，将军卧室的金屋顶轰然倒塌，成片金瓦重重砸下，压死了在床上酣睡的老将军。将军家人找到砖瓦店门前，却见门锁紧闭，泥瓦强一家已不见踪影。

赌　局

朝廷明令禁止赌博。在饶城，似乎没有这条规矩。

规矩是死的，人是活的。饶城的规矩活在林捕头的手里。林捕头睁一只眼闭一只眼，很多事就大有不同。

饶城有赌档，有明有暗。暗档偷偷摸摸，东打一枪西放一炮，不敢明目张胆，因为没人保护，规模也不大；明档给官家交了保护费，几乎明目张胆，大大方方开在人气最旺的地方，规模也大，赚的自然也多。饶城最大的赌档，背后的老板正是林捕头，就开在三角街中心的云来居。

入夜后，云来居里灯火通明，人来人往。来云来居玩乐的赌客，都是饶城里的达官贵人，不是富商就是世家子弟，不差钱，赌的金额比外面的小赌坊不知要高出几倍。为招徕客人，林捕头无所不用其极。请来饶城最好的厨子，煮出美味佳肴当夜宵招呼贵客，一群姿色一流的美女作陪，美酒管够。赌客来了，就算输钱，也能玩得开心，觉得不虚此行。如果赢了钱，大门敞开，想带走就带走，不愿意带走可以存在云来居里的账房，由他们代为放贷，放贷的对象，当然就是输急了眼的富家公子。如此一来，云来居的钱就如东门溪里的河水，滔滔不绝，循环不断。

"不怕你赌钱赢钱，就怕你不来赌。"林捕头嘴边常挂着这句口头禅。

林捕头赚得多，花销也多。不单要养着云来居一大帮人，还得上下打点。饶城的几任县太爷都收过他的好处，很快就同流合污，沆瀣一气，几年任期一过，赚得盆满钵满走人，皆大欢喜。当然，也有不愿意充当保护伞的官员。林捕头会用另一种办法对付他们。

有一年，有位较为正直的官员来饶城任职，看不惯林捕头上下勾结，互相包庇。连夜拖家带口逃出饶城，想去省城揭发告状。谁知，一家人刚走过去饶城地界，就遇到山贼打劫，劫财害命，没留下一个活口。

明眼人知道是林捕头使的黑手，但很多人敢怒不敢言。上边派人来侦查过，可都不了了之。

没多久，朝廷又给饶城委派了新的县太爷。

林捕头得知消息，托人打听，得知新县官是个书呆子，出自书香门第，只知道读书考功名，没什么后台，也没有大本事，心中定了几分。想着只要一进县衙，他一手金银一手刀剑，必让县太爷乖乖听话。所以，没把新官放在眼中，毫不收敛，依旧夜夜笙歌。

这天晚上，不知从哪个路口来了位白发瘦骨的老头，穿的衣服不算名贵也不算差，身板看上去弱不禁风，但双目却炯炯有神，透着一股子英气。老人直奔云来居。

守在门口的喽啰一看是面生的主，不禁提高警惕，正想盘问两句。老人从怀里掏出一块碎银子，抛到了守门人手中。

守门的一看心里偷乐，认为来了不差钱的主，立马换了副嘴脸，点头哈腰，伸手直往里面请。老人精神抖擞，完全不像是第一次来云来居，轻车熟路般去到赌大小的桌子前，掏出几锭银子，重重落到"大"字上。

"买定离手！开！"庄家喊着揭开骰盅，眉头微皱，开出的正是大。

老人脸色自若，慢悠悠收钱，继续押宝，一连十三把，把把押中，周围的看客看得目瞪口呆。老人赢的钱堆得如同一座小塔，他仍没有收手的意思，继续全部押下。

下属汇报，惊动了在楼上听曲的林捕头。他走到楼梯处观察，唤人取一壶上等好酒招待老人，请他歇会儿。如果老人聪明，肯定能明白那是老板在暗示他见好就收。

老人不知是真不懂还是装糊涂，接过酒壶，取过一只瓦钵，边喝酒边继续押宝。钱继续赢，赢的钱又押下去。再让他赢几把，翻倍的钱银估计卖了云来居都付不起。

林捕头再也沉不住气，从上面下来，客气地对老人说："你老不介意，我陪你玩玩。"

老人点头，问："如何玩法？"

"一局定胜负！" 林捕头自负道，"你我一人摇一次骰子，看谁的点数大。"

"很好。"老人又喝了一钵酒，说："你赢了，钱都拿走。你要是输了，云来居归我。"

"好大的口气，就看你有没有这个本事了。"林捕头捧起骰盅大力摇晃起来。老人则用手中的空钵扣起三颗骰子，凌空摇晃。

没一会儿，两人同时落下骰盅和空钵。

砰砰两声，一前一后。林捕头嘴角露出不易察觉的笑容。第二声响声其实是他手掌击打桌底机关的声音，空心的桌内有一暗杠，一敲打能把对方钵下扣着的骰子翻个。老人骰技再高，也没有想到有这招。

林捕头揭开骰盅，自家三个五。他再笑笑，揭开老人的钵，忽然，眼珠瞪得差点掉落地上。

老人的骰子是三个六，而且，三个骰子都陷入桌上，与桌面齐平。如此功力，老人定是内家高手。林捕头自知不敌，只好乖乖履行承诺。

两日后，云来居易主，赌馆不再，成了一家干净的茶馆。茶馆开张当天，新县官敲锣打鼓进城。

众人等在路边迎接，见一顶小轿晃晃悠悠走下御史岭。林捕头极目张望，张大了嘴，他认出，在轿子旁走着的那个仆人，正是赢了云来居的老头！

第二辑　古城风采

龙须巷

　　饶城人老爱说，县衙是龙头，衙门外两侧的东巷与西巷便是龙头上的两个角，往龙脑后延伸。东巷与西巷旁还各有一条冷巷，从龙头一直延伸到三角街市场。冷巷窄，宽度仅容两人并排通过，巷两边都是房子，幽深狭长，太阳无法直射，起到通风降温的效果，故称冷巷。东西两冷巷没有名字，因其蜿蜒曲折，形同长在龙鼻子前的两根胡须，便都被人们唤作龙须巷，为了区分开来，则会在前面加上东和西的方位表示所指。

　　其他地方的居民对这个巷名或许没有多大所谓，可住在东西两条龙须巷里的人们却十分看中这个名号。常言道，一山不能藏二虎。这般神气的名字不能分享，两巷的人都拼着法子想独占"龙须巷"之名。

　　两边乡社的人各展其能，使出浑身解数斗法，争了几辈人，都企图在气势上压过对方，让对手俯首称臣，将巷名拱手让出。双方逞强斗胜，但绝不拼武斗狠。隐约在两族长辈间产生默契，都默认无形的角力，谁赢谁叫"龙须巷"。

　　逢年过节，西边龙须巷派出舞龙队，几十名壮丁舞起十几米长的灯龙，从巷头一直延伸到巷尾。锣鼓声起，人在龙下面扭、挥、仰、跪、跳、摇，龙在上面腾、跃、翻、滚、戏、缠、穿，龙头栩栩如生，表演到高潮处还会喷火吐彩，尽现巨龙的精、气、神、韵，一路招摇，围着饶城耀武扬威；东边龙须巷不甘示弱，一队华丽精巧的飘色从巷里缓缓走出，下面壮汉推着色板，中间是一木棒或铁条当作支撑的色梗，上面站的是化装成戏曲角色造型的童男童女，在空中手舞足蹈，宛若天外飞仙，向民众送去祝福。一队是威猛神武，一队是精灵乖巧，斗艺斗彩，让围观的群众看得眼花缭乱，拍烂手掌，分不出伯仲。

正月十五元宵节，西边龙须巷早早地在县衙正对的大街上摆好一排圆桌，傍晚时分，以户为单位，一家认领一桌，在桌上摆满各式碗盘，碗盘里摆的是各种各样用本地食材创作出来的艺术品，摆出五谷丰登，祈祷风调雨顺国泰民安，此谓之钉桌，又唤彩青桌艺；而到华灯初上，轮到东边龙须巷的人们忙活起来，呼儿唤伴，在族长的带领下，抬出一面面大屏灯，稳稳当当占据大街的另一边江山，屏灯最长逾数米，最高逾三层，灯架上的泥塑绘画展现的是传说故事，人物造型逼真生动，有些还能旋转，可谓是巧夺天工。入夜，前来游览的饶城民众，将街巷挤得水泄不通，看一会儿左边的桌艺，望一眼右边的屏灯，眼花缭乱，应接不暇。正如戏词唱道，一个是美玉无瑕，一个是阆苑仙葩，分不出妍媸。

东西两边的较量，似没有休止。倡文兴武的年代，西边龙须巷出了四个秀才，东边龙须巷便出两个捕头；东边龙须巷刚有人中举，转眼第二年西边龙须巷就出了武举人。东风压不倒西风，西风也没压过东风。

朝代更迭轮换，不知过了多少岁月。

这一年，沉寂多年的西龙须巷被两个重磅消息激起层层波澜。最先回到巷子旧宅的是从省城回来的伍老爷，他儿子是省里的高官，伍老爷年迈想叶落归根，儿子差人送他回来，打算重建老宅，一来光耀门楣，二来颐养天年；接着回来的是南洋华侨伍富商一家，有人亲眼见到汽车运送行李的阵仗，谣传一箱箱装的都是洋银，足可买下半个饶城。一官一商，瞬间成为饶城的焦点，风头一时无两。人们都说，估计这回龙须巷之名终将尘埃落定。

西龙须巷的人们脸上都泛着光，幻想着"一巷双杰"能强强联手，权钱相交，为西龙须巷增光添彩。伍富商春风得意，先行动作，出手买下毗邻自家老宅左右六间旧屋，打算拆掉兴建成一开阔大屋；伍老爷心高气盛，不愿落后，也接连买下附近几间老宅，准备推倒改建。巷口起左边六间是富商的宅地，巷口起右边六间是老爷的房产，两人铆足劲攀比较量，都想成饶城第一。伍富商包下饶城所有建筑队，大兴土木；伍老爷则请来省里的设计师，丹楹刻桷。没多久，两座体量相差无几的宅院拔地而起，一边气派不凡，一边美轮美奂。

新居同日落成，众人争先前去看热闹，都发现问题。伍老爷家门前立有两只大石狮，一雄一雌，怒视对门，竟占去冷巷一半；伍富商家前放对石麒麟，一张嘴一闭嘴，镇宅挡煞，恰好也挡去半边冷巷。原本能通人的冷巷，剩下一只手掌的空隙。两家虽立正门，却无法正常出入，只能通过侧门进出。伍老爷住没多久，又搬回了省城；伍富商一家住得不安乐，没多久又举家出国。

"龙须都断了须，还能叫龙须巷吗？"旁人笑道。

从此，饶城便只有一条龙须巷。

《羊城晚报》2020年9月11日

东门埔

提到东门埔，饶城人都知道指的是饶城初中。

饶城中学的本校在城中心，因师资好，吸引了饶城附近几个镇区的孩子前来就读。为满足日益增长的需求，城中富商与领导们商议，决定在东门外这片名为东门埔的荒地兴建教学楼和校舍，挂牌为分校，专招初中生。

东门埔地势平坦广阔，远望上去像块风水宝地。然而，多年来一直闲置。饶城人对此地有所顾忌，认为东门埔煞气过重。清朝时期是斩首囚犯的地方，民国时期则成了打靶场，枪毙过流寇。尽管没沦为乱葬岗，但据说地底下埋过不少死人。建校理事会不信邪，二来找不到像东门埔这般的地段和场地。他们认为学校读圣贤书，学生们阳气重，建学校正好镇鬼辟邪。

择好吉日，大兴土木。不过，邪门的事情还是发生了。挖大楼地基的时候，竟从地里挖出七副古代棺木。为安抚人心，理事会请来道士做了场法事，超度祈福。学校建成的第一年，不巧饶城竟发生地震，事前全无征兆，房屋楼舍晃动不已，师生们缺乏经验，有学生慌乱中从三楼跳下，不幸摔断了腿。事后，饶城谣传是东门埔的鬼魂作祟。虽后来不了了之，校园里的奇谈怪论却代代相传下来。

学生分住宿生与非住宿生。住宿生通常没有亲戚在城内，家多位于附近的僻乡山间。学校刚建成时，山路不好走，摩托车和小汽车并不普及，学生们上学多靠自行车或步行。住得远的，从乡下来一趟学校，得踩半天的自行车，出于安全和效率考虑，都选择住宿。

靠近果林的一间校舍里住着十个同班同学。校长的房间里一字排开五张笨重的木头双层床，上下各睡一人，床对面是走道，地上摆放杂物水桶等物品。分配床位时，按注册报到时间先后顺序安排。阿林年纪最小，胆子也最小，住在门口的上铺铺位，正好对准门上窗户，他总担心会有人从外面伸手进来吓唬自己，求着大家给换下铺位。睡他下铺的阿福长得五大三粗，说话粗鲁，胆子很大，二话不说，就跟阿林换了位置。

到了夜晚，寝室熄灯后，大伙最喜欢玩讲鬼故事的游戏。每人轮流讲一个，看谁的故事最恐怖。阿福讲鬼故事的技巧最好，声情并茂，有时还模仿山林间的风声、竹声跟鸟叫声，让人感觉逼真，常把同学们吓得一愣一愣，埋头进被窝。偶尔再说些校园流传老传说，夜间气氛变得神秘刺激。

中秋节早上，宿舍里发生件怪事。阿三原本挂在门后面的一串香蕉，不知给谁偷摘掉两根。学校的伙食一般，除了最穷的阿福，其他人都会从家里带些水果零食来充饥，平时放在各自的床上或柜里。香蕉不好放，就挂在门后，问过舍友们，大家都一一否认曾动过香蕉。距离门口最近的阿林言之凿凿，说："昨晚临睡前，还绑得好好的，没人动，难不成闹鬼了？"

有人附和说晚上常听到窸窸窣窣的声音。你一言我一语，越讨论越怪异。

其他同学忙抛出另一种说法，试图冲淡鬼怪论："咱们楼靠近树林，有可能是小动物溜进来吃的。"

同学们纷纷点头，认为这个解释稍微合理。话虽这样说，众人心有余悸，全宿舍商量，决定在门外走廊上设一个小祭台，大伙轮流贡献吃食，算是献给孤魂野鬼的供品。不知是心理作用，还是真有鬼魂作祟。夜里设好祭台后，大家心安了些。奇的是，同学们贡献出来的食物真的隔三岔五地消失。渐渐，同学们似有了默契，只按照规矩轮流摆上东西，都不再讨论食物的去向。

时光荏苒，转眼到了分校五十周年庆的日子。

当年的老同学相约回到学校开同学聚会。东门埔已是一派繁华，同学们还没到达，毕业后留在老家的阿林早早就等在路口，第一个出现的是阿福。多年不见的两位朋友相互拥抱，感慨万分，并肩行走在校园里。

"现在学校不兴鬼谈了吧？"阿福突然来了句，"真要谢谢当年你没戳穿我啊。"其实当年的香蕉是被阿福夜里偷吃的，被阿林撞见，但没点破。

阿林笑了，答道："你要谢谢大伙，大家都明白你家的难处，不然不会每星期都供零食到走廊给馋鬼偷吃。"

阿福顿了顿，神情定格，继而不好意思地大笑起来。

获"潮州市喜迎二十大 讴歌新时代"主题文学征文二等奖

双流寺

　　饶城北门外的小山麓上建有一小古刹。寺不大，无名，香火亦不盛，住着一老僧，独自修行。

　　夜里，寺门外跑来个满头鲜血的年轻人，长跪不起，恳求老僧收其为徒。老僧问清缘由，原来年轻人是饶城本地人士，打小顽劣调皮，家人早与他断绝亲属关系，昨日与人赌钱欠下一大笔钱，债主扬言要他三日内偿清，无力偿还巨额赌债，便想来寺庙出家为僧，避祸躲灾。

　　老僧一开始不肯，经不住年轻人的苦苦哀求，哭着说如果不收留他，放高利贷的债主就会将他大卸八块。幸好，饶城有一不成文的规定，欠债之人只要遁入空门，成为世俗之人，以前凡间种种都不能与之纠缠，钱财纠纷亦在此行列。

　　寺外渐渐沥沥下起小雨，老僧轻叹了口气，点了下头，算是认下这个徒弟。

　　消息传开，债主真讲江湖道义，就此放过剃成光头的小和尚。饶城人则摇头说，无名寺当叫二流寺，一个老僧不入流，一个徒弟小流氓，合为二流也。

　　进了山门，小和尚依旧六根不尽。反因有了件袈裟外衣掩护，做起坏事来更加肆无忌惮。仍与城中那帮流氓地痞兄弟为伍，不是约他们来山上打鸟掏蛋，就是在溪边钓鱼烤鱼。有时，趁老和尚下山给人家打斋念佛做法事，他就叫人来大雄宝殿里开设赌局，不参赌，提供场地给大伙玩，每回抽些佣金。

对于小和尚的劣事，老僧早已知晓，就算看到也是睁只眼闭只眼，从不出言叱喝。小和尚瞧在眼里，感念在心中，对老僧不敢无礼，如同侍奉父母般恭敬师父。

"你以前在家，对父母也没有现在对我这般好吧？"老僧面带笑容，接过徒弟递过来装满饭菜的搪瓷碗。

徒弟没正面回答，打机锋般回了句："我父母也没师父待我般好呀！"

老僧轻轻摇头，不说徒弟说得对，也不说徒弟说得不对，自顾自吃起饭来。吃着吃着，徒弟反倒问起问题来："师父，像我这样的人，能成佛吗？"

"人皆有佛心，一念之间皆可成佛！"老僧放下碗筷，双手合十，认真答道。

徒弟扑哧一声笑出来，小声地说道，"他们都说我有魔心多过佛心，不走火入魔就阿弥陀佛了！"

"色即是空，魔即是佛！成魔还是成佛，心会帮你选。"老僧言毕，闭目养神，不再出声。

徒弟听得懵懵懂懂，很快就把这个困扰抛诸脑后。因为汛期来了。

汛期一到，饶城人都做着防汛的准备，住在城里的人也不来庙里玩了。徒弟闲着没事，天天往寺前的七榕桥上观望，眼见着河水越涨越高，慢慢从清澈变浑浊，再由浑浊变黄汤。今年的雨似乎比往年都要大，一直下个不停，河上游的村庄被淹没了好几处，家舍被毁。徒弟时不时瞧见河面上漂下来些家私或衣物。

这天，河水带来无数被毁家庭的物品，徒弟双眼发光，手持着一根长长的竹竿，竹竿一头装个铁钩，用来钩拽漂在水面的物品，徒弟没出家前就干过这勾当，捞过不少东西去当铺换钱。雨越下越大，可徒弟一点都不在意。

老僧撑着伞晃晃悠悠出现在七榕桥，担心有危险，想劝孩子回去。

"我这是度人度己呀，师父，捞点别人的东西，让自己受惠。"徒弟嬉皮笑脸地说道，手一抹脸上的雨水。突然，瞧见前面漂来一件硕大的物件，定睛瞧仔细，像是一具溺毙的尸体。老僧默念了句阿弥陀佛。

徒弟眼尖，看见那尸体双手抱着腹上，似搂着一个包袱，仰面漂浮，被水浸泡得发白发胖的手腕上还戴着一个金闪闪的手镯，估计死者是个女人。徒弟眉毛一挑，暗想金镯值钱，包袱里的东西估计更值钱。立马伸出竹竿钩拽，一拉一扯，铁钩竟把死者紧抱的手给拉开了，包袱滑到一边落入水中，没有马上沉下去，紧接着，他们听到一记清亮的孩啼声从包袱里传来。

是个孩子！徒弟一怔，眼见包袱就要从身边漂过，没多想，扔掉竹竿整个人跳入水中，想拉住包袱。可惜差了点距离，孩子继续向下漂去。又听到扑通一声，老僧从桥的另一头跳了下去，从前面截住了包袱，不知从哪里来的神力，老僧将孩子一举，用力朝徒弟这边一扔。

徒弟总算接住了包袱，狼狈爬回岸边，转过头去寻找，却再见不到师父的影子。

"你不会水！跳下去干吗呀！"徒弟抱着孩子带着哭腔沿河

寻了半天，一无所获。老僧就这样走了，无名寺依旧一长一幼，徒弟成了新的住持，带着个失去家人的孤儿。不过，自此徒弟像换了个人似的，不再与流氓为伍，苦读经书，拜师求经，专心佛事，越活越像过去的老僧。后化缘筹资扩建寺庙。徒弟还在师父落水的地方建了山门，左右立一对联："双溪飘玉带，流水映慈航。"

无名寺在他的打理下，香火日益兴盛。

信众都夸，此寺一流，僧一流，谓之双流。

获"潮州市喜迎二十大 讴歌新时代"主题文学征文二等奖

四方塘

　　饶城的城墙如铁桶般把古城围成一个圆，城内街巷阡陌纵横，城中心地势最高处为县衙，县衙门前是三条街组成的三角街商贸中心，兼具集市的功能。再往下，最出名的地方就要数四方塘。

　　四方塘，塘如其名，四四方方一口池塘。饶城多祠堂，祠堂前必有池塘，池塘象征着聚气，有水则发，聚水为财，有水处才会人丁兴旺。四方塘属于附近唐氏族人祠堂所有，乡社也被俗称为四方唐，这一代的宗族头人是唐叔公。

　　从小到大，唐叔公都很得意宗祠前的这口池塘，因为其他乡社的池塘都没有他们的大。记得他刚进私塾读书，学会作诗，写下的第一首打油诗，就是歌颂四方塘的："四四方方大池塘，一汪清水城中央。运财童子来戏水，留下金银在梓乡。"

　　唐叔公逢人便吹嘘四方塘是风水宝地，住在附近的人将来必大有出息。听得多了，有人不服气，就问道："有何过人之处？不就是烂水塘一个。"

　　唐叔公脸上挂着微笑，嘴角上扬，反问道："城墙是个圆，四方塘四四方方居其中，你看像个什么？"

　　对方不解其意，摇摇头。

唐叔公从衣领里拽出一根挂在颈部的红绳，绳上串着一枚古铜钱。他指着问道："看，外圆内方，是不是很像一枚钱币，你说能不聚财？不是宝地？"

外人无法反驳。

三角街商圈的兴旺，更加印证了唐叔公的风水宝地一说。四方塘的作用不容小觑，除了养鱼，池塘里的水可供妇女们洗衣洗物，灌溉附近的菜地，等等。最重要一点，还能承接下雨天从三角街排下来的雨水，不至于让市集变得泥泞邋遢。风干物燥之时，四方塘又能起到蓄水防火的作用，为拥挤林立的商铺保驾护航。

"三角街少不得四方塘！"唐叔公常如是说。

日复一日，情况却悄悄起了变化。随着人们生活水平的提高，四方塘的菜地消失了，家家有了自来水，没人再去塘边洗东西，反而年年暑假常传出有顽童下水游泳险些溺毙的消息。

饶城渐渐有了填平四方塘的声音。有商人找到唐叔公商量，想让他带头同意，填了池塘盖大楼。

唐叔公听了直摇头，说："荒唐，荒唐，真荒唐。没了四方塘，起了房子都住人。饶城圆圈里都是人，不成了囚字？不吉利！"

年复一年，周围的环境越变越大，三角街的集市越来越拥挤，污水排放杂乱无序，流进扔进池塘的垃圾越来越多，水质变差，养不了鱼，反而滋生蚊虫。尽管唐叔公撑着老迈的身体，时不时到塘边巡视，打捞垃圾，阻止别人倾倒废水，可四方塘的池水仍止不住日渐发黑发臭。

填平池塘的呼声高涨，唐叔公却说什么都不同意。

　　唐叔公的小儿子阿元从外地调回饶城担任镇长。上任伊始，阿元就做了调研，认真分析，决定把菜市场从三角街分离出来，在四方塘的位置建一个新型的室内菜市场，解决拥堵和安全问题。计划得到大家支持，只有唐叔公一人反对。

　　阿元晓以利弊，据之以理，苦口劝说。

　　唐叔公气得直吹胡子，骂道："荒唐，荒唐。儿子居然教训起老子来。我不同意，想填池塘，除非我死了。"

　　两人正争执着。侄子从外面气喘吁吁跑回来，对阿元喊道："叔，不好啦。小栓掉进池塘，起不来了。"小栓是阿元的儿子，更是唐叔公的心头肉。唐叔公忙跟着跑到外面，远望去，墨绿的池面上漂着件羽绒服，一动不动，他认出，是小栓最常穿的那件。

　　估计孩子凶多吉少！唐叔公痛心疾首，捶着胸口，后悔地喊道："都怪我，荒唐至极，守着破水塘有什么用，早填了早安乐，倒害了孩子……"

　　走在前面的阿元突然停下来，转身问道："爸，你同意填平池塘了？"

　　"现在说这个有什么用？快救人！" 唐叔公气道。

　　"有用！"阿元朝他身后摆了摆手。这时，侄子领着小栓从旁边的墙角处走了出来，小栓笑嘻嘻跑到爷爷身边。

　　唐叔公愣了愣，继而恍然大悟，知道是儿子一帮人演的双簧，怒道："荒唐，荒唐。竟拿这种事开玩笑。"

　　唐叔公气鼓鼓转身回家，一宿难眠。

　　两天后，唐叔公的气消了，也想通了。填平池塘的工程车开进了四方塘。

几个月后，新的市场落成了，干净卫生，买东西卖东西都舒服方便，饶城人赞不绝口。市场只占了原来四方塘的一半，另一半被建设为一个中心小公园，免费供大家休闲。

唐叔公闻着花香，在公园里转悠，嘴里喃喃自语："荒唐啊！我真荒唐啊。早同意了，不早享受这美景了嘛！"

《潮州文艺》2022年2期

饶城三苦

以前，饶城流传有二苦之说：一苦挑鱼苗，二苦撑杉排。

饶城多鱼塘。每年年底，放水清塘捕鱼，一来过个好年，二来晒干池底起到杀毒消菌的作用。等到来年，春暖花开，就要重新注水养鱼。那时候的鱼苗还不能人工哺育，鱼儿们在溪流中产卵，鱼卵随水流到下游，孵化成鱼苗，被下游的渔民捕获后，就会出售到各地。交通不便，也没有供氧保鲜的装置，挑鱼苗到各地的任务就落到挑苗人头上。

当一个合格的挑苗人，除了身强力壮，能吃苦，还得懂得挑鱼苗的窍门。装鱼苗的鱼苗桶又叫灯笼桶，是用糊藤纸打上桐油的圆形竹篓，挑苗人肩挑两个灯笼桶，一前一后，加入水放鱼苗，足足有一百来斤，山路崎岖，不能半道停下来歇息，一路走一路晃悠，让桶里的水动起来，鱼苗才有足够的氧气，不会闷死。技术不到家的，运送的鱼苗到了地方发现死掉，挑苗人不但没工钱，还得赔偿鱼苗的损失。所以，挑鱼苗不容易干，不过，干得好，工钱也赚得多。

林水从小就跟着父亲学挑鱼苗。他身强力壮，技术过硬，送的鱼苗，没有死过一条。他一点都不觉得挑鱼苗苦，反而觉得轻松，一路哼着小曲，不用大喘气，就把工钱赚到手。很多乡社都喜欢请他挑鱼苗，会干活，赚得多，自然有不少农家的少女喜欢上他，争着要嫁给他。

成年后，林水娶了门媳妇，成家立业。家里多了一口人，花销陡增，挑鱼苗有季节性，不能一年赚到尾，赚的钱渐渐不够花。

林水跑去和人合伙撑杉排。

撑杉排是从上游的韩江林场把砍伐下来的杉木通过水运的方式运下来。饶城的房屋庙宇，甚至家具农具，都需要用到林场杉木，需求量大。杉木一个个绑起来，如同竹排一样，放入江中，顺流漂下。撑杉人两三人分工合作，有领排有撑排，就住在排筏上简陋搭建的"铺寮"，备些干粮伙食，日行夜宿，风吹日晒，短的两三天，长的半个月都有。撑杉排比挑鱼苗凶险万分，一来忍冻着凉家常便饭，二要懂水性，还得小心江河下暗藏的嶙石锋礁，搁浅事小，费些时间，要是遇到大雨山洪，水流湍急，更是死里逃生。

林水给朋友打下手，专门负责在后面撑排。林水有冒险精神，认为撑杉排一点也不苦，反而自在有趣，嬉水玩乐。

这日，他们的杉排经过一处转弯口，发生堵塞。林水不得不跳入水中，用手推起杉排。因为经常出水入水，撑杉人多没穿衣服，只在裤裆处用一条大浴布包裹。

林水双手黝黑，使出吃奶的劲，缓缓推动杉排。忽然听到不远处传来几声呼喊救命声，抬头一看，原来是几个在河边洗衣服的妇女在叫喊，有人失足落水，似乎不谙水性，被水流冲至水深处，情况危急。

林水侠义心肠，见人命要紧，忙绕过杉排，在水中几个起落，很快游到落水者身边，不由分说，搂住腋下，拼命往岸边回游。到了岸边，落水者得救，林水才发现被救的是一个妙龄少女，衣服湿透，头发凌乱，幸无大碍。再细看，少女娇羞不已，林水低头一看，惊讶不已，原本裹在私处的浴布早给水冲得无影无踪。他不好意思跳回水里，又到杉排上撑杉去了。

本以为此事就此了结。

谁知，半个月后，落水少女打听到林水家，竟然找人带礼物上门，一说报答相救之恩，二说要嫁给林水为妾。林水大骇，直言家贫，婉言谢绝。

媒人说："你赤身裸体相救，人家姑娘已和你有肌肤之亲，消息传开，被人当作笑柄。人家不嫌弃当小，不嫌你家穷，你装什么清高。莫非真要把姑娘逼上绝路。"

原来姑娘见林水勤奋善良，遇事能挺身而出，心生爱慕之意。虽然林水再三拒绝，可姑娘意志坚决，一哭二闹三上吊，非他不嫁，表示嫁不成就跳河自尽。林水无奈，不顾妻子反对，最后将姑娘迎娶过门。有了两个老婆的林水，却没有过上别人羡慕的齐人之福，家里多了张口，开销更大，大小老婆互相看不顺眼，天天争吵，争风吃醋而闹得家犬不宁。

林水为养活两个老婆和一大帮儿女，疲于奔命，年纪轻轻就憔悴得如同糟老头子。

"苦啊！苦啊！妻双个，比挑鱼苗、撑杉排更苦！"林水逢人就叹气道。

饶城谚语又多了一苦，是苦上加苦——三苦妻一双！

石壁山

    战报传来，李县长看完后，在城郊的指挥部里来回踱步，似乎心烦意躁。日军从汕头湾登陆，一路北上，已经占据了南澳岛，各地战事告急，很快就会打到饶城。他身先士卒，率领下属奔赴黄冈卫城，积极备战，抵御敌人。前线将士损失惨重，李县长号召饶城百姓从军抗日，保家卫国，在城中各处张贴标语，广播广告，派人下乡做动员，可惜参军数量远远达不到目标。

    这时，下属通报周博士来访。周博士住在附近，是留洋归来的博士，学识渊博，与县长常有来往。

    "快请！"李县长正苦于无人商议对策，急忙迎了出去。

    指挥部临时安置在石壁山脚。周博士没有进内喝茶，反而拉着县长的手，朝后面的登山小路走去。

    "坐在屋子里太闷热。不如咱们边走边聊，欣赏风景。"周博士看出县长眉目间带着愁色，便建议道。

    石壁山又被称为"饶城一壁"，原名栖云山，雨后常云雾缭绕，宛若仙山。山的一头可望见黄冈河，另一头有一面石崖，崖面如壁，石壁山因此得名。石壁下就是官道，进出黄冈城，还是去往饶城，必经此路。

    一路鸟鸣虫语，藤萝蔓绕，隐约能听到山泉的叮咚声，偶尔山风习习，李县长吸了口新鲜的空气，略感精神。两人边走边聊，商讨起国事。

不知不觉，已走到半山，周博士快走两步，掀起长衫，迈出步子，跳上一块平坦的大青石。站在上面能看到路边的那面石崖。周博士刚站定，放眼望去，不禁摇头叹气。靠近石壁的那片山峰秃岭斑斑点点，这里缺一棵树，那里砍光一点，树木被砍伐得东倒西歪，大风掠过，枯枝败叶尽现更显荒凉，如同一个秃顶的老男人，中间谢顶，两边仅剩的头发想极力掩盖缺陷，却没法盖住越发狼狈的形象。

"大煞风景！"周博士叹了口气。

李县长在后头跟上来，也轻轻摇头。住在附近的民众需要生活烧料，贪近贪方便，不愿去深山，经常上石壁山取草伐柴，久而久之，就造成如此景象。

周博士有些愤慨，提议县府应该在此地立警示牌"封山育林"，不准百姓在上山乱砍滥伐。李县长沉吟一会儿，说道："此举不妥！"

"有何不妥？"

"开门七件事，柴米油盐酱醋茶。柴火是百姓的头等生活大事。一旦封山，就会造成不便，伤了民情，引发矛盾，实在不妥。"李县长道出心中顾虑。正值外忧之际，自然得杜绝民怨和内患。

"那把警示牌改成'保山护林'，如何？"周博士接着说："规定章法，让百姓遵守，不能胡乱砍伐。"

"立了禁令，百姓不见得会乖乖遵守。每日还得安排人员上山巡逻监督，同样劳民伤财。" 李县长望了眼石壁，思考良久，末了，对博士说道："写何警示？回去再想想吧。"

两人一前一后下山。

没几日，石壁山的石壁上就多了四个猩红大字"锦绣河山"。

有人不理解，认为危难之际，县长还有心思游山玩水，到处题字留墨宝，民间颇有微辞。周博士听知，明白百姓误会了县长。

"你们可知县长题字之意？"周博士考问门下弟子。

"自然是形容石壁山风景的壮丽华美！"弟子们答。

"只答对了一半。"周博士认真道，"锦绣河山，一是赞美石壁山景，启发民众，让大家珍惜一草一木，不要乱砍滥伐；二是指代我国的大好河山，号召大家起来，积极抗日救国，保卫美丽河山不被外敌践踏！"

众人恍然大悟，明白个中真意，大受感动。四字之意，经过学生之口，一传十，十传百，传遍饶城上下。

没多久，上石壁山砍柴取草的民众少了，秃岭渐渐复绿，恢复往日盛景。另一方面，民众得知李县长体恤百姓的经过，同时，被其精神感动，年轻人纷纷踊跃报名参军，奔赴前线，保家卫国。

半年后，李县长带领英勇的饶城民众浴血奋战，全歼入侵日寇，收复黄冈附近的失地，日寇不敢再犯饶城。

七榕飞渡

饶城多榕树，饶城人爱榕护榕，把老榕树敬为神明顶礼膜拜，尽人皆知。饶城里有位榕痴，人称吴伯公，家住在三角街后的四方塘。

吴伯公胸前有把可媲美关公的白胡须，以前是饶城剧团的乐手，最拿手敲大鼓，一起手雷霆万钧，气势过人。逢年过节，饶城拜神营神，锣鼓喧天，鞭炮齐鸣，他都是焦点中的亮点。

从年轻到年长，吴伯公都喜欢摆弄榕树，画榕树画，写榕树诗。特别是剧团退下来后，在家闲着没事，专心养起花草，种的品种单一，仍是形态各异的榕树盆栽。

一大清早起来，漱口洗脸完毕，不急着吃早餐，先走到花盆前，修剪、整枝、吊扎、嫁接，不停伺候他的榕树，直到儿媳喊吃饭才停手。吃罢饭，拉过藤椅，打开录音机，泡好一壶清茶，半躺在藤椅上，听着录音机里传来时而热闹时而哀怨的潮剧，边喝茶边欣赏着一盆盆榕树。陶醉忘情处，手掌轻击椅把，叫了声好。那神情，让人分不清他是在赞戏曲，还是在赞自己的盆栽。

有人劝他种些别的花草盆栽点缀。吴伯公摆摆手，道出榕树盆栽有三易：易存活、易生长、易造型。有六美：须根美、根蔓美、形态美、枝条美、叶色美、叶片美。

吴伯公种榕树盆栽有自己一番独到的见解。

榕树盆栽材料来源主要有三种：野桩、插枝、实生苗。插枝和实生苗所需的时间较长，吴伯公多用野桩。野生榕树并不难找。鸟儿们吃了榕树的种子，种子难消化，会通过鸟的粪便排到各处，所以，饶城的角角落落，屋顶墙缝里常见有野榕树苗。吴伯公最爱去饶城外的塔山寻找野榕树，因为山脚村边长的榕树，经常受到牲畜的啃踏，或在乱石杂石间生长，树干曲折，天生就奇特别致。

采回来的桩材，吴伯公会因材下刀，或去或留，进行修剪取舍，再用铁丝铜线捆绑榕枝，弯曲固定。一盆好的榕树盆景需要经年累月地造型，方能看出端倪。吴伯公曾花费十年时间，盘出一个半人高的"寿"字盆栽，令人啧啧称奇，被饶城人誉为一绝。

很多人都想出钱购买吴伯公的盆栽。可吴伯公不卖不售，和他聊得来的，再好的盆栽都拱手相送；他不喜欢的人，就算出千金他都不为所动。

有人买不到吴伯公的盆栽，就散播谣言，说吴伯公刚卖出数盆盆栽给南洋华侨，赚了好几千元。

吴伯公不加理睬，谣言却引来了盗贼。

盗贼盯梢多日。这日见吴伯公家人全部外出，光天化日之下竟撬门入内，搜索财物。可钱没搜到，就听到主人回家的声音，慌不择路，盗贼跑上二楼，想从后面阳台跳下逃走。到了阳台一瞧，发现阳台居然种满榕树，榕枝盘根错节，伸到顶部，像是结了一张大网，跳不出去，犹豫间，给人堵个正着，束手就擒。

家人都说榕树拦住小偷，功劳不小。吴伯公哈哈大笑，接着说道："榕树何止能擒贼，还曾救过人命。"大家洗耳恭听，愿闻其详。

在吴伯公十来岁的时候，饶城北面的群山有山贼盘踞。一年，山贼们下山劫掠，内应事先炸毁城南的石桥通道，再守在北门出口，饶城就成了围城。山贼要求城中富户两日内缴出钱粮，否则就攻入城中，就算不攻城，围城十天半个月，城内必民不聊生。城中派出快马先锋想冲出包围通风报信，可都在半路被射杀截住。

束手无策之际，吴伯公自告奋勇，偷偷来到南门外探望，城外是一道天然深涧，涧下有怒溪，水底怪石嶙峋，乱石锋利，无法涉水过河。正因为有此天然屏障，山贼才认为南面绝没有逃脱的可能，故只严防北门。吴伯公沿河直走，快到双流寺的位置，看到岸边有三棵茂密高大的榕树，另一边有四棵大榕树，林荫郁郁，枝叶竟伸展到河中央，相互交叉在一起，看上去如同连接共生道一处。吴伯公心下一动，小心翼翼爬上榕树，朝着对岸的方向爬去，心惊胆战一番，吴伯公靠着"树桥"爬过了对岸，连夜狂奔，跑到黄冈坡请来驻守的官兵，终于吓退山贼，挽救了饶城。七棵大榕树后被饶城人命名为"七榕飞渡"，列饶城八景之一。

众人听完故事，感慨良久。

吴伯公一脸悠然，双目微闭，似在回想往昔岁月。吴伯公之爱榕，或许正是始于"七榕飞渡"。

幸福山路

三叔手持锄头拦在山道口，眼里闪耀着怒火。而另一头，小型挖掘机的机头正冒着热气，轰隆隆与他对峙。

"大爷，你就往后边让下吧。"站在机器旁边的几个工人模样的男人劝说道。三叔气得直抖胡子，嘴里骂骂咧咧，赌气道："不行，我偏不让。有本事从我身上压过去。"挖掘机的马达声戛然而止。

"叔，你听我一下劝，别在这里添堵啦。修路的事，村里公投表决，大多数人同意，这都是板上钉钉的事，你就少数服从多数吧。"阿罗大步向前，想趁机拉过三叔，好让工程队继续施工。

"你们后生懂个屁。风水懂不？这条道不能修，不能动。老辈人传下来的祖训，进咱们村的这条山路是龙脉，动了路就动了龙气，肯定会有灾祸发生。"三叔看穿了阿罗的心思，手一横，锄头一摆，拦在胸前，气势一下就把阿罗给镇住，不敢轻举妄动。三叔继续道，"听说他们还要拓宽山路，把那些个祖坟都迁移，就连咱们村头那棵千年老树，也要连根挖掉。老树是龙根啊，挖了就停了风水，绝了宝地。以后那些财气啊，福气啊，都不会往咱们村子里流啦……"

"你老是旧思想，风水真有用，咱们村至于穷成这样？"阿罗叹了口气，耐着性子劝道，"要致富，先修路。修好这条山路，以后山里的人进出县城，就能节约大半天的时间，交通发达了，投资者就愿意来咱们山里这投资，自然而然山里人就多了赚钱的机会，就会富裕起来，经济搞活了，比什么风水命理都好！"

三叔半眯着眼，一副充耳不闻的架势，挺直腰板，如同门神秦叔宝，威风凛凛，不为所动，一夫当关，万夫莫开。

阿罗摇摇头，道："你总不能一天都守在这里吧。总得吃饭睡觉，等你回去，我们就继续开工。"

三叔猛地睁大双眼，四下打量，脑子不停盘算。眼光落到路边的几块大石头上，心生一计。他操着锄头走近路边，边挥舞利器边说道："待我挖几块大石头，挡在路中央，看你们怎么办。"

众人望着老人疯狂的举止，觉得无奈又好笑。

突然，正拼命掘拉石块的老人脚底下一滑，身体失去重心，整个人滑下路边的山沟里。"坏啦，快救人！"阿罗大叫，工程队的汉子们急忙朝下面张望。

费了好大劲，才将三叔从崎岖的山沟底给救了回来。三叔一脸苦相，强忍着疼痛，他的左腿摔断了，血流不止。

"得赶紧送县里医院！"阿罗喊。

打了电话，可是山路狭窄不平，救护车开不上来。阿罗找来木条和绑带，替三叔简易包扎好，又唤来村里几个后生，用两条扁担穿过一张藤椅，扶伤者坐定，再抬着一步步走出山去。经过一番救治，三叔的腿保住了，可送院时间拖得太长，局部淤血压住神经，他从此落下病根，走路一瘸一拐。

受伤后的老人当然无法再阻拦修路的进度，三叔心灰意冷，加之腿脚不方便，天天躲在村子里，懒得再踏出大山一步。

五年过去，山路早已修好。

这天，三叔的儿媳妇快到预产日，儿子张罗着要将她送到县上的大医院接生。三叔不解地问，"在村里找接生婆来不一样吗？折腾来折腾去不是更坏事？"儿子笑着说，"不折腾，现在路好走啦，车子一来一回都不用多久，跟走平地一样稳。再说，县城医院条件好，干净卫生，价格也不贵……"

三叔听了直点头，觉得儿子说得在理。其实这两年的情况，他也有目共睹，路修好了，村里种的农产品都能迅速地运出去，来山里旅游、投资的人也多了，经济搞活，山里人的收入也跟着水涨船高，日子越来越红火。大伙都说现在的山山水水才真的是金山银水。

看来，当初自己的固执并不可取。三叔暗暗想道。

"要不，你老也跟着走一趟，你也好久没出去县城看看啦。"儿子问。

三叔重重地点头，敲下烟枪，跟着他们钻进宽敞的面包车，一路上，老人望着平坦的柏油路，还有路边生机勃勃的青山绿水，脸上缓缓绽开了笑容。

汽车声欢快鸣唱，幸福地向饶城驶去。

《夹金山》2020年4期

鸭母巷

鸭母巷曾有很多鸭子，但只有一个人被称为鸭母。

这条斜坡小巷两边住满了居民，从上往下走，可以一直通到东门溪。占了地利，这里养鸭的人很多。无名小巷因而得名。

每天清晨，鸭母巷家家户户大门打开，主人赶着鸭群，一队队的鸭子如同准备进场接受检阅的士兵，整齐地走向溪边。鸭子跳到溪水里畅游，或捕小鱼，或在河滩的草地上晒太阳。傍晚，成群结队的鸭子在主人的号令下，不慌不忙背着夕阳回家。

娟婶一家是鸭母巷里养鸭子养得最好的。她家的鸭子不单产蛋多，出栏的时候都要比别人家重上半斤。娟婶家跟鸭母巷别的家庭不一样，她们家是女人当家，娟婶老公长得弱不禁风，没有正经工作，不会赚钱，整天不是在家里喝工夫茶，就是去朋友家吹牛闲聊。娟婶见男人靠不住，只能硬撑起这个家。

娟婶生了四个女儿，两个男孩，个个活泼伶俐，宛如一群小鸭仔。因为能生养，会养鸭，娟婶就被人起了个外号，叫鸭母。娟婶养鸭卖蛋，日子过得紧巴，可还是供了几个孩子上学。

大孩子读小学那年。饶城发起卫生运动，鸭母巷养鸭子的人家渐渐少了。只有娟婶还坚持不懈，每天起大早，让孩子们把鸭赶到河边，她就拿着扫帚把鸭母巷上上下下打扫干净。晚上，成群的鸭子归巢，她就再次把满是鸭粪的小巷打扫干净，生怕满街的鸭屎招来投诉，不让在家里养鸭。尽管如此，鸭母巷养鸭的风潮还是一去不复返。郊外有人建了大型的养鸭场，买鸭的人都跑去了那里，都说那里的鸭比家养的鸭要干净。

眼见养鸭的营生日落西山，娟婶想到了一个主意，低价卖掉最后一批鸭子。用这笔钱购置回一台缝纫机。她年轻的时候，曾给村里的裁缝帮过几年忙。随着人们的生活水平提高，吃得好就想穿得更好。娟婶心灵手巧，手艺高超，裁出来的裙子比县里商店卖的还要好看和便宜。许多人都喜欢来她家定制衣服

就这样，娟婶改行给人做起衣服。在娟婶的带动下，几个孩子一放学就进房帮忙，原本懒散的丈夫也跟着打起下手，帮忙整理布料。

从此，她们家传出的不再是鸭叫声，而是节奏欢快的踩缝纫机声。一部缝纫机和娟婶的巧手，赚出孩子们几年的学费和一家子的开销。

到了小儿子读书那年，饶城再次发生天翻地覆的变化。城里各处商铺林立，卖的东西琳琅满目，从外国进口的、名牌的、昂贵的，应有尽有，价格便宜款式多样的服装，抢走了娟婶绝大部分客户。

丈夫见状，建议她也借钱开家服装店。

娟婶摇摇头说，没听现在大城市的人都网上购物吗？再过一段时间，估计饶城人也一样。到时我们不光要和线下的实体店竞争，还要和网上的店铺竞争。卖衣服，做得过人家吗？

一席话给全家泼了盆冷水。丈夫问，那怎么办？

娟婶笑了，答道，还是开店呀！不过我们不卖衣服，卖吃

的，开小吃店。网络上买不到的新鲜食物和特色小吃。

半个月后，娟婶的小吃店在饶城中学对面开张了。店面不大，专门做饶城各种传统小吃和甜点，还有奶茶等饮品，深受学生们欢迎。

店里的招牌是一种特制的糯米汤圆。个头比普通汤圆要大上一倍不止，煮熟后看上去像一颗颗椭圆鸭蛋，吃饭用的饭碗盛入两三粒汤圆已是满满一碗。配料也出彩。常备有十几种配料供顾客们选择，多时甚至可达数十种，譬如有芋头、栗子、眉豆、红枣、绿豆、花生、薏米、红豆、番薯、银耳、绿豆、白果、鹌鹑蛋等。

有食客问娟婶，这汤圆甜品叫什么名字。

娟婶回答道，就叫鸭母捻吧！说完，嘴角翘起。

煮熟的汤圆会浮在汤汁上，真像一只只浮在池塘上游曳的大白鸭。还有人从"捻"字入手解释，捻等同于捏，就是用拇指和食指把糯米团捏下来，揉搓出汤圆的过程。

鸭母的鸭母捻最好吃！这个消息在饶城不胫而走。鸭母的外号又回到了娟婶身上。

《天池》2023年10月

皇帝舌

"皇帝舌，乞丐身"说的是一个人。

他的名字叫阿舌，是个乞丐，住在饶城北八仙庙里。以前他不是乞丐，小时候大家叫他舌少爷。阿舌的父亲是北坛有名的富翁，家里几间大屋，厨师都请了三个。

从小，阿舌就衣食无忧，娇生惯养。他喜欢吃什么，父亲就给他买什么；天天变着法，让厨师给孩子做好吃的；省城里有什么新吃食，都花钱托人带回来；隔三岔五，就带阿舌去饶城里的各大饭店，换口味试新菜。别人吃过的他吃过，别人没吃过的他也吃过。饶城人都说，舌少爷的舌头和京城里皇帝的舌头一样，吃遍了天下的好东西。

舌少爷的皇帝舌，名副其实。每尝一道菜，他都把菜里的材料一一说出，准确无误，连葱姜蒜等配料都不落下，对做法火候都能点评一二，道出不足或过人之处。饶城人都吹捧，舌少爷说好吃的就一定好吃，说难吃的必定难吃，一言一语就能决定一家酒楼的兴衰存亡，实跟皇帝无异。

成年后，舌少爷不像别的公子出外考取功名，而问父亲要来一大笔钱，带上两个随从，去省城上京城，走遍大江南北，去过苏杭，到过塞北，一路游山玩水。当然，去到哪里，舌少爷都少不了品尝一番当地的美食，过一过嘴瘾。

如果不是父亲病故，舌少爷可能会继续走下去。两年后，舌少爷回来继承家业，可他读书不成，也没怎么跟父亲学经商，只好守着家业过日子。

舌少爷不爱嫖不爱赌，不抽大烟，却毁在吃喝上。他好吃，自然多酒肉朋友，经常奉承讨好，吹捧他为美食家。舌少爷一开心，就大摆筵席，大搞家宴，时不时大宴宾客，花钱如流水。时间一久，偌大的一份家业，就这样坐吃山空。房产尽数变卖干净，吃进肚子里，身边的朋友也消失远离。舌少爷四体不勤，不事农桑，最后居然沦落为乞丐，成了别人口中的舌乞丐，委身于八仙庙。八仙庙是当年其父捐建的小庙，饶城人便任由他住在庙内一角，靠吃些乡人拜神留下的供品维生，时常有上顿没下顿。实在饿得不行，才拉下面子出外讨要，讨得残羹冷饭，仍边吃边口出狂言，挑剔施主的饭菜不好。

饶城的孩童爱跟在他后面，唱童谣笑话他：皇帝舌，乞丐身；一张嘴，没钱挣；只会说，不愿做；万两金，家终破。

舌乞丐听了，不恼也不笑，躲回庙里睡大觉。

这日，睡到日上三竿，听到庙门传来吵闹声，起来一瞧。庙外走进来一群人，为首的是三个阮姓兄弟。

阮姓兄弟家在饶城外的红柿村。红柿村盛产红柿，有数百年历史，村中曾有一棵柿王树，繁衍下数百后代。红柿村现有三房人，各房有各房的柿子园。秋分时节，红柿上市，各家叫卖各家的红柿，都吹是柿王树传下的真种，最正宗。

各说各有理，谁都不服谁。今年，居然吵到了县衙，要县太爷出面判定，谁家的红柿最好吃，以后就独享红柿王的字号，其他房不得再争。

清官难断家务事，县太爷拱手推脱说："本官不爱吃柿子，好不好吃我定不了。"

县官定不了，有人就提议找皇帝。真皇帝请不到，不知谁想到皇帝舌，便一窝蜂跑来八仙庙，想请舌乞丐品红柿，定个高低优劣。

有好东西吃，舌乞丐乐意之至。先浅浅咬了大房的柿子一口，再用水漱口，接着咬二房家的，再漱口，最后是三房，过程庄重认真，毫不含糊。

片刻后，舌乞丐把三个咬过的柿子按顺序摆在一起。

"哪个是红柿王？"众人翘首询问。

"二房的又胶又甜！当为最佳。"

此言一出，二房欣喜，大房三房却不乐意，诬赖舌乞丐一定是收了二房的钱财，才说好话。舌乞丐突然变脸，大怒道："我的舌头是皇帝舌，岂是几两银子能收买的。你们既然不信我，就信神仙去，让神仙去判。"

言毕，舌乞丐操起红柿，分别朝着神台上的塑像摔去。啪啪啪三声，众人吓了一跳。红柿砸到神像脸上，柿水四射，柿肉横飞。

"瞧，吕仙都说二房的好！"舌乞丐笑嘻嘻指着神像。众人望去，只见大房三房的柿子支离破碎，散落一地。而二房的红柿则像一朵印泥花，紧紧贴在吕洞宾的脸上，许久都不落地。

舌乞丐解释："糖多水少，粘住不倒，此柿最好！"

众人见此，皆心服口服。红柿王尘埃落定，皇帝舌的花名响彻饶城。

豆花草粿

"豆花！草粿！"

"豆花！草粿！"

刚从车站走出来，行经三角街的阿跳停下脚步来，听着儿时熟悉的叫卖声越走越近。"阿姐，给我来一碗。"他向个推着自行车的妇女说道。自行车载着重重的箩筐，箩筐在扁担上固定好，横在后座上，筐里围着厚厚的白布，最里面则放着两口深铁锅。这就是一辆简易的流动小食摊，穿街走巷叫卖，谁想交易便张罗一声，摊主便不再推行，停稳放好，再从前车篮里拿出食具或包装盒。以前没有车的年代，摊主挑着担子，脊梁压成一张弓，边走边吆喝，有些体力好的人空闲的左手还会拎着两张小凳子，方便行人歇脚吃点心。

揭开锅盖，只见一边白一边黑。白是豆花，黑是草粿。豆花就是豆腐花，又叫豆腐脑，白嫩似玉；草粿是饶城特有的小吃，也叫仙草蜜，是用一种名叫仙人草的当地植物熬制而成，弹嫩如黑玉。饶城人喜甜，无味的豆花草粿撒上糖粉，淋上糖浆，搅拌均匀，便是一道从嘴边甜到心田的美味。

"要豆花还是草粿？"大姐问。

"黑白配！"

"好嘞！"大姐利索地划动着金属片，分别从两个锅中捞起白玉黑玉，在碗中连铲带切，浇下糖汁递来。

阿跳轻啜一口，暗赞还是当年那个味，温度适中，继而吮吸，紧接着大口吞咽，喉咙直发出咕噜声响，不到五秒，一碗见底，心中大呼痛快。以前阿跳只喜欢吃草粿，不喜欢吃豆花。镇上以前也不流行黑白配，人们喜欢豆花是豆花，草粿是草粿；或是夏天吃冷草粿，冬夜吃热豆花，井水不混河水。

在镇上读高中时，住校的同学吃完饭到教室自习都要带上铁饭盒，放在室外的走廊上，一字排开。温书到一半，听到紧挨着学校的小巷外响起清脆的叫卖声，同学们或三五成群，或独行独往，偷溜到校门口，递上五毛钱，买上一碗豆花或草粿，迅速捧着瓷碗跑回，迅雷不及掩耳势揭开自家饭盒，把美味倒入其中，恐走漏掉一丝热气或凉气。

一天晚上，有个外号叫白弟的同学跟往常一样，自习完，抄起饭盒打算回宿舍享受夜宵。冷不丁，一只肤色略黑的有力大手紧扣住他的手腕，喝道："你拿我豆花干吗？"白弟一瞧，是人称黑妹的学习委员。他眼珠一瞪，争辩道："怎么可能是你的饭盒。我之前才把草粿倒进去。""打开看看！"

两人头凑到昏暗的走廊灯下，奇了！饭盒里黑夹杂着白。再细看盒底的名字，白弟才发现自己一时大意，倒错了饭盒。

"都怪咱俩饭盒长得同样。"

白弟黑妹大眼瞪小眼，白弟爱黑，黑妹喜白。

"你说怎么办？"黑妹问白弟。

"还能咋办？黑白配，一人分一半吧。"白弟无奈，找来自己的饭盒。

乌龙事件一传开，同学们都笑话他们一黑一白，是天生绝配。调皮的同学还买来一半草粿一半豆花组成黑白配，专在教室里品尝，故意影射他俩。不知不觉，新鲜的吃法一传开，倒为旧小吃开创出一种新卖法。

"还要吗？"大姐的问话打断阿跳的思路。

"再打包一份带走。"

"好嘞！也是黑白配？"

阿跳笑着点头，眼见大姐在黑白间起落腾挪，倏忽想起城市里的另外一种黑白配。

几天前，摩天大楼间的办公室里，女经理甜蜜蜜地怂恿他，"不要老喝无味的清茶，偶尔喝喝咖啡，或是喝下牛奶，领略不同的风味。"

"咖啡怕苦，牛奶喝不惯。"阿跳尴笑道。

经理笑着把咖啡和牛奶倒进了阿跳的那杯茶里，说道，"咖啡加奶茶，黑白配，我们香港人叫鸳鸯。"

阿跳试着抿了一口，眉头轻皱，看来不是所有的混搭都是完美的黑白配。"鸳鸯虽好，苦茶更甘！"他倒掉了那杯鸳鸯，也拒绝掉经理的好意，没有朝前途无量的职位进发，毅然辞职准备回乡创业。

"来，拿好！"大姐亲切的声音打断了思绪。

接过大姐递来的打包盒，掏出手机准备扫码。这时，进来一个电话，电话那头温柔的声音响起。

"黑妹！别急，快到家门口了。以后我就在家里陪你啦，再也不去城里打工啦。"儿时外号叫白弟的阿跳笑道，"我还买了你最爱吃的……"

　　"豆花草粿？"黑妹问。

　　"对，黑白配！"阿跳踏着轻盈的脚步归家。

　　"豆花！草粿！""豆花！草粿！"

　　清脆的叫卖声再次响起。

狮头鹅

　　饶城有种狮头鹅，体型巨大，是一般鹅类的两倍有多，生出来的鹅蛋也大过普通鹅蛋。成年的狮头鹅多在二十多斤以上，它的头部长一大黑肉瘤，鹅头状如狮头，随着年龄增长肉瘤随之增大，狮头鹅贵就贵在这肉瘤上，越大颗越值钱。乡人在池塘边养鸭养鹅，如果有狮头鹅，必是当中领袖翘楚，昂首健步，姿态雄伟，走在普通的鸭鹅身边，其气度神态，隐隐有王者风范，守池塘的土狗都不敢轻易冒犯它。

　　狮头鹅可以水煮后，用白切的吃法来吃，蘸点蒜泥酱油，吃其原汁原味的鲜甜。还有一种绝妙做法，制成卤水狮头鹅。潮式卤水独特的药材香气，咸淡适宜。健硕的卤水狮头鹅，是潮菜中最霸气的一道名菜，上菜时需要两个厨师抬着方可，一条带头的卤鹅颈最贵时能卖出一两银子的高价。

　　饶城外的汤溪水库，有山有水有小岛，最适合养狮头鹅。逢年过节，狮头鹅更是必不可少的祭品之一，有些虔诚礼佛之人，还将活的狮头鹅买下，送到城南外塔山下的双流寺放生。于是乎，在塔山与水库之间的林地，就成了这些放生狮头鹅的栖息地。

　　家住在水库边的阿耀和兄弟们在山脚放牛。牛吃草，乱走到那片栖息地，兄弟们见到鹅，想拉牛走。阿耀则笑笑，一弯腰，疾走两步，趁着鹅不注意，身子扑倒离得最近的一只狮头鹅，呼喊着兄弟们来帮忙。

"寺庙的狮头鹅反正放生，不如用来救济我们，方显我佛慈悲。"阿耀笑嘻嘻道，"这般肥的鹅，拿来烧烤最妙。"

兄弟们被说得心动，在阿耀的指挥下，杀鹅拔毛的挖土坑的挖土坑，拾木柴的拾木柴，生火的生火，没多久，一只香喷喷的烤鹅就被几人分食干净。

谁知回家后，让父亲得知。父亲气急败坏，生怕亵渎神灵，得罪菩萨，押着阿耀来寺庙跟大师们请罪。和尚们念声阿弥陀佛，并不想难为孩子。父亲却十分生气，非让阿耀在寺里住下，充当杂役赎罪。住持拗不过，只好同意。阿耀就成了专门管理放鹅的杂役。阿耀不觉得受罪，反感新鲜，放鹅之余还跟着寺里的武僧学习武艺。

两年过去，那群狮头鹅的数量从十几只变成了上百只，阿耀也习得一身武艺，准备回家。他建议住持把鹅都卖了，换回上百两，给寺庙修了个偏殿。

回家后，阿耀和兄弟们在水库边干起养鹅的营生，成了饶城远近闻名的养鹅人。好日子没过多久，清军就打来了。阿耀本以为权力争斗与他们蚁民无关，可清军看上了他的狮头鹅，一分钱不给，就抢去劳军。阿耀和兄弟们一怒之下，打伤了几名清军，都被抓进饶城县衙旁的监牢。

清军为杀一儆百，居然下令要将阿耀他们斩首示众。亲人们悲痛欲绝，阿耀一脸淡定，通知亲人花钱买通看守的狱卒。在夜里，送来行刑前的最后一餐，分别是两只肥美的卤狮头鹅，还额外送了一只打点各狱卒。

狱卒们收了钱，自然网开一面。没想腹里各藏着四把短刀，阿耀和兄弟们伸手进内，取出武器，突然上前结果了打算锁门的狱卒。监牢大乱，杀声四起，硬是给阿耀杀出一条血路，逃出城外。

自此，他们就落草为寇，在水库里建立水寨，聚众抗清，颇有点水泊梁山的味道。清军暴虐，不得人心，义军越聚越多，多是附近村寨的穷苦人家和渔民，多熟悉水性，在岛上防守严密，阿耀还命人在水寨周围放养鹅群，开荒种菜，自给自足。清军屡攻不下，就想夜袭。夜里，鹅群起了作用。鹅群听觉灵敏，分散在水寨附近的岸边和几个浮岛上栖息，无论哪个方位，一旦有船只靠近，就会惊动鹅群，继而鹅声大作，宛如警钟，让义军有所准备，奋起反击，打退敌军。

阿耀亲切地把鹅群称为鹅兵。

半个月后，清军再生一计，买通阿耀表弟，令其上岛偷偷毒死更鹅，清兵夜袭，义军不及防守，寨遂破，阿耀和众兄弟陷入苦战，多处受伤。想坐渔船出逃，发现被表弟暗中凿破，沉入水底。

大战过后，水寨狼藉，清军找不到阿耀尸首，对外宣布贼首溺毙。有人却说，看到受箭伤的阿耀一左一右，搂着两只高大的狮头鹅，直往南游，消失在茫茫晨雾中。

又过半年，饶城人听到外边传回的消息，反清复明的郑成功军队里多了一支鹅军，因士兵们手里都拿着一把鹅头形刀柄的大刀而得名。他们杀敌勇猛，屡建战功，而领头的将军不是别人，正是善武爱鹅的阿耀。

掷筊杯

　　饶城人信神通，经常用筊杯来占卜吉凶。筊杯新月形状，一正一反两面，又称一阴一阳。遇事不决时，人们在神前祈求，说出心中疑难，叩拜后掷筊杯，此动作叫问杯。筊杯落地，一阴一阳，代表所请之事神明应允，此事可行，大吉大利，视为圣杯；两杯皆为正面，称为阳杯，也叫笑杯，代表所请之事神意未决，不置可否；两杯皆为反面，称为阴杯，也叫哭杯，代表所请之事不可行，神明不允。

　　城北有户人家特立独行，家里没有筊杯，也不会用问杯来做决定。这家有个泼辣能干的老婆，户主叫老涅，是饶城某小单位的办事员，他性格内向，三十来岁才在媒人介绍下成了家。

　　涅嫂比老涅小十岁，却十分有主见，老涅犹犹豫豫的性子在她面前一下就软了下去。相较之下，涅嫂反倒成了一家之主。

　　结婚第二年，适逢改革浪潮，老涅的很多同事纷纷辞职下海经商，炒股的炒股，投机的投机，赚的钱自然比铁饭碗多。老涅眼红，心里痒痒，可下不了决定。涅嫂知道他的想法后，果断说道："你想干就去干，没胆子就别干。整天在家茶饭不思，有什么用？"

　　在涅嫂的鼓动下，老涅交了辞职书。涅嫂的娘家在茶山，兄弟都种茶做茶，能拿到一手货源，他们在饶城开了一家专营单枞茶的茶店。生意做起来，涅嫂里里外外忙活。一开始，老涅还想当个一家之主，做各种决定，苦于不善交际，很多买卖谈不好，最后都是涅嫂出马。涅嫂的确是经商好手，有胆识，有口才，最重要的是行动力超强。顾客一来都和涅嫂打交道，把老涅晾在一旁。老涅心里不乐意，可只能忍气吞声在店里跑腿打杂。

有时喝了点酒，老涅想在妻子面前拿回做丈夫的脸面，可没说两句硬话，就见涅嫂双手叉腰，杏眼圆瞪，他也不敢再说了。

久而久之，老涅落了个"气管炎"的外号。

三十年过去，老涅一家的日子越过越好，两个儿子考上了大学，还在城里找到不错的工作，家庭美满，生活幸福。涅嫂本想把店关掉，老两口跟着进城享享清福。没想到，老涅到医院体检，医生偷偷通知涅嫂，老涅得了绝症，最多只能活两个月。

此后，涅嫂就像换了个人，不再跟老涅争吵，什么事都顺着他。老涅仿佛找回了久违的尊严。有时就算老涅不讲道理，涅嫂也忍了，谁让他是个病人呢？

没多久，老涅去世了。

按乡下的风俗，出殡时，逝者的配偶不能出席，要在房间内回避。灵堂设在院子里，儿子们请来法师做法事，丧事隆重且肃穆。

仪式做到最后一个环节，是掷玟杯。亲属在灵前掷杯，如是阳杯或阴杯，代表逝者心有不满或有事放不下，得请求逝者原谅后，再次掷玟杯。如仍不是圣杯，要继续循环，直到掷出圣杯为止，才可出殡。

饶城曾有户人家掷了三十次玟杯都没有掷出圣杯，据说是因为这家的儿媳不孝，老人死不瞑目。最后怕误了时辰，只好仓促上路。老涅的儿子连掷数次玟杯，都没有得到圣杯。亲属们跪得膝盖发疼，唯恐错过吉时。

"老涅，你还有什么不满意的？不满意你坐起来跟我说！"冷不丁，涅嫂从里屋出来，风风火火走到灵位前，左手叉腰，右手指着灵台上的画像，呵斥道。

法师吓了一跳，做了那么多场法事，没遇到过这样的情况，他忙阻拦涅嫂，请她回屋。涅嫂板着脸转身回去，法师再次念念有词。

"再拜！掷杯！"众人叩头再拜。

玟杯落地，圣杯。

一时间鞭炮轰鸣，哭声大作，送葬队伍开始起行。

《小小说月刊》2023年5月

竹蔗摊

　　饶镇的四个城门都有甘蔗摊，特别是在东门桥头，甘蔗摊便有四五家。赶路进城的人走累了，买上一根甘蔗，解渴消乏，瞬间回魂，神清气爽。

　　饶城人爱甘蔗，爱啃蔗。从没见过其他地方的人有这样的嗜好，或许没有那样好的牙口，饶城连耄耋老者和学语小儿有时都会捧着一截甘蔗吮汁吸味。跟广府人爱喝凉茶一样，饶城人熬夜上火，或喉咙发炎，都会跑甘蔗摊买回甘蔗汁泻火清热。两者相较，凉茶苦，能清热解毒；而甘蔗甜，除清热解毒，还兼具滋阴润燥等功效，不会伤胃伤肾。最重要甘蔗汁口感好，易入口，小孩子们都能接受。饶城最常吃的是黄皮甘蔗，蔗节较长，长得跟竹子一样，又被称为竹蔗，所以甘蔗摊也叫竹蔗摊。还有一种紫皮甘蔗，较粗，节点较密，皮肉没有那么硬，糖分比竹蔗高点。饶城土话称竹节为目，一节为一目，称黑色紫色为乌。所以紫皮甘蔗又被管叫"乌目蔗"。

　　摊主在空地上支起木架，将一捆捆的蔗倚上去，有的则直接靠在墙边，备绳或纸袋，再配两把削皮刀便可开业。客人来买，挑到合心意的蔗就指给摊主，摊主利索地剥掉尾部的叶子，去干净根部的根须，手起刀落，去掉一点头尾，快速将蔗砍成一段段，长度相若，用绳捆绑起来，客人就可以拎着。想马上吃的，摊主会帮着去皮砍段，装进纸袋，客人可边走边咬，蔗渣就吐进袋子里，方便干净。

竹蔗摊一般只卖蔗，不卖其他水果，除了东门桥头的老林蔗摊。老林蔗摊的老板原本叫小林，家住东门外的河口乡，祖辈都是种蔗的蔗农，自产自销，原来的摊主是他的父亲老林。小林是前清的秀才，家里本想着供他上学，将来封妻荫子光宗耀祖，没承想清朝亡了，只懂四书五经的书生没了去路，最后只得继承蔗摊，成为卖蔗的小贩，时间一长，小林也成了老林。不过，他的蔗摊比别人多了一小桌一小凳，桌上摆着笔墨纸砚，摊上立一木板，上书：代客写信。没客人时，常能看见他在桌边练字读书。

三角街的字画店也有代客写信的业务。饶城有很多男人过番下南洋打拼，家中留下妇孺寡母，乡下人和女人多不识字，一有批信从国外寄回来，女人们就会到代客写信的地方请人读信，有时也顺便写回信。顾客口诉，写字先生代为斟酌润色，写下内容。

饶城东面北面乡下的妇女经常来老林蔗摊找老林代书。有时，妇女们说得口干舌燥，会买上一根甘蔗解渴，边吃边说。多了代书业务，老林蔗摊的生意比其他人要好许多。

这日，钱田村的钱大嫂走了老远的路，来到老林蔗摊前坐下。老林一见她，就知道她是来写信读信，忙摆好纸笔。钱大嫂家中穷苦，来他这里，从没买过半截甘蔗，虽然一小段蔗只卖五文钱。

钱大嫂从布包里掏出一封信，缓缓展开铺平，宛如有千斤重，再轻递给老林。老林接过信，扫了两眼，慢慢读起来。信是钱大嫂男人从暹罗寄回。男人在信上说，前两个月在码头扛货，不慎掉入水里，摔伤了腰，休养了大半个月，加上医病，赚的钱都花掉，还欠了别人一些，所以这次就没随信寄批钱回家，末尾，又询问家中情况云云。

钱大嫂边听边抹泪，一脸担忧愁苦，担忧的是男人的伤势，愁苦的是家中无米下锅。越想越伤心，不禁悲从中来。

老林不知如何安慰，读信的几文钱自是不肯收，站起身来默默削蔗，很快砍好几节蔗，全放入袋中，递给钱大嫂，说送予她，带回去给孩子一起吃。钱大嫂抹抹眼泪，推辞致谢，最后经不住老林的盛情，只好收下。老林还教钱大嫂如何吃蔗，先吃细的蔗尾，后吃粗的蔗头，由淡入浓，甜味愈加。

钱大嫂接过纸袋一看，背后一面居然还写了四个大字。钱大嫂不懂，问老林写的是什么字？

老林说道："此四字为'渐入佳境'，希望你们的日子如倒吃竹蔗一般，越吃越甜，往后愈好。放宽心，一切都会好的。"

钱大嫂听完，站在原地细想，忽然退后一步，朝老林鞠了一躬。

获"潮州市喜迎二十大 讴歌新时代"主题文学征文二等奖

说破无酒喝

临下班的时候，阿奔客气地邀请师傅老炳一起去吃饭，他请客。老炳打量他一眼，神情冷淡地拒绝道："不了，工厂有饭吃。何必浪费钱。"

看着师傅离去的背影，阿奔有点尴尬，这已经是师傅第三次拒绝自己的邀请。旁边的工友们似看笑话，拍了拍阿奔的肩膀，说道："别费那气力啦。我们以前也邀过几次，他一次都不赏脸。还是我们自己去吃吧。"

阿奔和工友们是饶城本地人，在饶城一家塑胶厂上班。他们午餐在厂里吃，到了晚上，就会回家吃饭或到外面餐厅换换口味。师傅老炳是老板从外地高薪聘请回来的高级技师，吃住都在工厂里，没什么事极少外出。一来是语言障碍，二来是他的性格比较孤僻。

"我是看他一个人在饶城没什么朋友，想陪陪他。"吃饭时，阿奔和工友们说道。

"人家不会领情。只会觉得你另有所图！"

"我没什么企图呀！"阿奔语气里带着不解。

"说破无酒喝。人家是怕你偷学了他的技术，他就没饭吃啦。所以不敢和你太接近。"

"对对对！教会徒弟饿死师父。"其他工友附和道。

阿奔若有所思。说破无酒喝是饶城的一句俗语，意思是把自己赚钱的窍门告诉别人，别人知道窍门，从而出现竞争对手，最终对自己无益。

以前，饶城以陶瓷业闻名。有一家瓷窑，从景德镇聘请来一位技艺高超的烧瓷师傅。师傅好酒，窑主每顿饭都供应酒水，想令他满意。烧窑过程中，师傅传授了些基本的技术，可对于如何掌握烧窑的火候，师傅总守口如瓶，无论窑主和徒弟们怎样套话，他都闭口不谈。窑主有个小妾，长得颇有姿色，自告奋勇，说一定能让烧瓷师傅道出秘密。一日，小妾服侍师傅喝酒。美酒当前，佳人相伴，师傅喝得飘飘然，忘乎所以。兴高采烈之时，小工来请师傅去看火候，小妾故意拖延，再三挽留劝酒。小工多次催促，师傅被催得烦躁，失去戒心，不耐烦答道："你们自己去看，烟囱的烟直了，火候也就到了。"看火候的秘密说破原来如此简单。自然，师傅失去利用价值，就掉了饭碗，再也喝不到美酒了。

阿奔的老板请过几位高级技师，都只教授工人们一些简单的操作机床的方法，至于塑胶原料的配比和浇注时间，都是不传之秘。老板曾让人偷师，可自己配比出来的原材料，做出来的塑胶件不是开裂就是不耐用，总差一点火候。

"差之毫厘，失之千里。"老板为此，背着师傅向阿奔几个开出悬赏，说："谁要是能学到师傅的本事，可开三倍工资。"

重赏之下，几个人蠢蠢欲动。可师傅仿佛看透工人们的意图，滴水不进，如防贼一样防着他们。久而久之，工艺没学到，师傅和几个工人竟心生芥蒂。

　　阿奔生性善良，被拒绝也没多想，仍埋头刻苦学习，自己钻研。对待师傅仍然一如既往地尊重，干活依旧用心卖力。一年后，阿奔渐渐可以独当一面。有一次师傅生病，他居然向老板推荐阿奔代理配料，监督全程加工，没有出现一点纰漏。

　　工友们惊讶不已，都想知道阿奔如何套到老炳的秘密。阿奔却答，师傅一点没交，都靠自己领悟，工友们不信。

　　过了段时间，阿奔给另一家塑胶企业的老板高薪挖走，请去当技术工。这一次，师傅终于答应了阿奔的宴请。

　　"其实哪有什么秘密。都是熟能生巧罢了，平日工作多看多想多记多积累，用心、细心加耐心。火候到了，自然就学到手了。以前我坦白告诉徒弟们，大家都不信，以为我藏着掖着。"老炳说道。

　　阿奔笑了，举起酒杯敬师傅，说："很多事说破了就是这么简单。但有时候，别人却不信如此简单，总想着有捷径，却迷失在半路上。"

牵猪哥

饶城人的叫法，猪哥就是公猪，母猪唤作猪母。"猪官"是牵猪哥的外号。饶城人戏谑，牵猪哥负责养猪哥，也给封个官。

旧时，饶城人很多人家中都养猪。乡人养猪，一来可以处理剩菜剩饭，二来猪养大，年底出栏能换钱贴补家用。养猪一般是买小猪崽回来养，也有人家里养有母猪，专生小猪贩卖。这便带出一种叫"牵猪哥"的行业。母猪发情的时候，会有一个专门饲养公猪的人拉着公猪来配种赚钱。

牵猪哥的行当在饶城人眼中多低贱，被认为污秽、不光彩的事。一般只有残疾的人或孤寡的中老年人才愿意干。猪官左脚有残疾，很小的时候就没了父母，靠吃百家饭长大。长大后，就走村串户干起帮猪配种的活。

猪官在乡里地位不高，牵着猪哥走在路上，常会受到路人嘲笑鄙视的目光。平时族内祭祖拜神的活动，猪官多不被邀请，孩子们也常被父母教育，不能与猪官玩到一块儿，特别是他牵猪哥去配种时，得远远避开，以免见到不该看的场面。

村人看不起猪官，爱戏弄他。

有人嘲讽："你的猪哥一年配了不少猪母，你这个猪官呢？有没有摸过一回女人？"

猪官涨红脸，不答话，不与人斗嘴，仍回破屋前的猪舍悉心照顾公猪，公猪吃特别的饲料，养得精壮高大。一般情况，一头公猪一天只配种一次。有时候，遇上麻烦的母猪，猪官还得下手帮忙，在前头按住母猪，或在后面帮猪公爬到母猪身上。完事后，主人家会给一笔工钱。猪官得了钱，去市场买回一两条鱼，熬成鱼汤，先倒一半给猪哥吃，补补元气，自己再吃剩下的鱼汤和渣。多余的钱，存起来，一次存一点，防止猪公年老体衰，得买新的猪公来替补。

一年到头，算下来，猪官赚到的钱并不多。家里穷，自然没姑娘愿意嫁过来。猪官一直牵猪哥到三十多岁，都是单身汉。

一年，他牵猪歌到隔壁镇配种。几天后，牵着猪哥回来，身后还跟着一个年纪比他大上几岁的妇女。

妇女成了猪官的老婆，大家都唤她为猪嫂。

日子一久，猪嫂的来历，慢慢被饶城人知晓。猪嫂还有个外号叫"劏猪凳"，"劏猪凳"是广府人的方言，劏在粤语里是宰杀的意思，劏猪凳就是杀猪的凳子，用来形容命硬克夫的女人。猪一上杀猪凳就得死，暗喻男人也是上了必死。

猪嫂长相挺好，可偏偏命硬，十六岁嫁第一任丈夫，不出半年，丈夫当兵死了；后又嫁给一名石匠，谁知新婚第七天，石匠就给开山的石炮炸死；再一次改嫁，是个老实巴交的庄稼汉，可一年没到，庄稼汉病死了。就这样，猪嫂一路嫁人，从广府地区一直嫁到饶城，不到四十岁，她就已经正式嫁夫五次，却没生下一子半女。去年，嫁到隔壁镇，丈夫是个挑溪头的挑夫，结婚没几天，丈夫就失足落进水里淹死。夫家嫌她倒霉晦气，顾不得忠贞节义，只要了极少的钱，就把猪嫂当货物一般转嫁给了猪官。

猪嫂自知命苦，没有反抗，顺从地跟回来。算上猪官这次，女人已是七嫁。

"你就不怕我把你克死？"猪嫂曾问过猪官。

猪官傻笑，答："我们一个命贱，一个命硬，凑一块过日子正好。能娶上老婆，死也值了。"

饶城人都好奇地观望着这对奇怪的夫妇。可一年复一年，猪官没被克死，日子倒越过越好。猪嫂嫁来的第二年，肚皮有了起色。

乡人笑说，猪官跟他们家的公猪一样厉害。

猪官仍是傻乐，干活更加勤快，买回来的鱼汤一半给猪哥喝，一半给怀孕的妻子喝。

猪嫂很快生下一个大胖小子，第三年，又生了个女儿，六年后，他们已经有了五个孩子。猪官为了养活一家数口，听猪嫂的话，买回几头小猪饲养，慢慢猪也是越养越多。后来，配种的行当式微，猪官成了养猪专业户。

靠着一头头大猪，猪官把儿女们抚养成才，有两个还考上大学。

孩子成家立业，个个孝顺能干，猪官和猪嫂就过上幸福日子。五个孩子，分别生活在珠三角几个大城市，他们俩，有时去广州的大儿子家住两月，然后就去东莞的二女儿家住两月，再去深圳的三儿子家住几个月，如同旅游度假一般，自在逍遥。

饶城人羡慕不已。

后来，猪官活到100岁，是饶城少有的百岁老人之一，他老婆活到99岁，两人皆无病无痛，在睡梦中安详离世，寿终正寝。

红花红

饶城人的红白喜事都少不了红花抹草。

红花是常见的石榴；抹草是小槐花，又叫茉草。新生儿出生后，祖辈们会摘下新鲜的红花与抹草，洗干净扔进温热舒服的洗澡水里，谓之"红花水"，给孩子洗澡，寄托平安愿望，希望健康成长；新娘子出嫁时，会在婚嫁的礼物或嫁妆上放上红花抹草，还有新娘的头上插上一朵娇美欲滴的石榴花，寓意婚姻幸福美满，新娘嫁过去后能像石榴果实一般多子多福；游子出远门读书或工作，长辈会在行李中放上一对红花抹草，祈求旅途顺利，到了异乡不会水土不服，一路平安；有老人过世，送葬的亲友们送行或前去帮忙回来，家人都会预先在门口摆放一个装满清水的桶，里面依旧放入红花抹草和一条毛巾，进家门得先用"红花水"洗脸洗手，处理干净后，再把整桶水泼到路边，洗尘去秽；逢年过节，祭拜的礼品和场景里仍少不了这两者，在拜神用的喜鸡嘴里或大红猪头上放上一两根红花抹草，陪着各路神明巡游的乡中长辈们，走在队伍的最头面，高高的礼帽上或者胸前都会别上一朵惹眼的红花，保佑平安，庇佑乡民。除此之外，孩子们的成人礼、毕业礼，甚至考试比赛，等等，无一例外都需要用到。

饶城的张厝埕有一条不成文的规矩。张厝埕里哪户人家生了女娃，满月的时候，主人家就会在屋前屋后，或院子里种下石榴树。一直种到女儿出嫁，出嫁前一天，因为仪式众多，需要用到红花抹草的地方也很多，新娘子的父母就会砍下种了多年的石榴树，摘下红花来办喜事。

志伟的邻居强叔家院子里种了两棵石榴树，一左一右，一大一小，左边大棵是大女儿出生时候种下的，小棵是志伟的女同学阿娇出生那年种下的。

阿娇姐妹俩长得和石榴花一样好看，嫣红似火。在阿娇读初一那年，姐姐就远嫁外地，院子里就只剩下一棵石榴树。阿娇和志伟同龄，在一个班级读书，同学们老笑话他们是青梅竹马。村里人也爱开玩笑，说再过几年，志伟就会砍下阿娇家的石榴树，把阿娇娶回家。每次听到这些话，志伟的脸上都会布满红云，心里如充盈着甜蜜的石榴汁。

志伟家的院子改成猪圈，没有地方种树，逢年过节，或遇到什么事情，母亲总会使唤志伟去隔壁强叔家讨几根石榴枝。志伟有时嫌麻烦，有时怕撞见阿娇不好意思，搬来梯子，依靠在两家相连的院墙上，爬上去摘红花，摘得多了，靠近他家这边的石榴枝叶变得稀疏。一年，石榴成熟的季节，望着沉甸甸的石榴果，志伟垂涎三尺，偷偷伸手去摘果子。却刚好被强叔看见，他的脸瞬间红得比石榴花还要红。

"你想用红花，想吃石榴。就光明正大来叔家讨。"强叔笑眯眯地说，"爬上爬下，小心别摔坏了。"

志伟不好意思地低下头，眼神瞥过，瞧见阿娇站在家门口，乐成一朵花。

又一年石榴成熟的季节，志伟没考上高中，背起行囊跟别人到珠三角打工。没几年，志伟凭借聪明和勤奋，赚到了一笔钱，他把钱寄回家里，让父亲翻新房屋。起新房子的时候，志伟父亲却因为地基和共用墙的问题，和强叔发生了矛盾。为阻止志伟家建高屋子，遮挡住自家光线，强叔有了过激行为，一度阻碍施工。

志伟听知，气哄哄从城里赶回家乡，和强叔争吵间，竟动起手来，志伟年轻气盛，一时冲动失手将强叔打伤，赔了一大笔医药费。后来新屋建起来，两家人却断了来往，老邻居成了新冤家。此后志伟极少归乡，在城里发奋事业，没过多久，赚到钱的他，在城里又置了业，把父母全请到城里住。家乡的房子就一直闲置，志伟也不再与家乡人联系，俨然成了城里人。

十年后，志伟在路上偶遇儿时家乡的玩伴钦弟，得知一直在家乡的钦弟进城来培训。他乡遇故知，分外欣喜。

志伟拉着钦弟去了酒楼，点上一桌好菜好酒，殷勤招呼钦弟叙旧。

两人喝了一整晚酒，钦弟知道了志伟事业成功，可一直未娶；志伟问了钦弟很多家乡的人与事，唯独没有询问到强叔一家，更没有提到阿娇只言片语。

夜深时，志伟喝得酩酊大醉，钦弟扶着他上了出租车，汽车缓行，坐在后座的志伟迷迷糊糊，快到家门口时，他不知说酒话，还是醒了，突然问了钦弟一句："强叔家的红花砍了吗？"

书 耕

饶城有一黄大官人，曾官至翰林院掌院学士。

儿时，其父就对黄大官人严加管教，督促勤学苦读。黄父说："咱们家穷，为父就赠你以书为田，读书如稼穑，勤耕方能致丰饶。"

黄大官人不解，问父亲："你读了一辈子书，可为何不见你飞黄腾达，发家致富呢？"

父亲捋须微笑，答曰："读书致仕致富，是结果但也非必然结果。有可能你读了一辈子书，跟父亲一样一无是成。就好比一块荒田，总得有人先来开垦播种，或许一年内没收成，一代人没有收成，可田地越耕越肥沃，后人就能得益。所以，我先来播种，你继续耕耘，假以时日，后代则必有收获。"

黄大官人若有所思，听从父亲的告诫，从此以书为田，砚耕不辍。谁知天有不测风云，时值明清交接之际，战事频发，别说科考，读书求学都成了难事。

很快，战火就蔓延到饶城。此时，黄父年事已高，病入膏肓，在病榻上拉住黄大官人的手，嘱咐儿子把家里的书尽数烧毁，不要再钻研学问，要拿起锄头去耕作，当个农人。

黄大官人不解。

"现为多事之秋！乱世避祸。你应以田为书，韬光养晦，在混乱中生存下去。"父亲说罢，撒手人寰。

父亲的谆谆教诲，黄大官人不敢不听。处理完丧事，黄大官人就弃文从耕，天天下地干活，不再过问文章学问。

饶城硝烟不断，城头变幻大王旗。时局动荡，双方都想收罗人才为己服务，许多读书人被强行征召去服役。

黄大官人奉行父亲以田为书的嘱咐，躲在山沟里种田犁地，不单躲过了劫祸，还因为精耕细作，一家人的口粮充裕，不至于忍饥挨饿。眼见烽烟四起，民不聊生，黄大官人方领悟父亲的用意，心中佩服不已。

后大清一统江山，局势趋于平稳，重新开科纳士。黄大官人才重新拾起经史子集，寒窗苦读，几年后上京赶考，果然高中。当了大官的黄大官人以清廉著称，在京城为官数十载，仍是两袖清风。

告老还乡时，人们见到他的车队驮着三十几个大箱子回到饶城，于是议论纷纷。有人说黄大官人虚有其名，表面清廉其实背后贪污纳贿，三十多个箱子装的都是银子；也有人说十年清知府，十万雪花银。官场陋规收入甚多，黄大官人为官多年，不贪赃枉法都能赚得盆满钵满，三十个箱子算什么。后者多有人认同，单是黄府对面的邻居，只是一个在饶城官场退休的小吏，都能置田百亩，别说黄大官人这二品大员了。

坐在轿子里的黄大官人听着路人的言语，并不为忤。车队缓缓来到黄府门前，黄大官人不着急进门，反而命人卸下箱子，把三十个箱子当街依次摆开，一声令下，随从将箱子一个个打开。

围观百姓翘首窥探，好奇张望，发现三十个箱子里装的居然都是古书古籍。

黄大官人立于箱子旁，拱手对众人道："众乡亲，今日黄某晒书，一去霉气，并非炫耀自身才学，而是想炫耀下身家。为官多年，赚得书籍数箱，已是大赚特赚。"

当街晒书的事迹传开，饶城百姓大为叹服，深感黄大官人高风亮节。

唯独对门的小吏不以为然，认为黄大官人时下非富非贵，渐生轻视怠慢之心，偶尔过府，常在黄大官人面前炫耀自家田产，暗讥对方。

对此，黄大官人一笑置之。

几年后，京城分发皇命，皇帝欲重修佛家经典，有一部明版《金刚经》因战火被毁，找不到完整版本，便下令收罗各地书楼藏馆。黄大官人听知，翻箱倒柜，真找出来一部完好无损的《金刚经》，呈送京师。皇帝得书后大喜，下令嘉奖黄大官人，赏赐良田百亩，黄金百两。

圣旨下来，惊得对门小吏目瞪口呆。

"一本书就换得田百亩金百两，三十箱书，莫不富可敌国？"小吏想。

走　庵

走庵也叫走老爷。

潮语里，把神明唤为老爷，神庙叫老爷庵。饶城王厝埕村，每逢元宵夜，都会让村中的青壮年，抬着村后头金山脚的三山老爷神像出巡，环绕饶城一圈，最后走到城西的城隍庙参拜。参拜完，走出庙门，鞭炮齐鸣，锣鼓喧天。分别抬着三山神的三台轿子出现在庙前，一字排开。

抬神的轿子一前一后，一般分别有两个人，各抬一边。王厝埕村同拜一个祖先，传下来三房人。三房每房负责抬一位山神，建勇是大房子孙，抬的是大哥明山神。每一次只要庙祝一声令下，三房的壮丁就会抬起山神，分别从三个方向跑回王厝埕的山神庙。三条路绕回王厝埕的距离相当，队伍旁专门有人燃放鞭炮，路两人的观众呐喊助威，一边跑一边响，比赛谁先跑回老爷庵，热闹非凡。建勇身材魁梧，四肢粗壮，浑身上下似乎有使不完的牛劲，抬的轿椅最特别，前头的把手都搭在他的肩膀上，一个人顶两个人，别的队伍有四个人，他的队伍只有三人。

年轻的时候，每回只要建勇参与走庵，大房的人都能夺魁，跑第一意味着来年这房人的运气最好，将得到神明更多的庇佑。

最近两年，却没再跟以往一样顺利，建勇带的队伍只获得了第二的名次，这个结果，都跟他的死对头建财有关。

前年，二房的建财从城里回来，大腹便便，也要求参加抬老爷。建勇笑眯眯看着建财，等着看他的笑话，以前他们就是同学，小时候劳动和体育都不是建勇的对手，不过，建财长大后去了深圳，几年下来，却赚了不少钱，受到村人的追捧和奉承。再看看建勇，空有一身蛮力，干的是地盘工地的苦力工，没什么社会地位。所以，一对比，建勇心里有落差和自卑，更想在走庵活动上让建财出丑，好拿回点脸面。

鞭炮声一响，建勇跟两个在工地一起打工的兄弟抬着神像一路狂奔，忽然，他们看到身边飞过四辆摩托车，一溜烟跑向右边的路口。

"他们作弊，居然用摩托车载着神像跑？"后面的兄弟对建勇喊道。

建勇傻眼了。建财让人接长了抬轿子的杆，然后四个人分别坐在摩托车后面，风驰电掣，自然比跑步要快上许多。等建勇赶回王厝埕，建财他们早已把神像安放回神座上。

"不算。说是走庵，怎么能用车呢？"建勇不服气。

建财斜乜着眼，不屑道："这叫与时俱进，老爷也喜欢坐车。反正今年我们拿第一。"

建勇心里十分不服气。第二年，他跟族中长老力争，规定走庵只能用腿跑，不能用任何机械动力辅助，而且别再兵分三路，而是一起走一条道，竞争会更加激烈，也更热闹。长老们认可了建勇的建议。

去年元宵节，鞭炮声一响，建勇继续和兄弟们一马当先，其他两支队伍则紧紧跟在后头，快到村口的位置，落后的两支队伍奋起直追，建勇迈开步子，也想提速，可身后的神像似乎比以往都要沉重一些，速度慢了下来。一支队伍挤上前，建勇忙往旁边靠去，想堵住后面的去路，对方毫不示弱，双方就在巷道上拼抢起来。鹬蚌相争，渔翁得利。原本最后面的建财见到时机，从另一边越过两队，撒腿狂奔。

建勇见状，心急火燎，一使劲，想拉着神像赶上去，忽然觉得后面的轿椅一歪，难以向前。扭头一瞧，左边的兄弟瘫坐在地上，嘴上直哼哼，说脚崴到了。建勇气极，可无计可施，眼睁睁看着建财跑了第一。

输了的建勇懊恼不已，在家里长吁短叹。

妻子看不下去，终于忍不住开口道："人家有钱，你和人比什么？没听过，有钱能使鬼推磨吗？建财早买通了其他人，让另一支队伍专门干扰你，还有你的好兄弟，早不崴晚不崴，偏偏最后关头来崴脚，不知是不是也收了人家的钱。"

话语如晴天霹雳，让建勇更加消沉。

今年，建勇的双胞胎儿子都成年了，他想和儿子们组建一支抬神像的队伍。

"我不去！"大儿子斩钉截铁道。

建勇的眼睛瞪得如同灯泡。

大儿子解释道："建财叔答应我，过完年就让我去他深圳的公司上班。人家就快成我老板了，我犯得着让他丢面子吗？"

小儿子在旁边附和道："对，不过就是迷信拜神的老玩意儿，让他赢又怎样呢？"

建勇问："你也不去？"

　　"对，我也不去。"小儿子不满道，"你不是不知道，我现在在跟建财叔的侄女谈恋爱，让我和人家比，会有什么结果？"

　　建勇听完愣在原地，心情像老爷宫面前被风刮落的香灰，四散开去，跌在地上支离破碎。

三角街

　　三角街不止一条街，而是由三条街构成的商业角，三条街交会的地方更是商圈里最繁华最有人气的地。旧时称之为墟，供附近的乡民村人来赶集买卖，后来公家收回改造成一排排的店面，出租为铺面商店，渐成饶城商业中心。

　　一般说来，三路相对相冲，如果是住宅民居，风水学上是三煞位，会家宅不宁，并不吉利；可对于开店经商，却利大于弊，多称三煞方招财。古书有云：要快发，斗三煞。制服三煞位有利于经商投资，易招财进宝。所以，饶城人竞相到三角街开店。不过，僧多粥少，投不到店面的人们就想着法摆地摊做走卒，人多车杂，三角街就变得混乱起来，过时过节更是水泄不通，租了店面的店家被影响生意，颇有微词，管理处便花钱请了个人来负责日常监督管理。

　　管理三角街的这人叫大只汉，就住在三角街后面的巷子里，土生土长，饶城许多人都认得。他长得五大三粗，满脸横肉，顶个光脑袋，说话瓮声瓮气，颇有几分鲁智深的霸气，黑旋风的野蛮相。碰到乱摆摊、随意丢弃垃圾的小贩，他不言语，只站在他们面前一动不动，紧瞪双眼，没几下，多数自觉理亏，灰溜溜捡起东西走人，再不敢来。想要无赖，被他一身横练肌肉吓住，真没人敢跟他硬来。

大只汉也并非完全不讲人情，遇上一两个年迈老弱的摆摊人，偶尔从乡下进城来售卖自家土鸡蛋的老妇，他会网开一面，请他们挪到街尾，不要阻碍交通，妨碍行人。单凭这点，人们畏怕之余又多一分敬意。

常有外地的江湖人，不知饶城的规矩，贸然跑来赚钱。

最多见是摆骰宝。往空地铺一张印有鱼虾蟹神仙八卦葫芦的图纸，一点鱼二点虾三点蟹，四点神仙五点八卦六点葫芦，摊主摇摇手中的骰子，唤人下注，"下多赔多，下少赔少，买定离手，翘骰不算。" 大只汉见到，不急着马上赶走，而是凑上去掏出钱也来玩，不知是运气好，还是他真有本事，几乎把把赢钱，直赢到摊主拧头叹气，知道遇着高人只好收拾包袱走人。大只汉似乎听力超群，赌徒茶杯里骰子的响动，骰点大小都听得一清二楚。

某年，三角街来了位杂耍人。一根筷子，两个碗，三个球。球在碗里不停地变换，筷子指哪，球到哪，此为"三仙归洞"的古戏法。筷子轻点，请看客们下注，猜球在哪个碗，猜不中钱归杂耍人，猜中则返双倍。大只汉蹲在一旁，只看不下注，杂耍人有意激他，一轮变换，请他出钱猜球。他笑道："我看不到哪个碗里有球，倒看到你袖子里藏着三球。"一语道破杂耍人天机，杂耍人顿时面如土色。大只汉慢条斯理拿过筷子，反问道："不如我来玩下，你来猜。"只见他碗翻球转，不单眼力过人，且手快如电，让人眼花缭乱。杂耍人佩服得五体投地，不敢再献丑出糗，乖乖走人。

有人在街头摆起象棋残局，邀请过往商客上前切磋棋艺，想玩的人掏十块钱蹲下，只要破解得了残局，就能赢得五倍甚至十倍的奖金。大只汉第一个上前请教，两三下工夫，轻易破局，获得数盘残局奖金，众人惊得目瞪口呆，皆云大只汉还有个智比孔明的脑袋。摆局人士气低落，误以为遇到"国手"，忙卷铺盖销声匿迹。

一年下来，大只汉请走不少江湖人，别说卖虎皮膏药，卖唱卖艺，连小偷小贼都被治得服服帖帖。他治贼不明着抓贼，逢墟日，小偷爱往三角街窜，人多好下手。饶城里有多少小偷，大只汉都一清二楚。小偷刚挤进三角街，没等下手，就发现人们总朝自身指指点点，时而窃笑，目光异样，与自己保持距离，百思不得其解，直到从街上退出来，一摸后背，才明白着了大只汉的道，不知何时被贴上纸条，上书"我是扒手"。每回如此，弄得人人警惕，小偷无法下手，自不敢再来三角街混饭吃。

这日，不知从哪冒出一算命摊，大师振振有词，力邀过路人坐下抽签算卦。大只汉大马金刀坐下，摊开蒲扇般的手掌，请其指点迷津，问下运势。大师察言观色，胡诌他印堂发黑，得多花钱，化解消灾。大只汉越听越想笑，忍不住一个巴掌打到大师脸上，打得对方鼻血直流，说道："你方才说我有血光之灾，算得真准，瞧，满手都是血。"大师明白过来，大只汉有心捣乱，过一会儿，唤来几人，想找他算账报仇。谁知，大只汉以一敌十，几下拳脚功夫，将一众人等打得屁滚尿流。

围观的群众拍手叫好，都笑骗子没打听好山门，不知道大只汉十几年前就是个爱打架闹事的主，因伤人还进号子蹲了几年。他一身的本事，就是从号子里学的。

龙井酒

甜且清澈的水井叫龙井，清香碧绿的茶叫龙井茶。

饶城东面的河东村山脚有一山泉，出自石头缝间，大旱不涸，水味甘甜，故而得名龙井泉。自古以来，河东村村民有一独特特征，男女老少的牙齿上都有黄斑，解放后经科研人员调察，认为龙井泉富含多种矿物质，村民长期饮用山泉，导致牙齿变黄，后改饮用自来水，此现象就完全消失。这是后话。

民国时期，河东村的龙井泉下有一家酒作坊，坊主姓林，世代酿酒。他家用龙井泉水酿酒，配以自家秘方酒曲和酿酒工艺，酿出来的龙井酒香气浓郁，酒质幽雅细腻，酒体醇厚，入口柔绵，清冽甘爽，回味悠长。

饶城人都爱喝林家酒坊出的龙井酒。

林家酒坊是家庭作坊，一年酿出的龙井酒不多，卖完就得等来年。有很多人跑去林家酒坊想跟坊主老林拜师学艺或打杂跑腿，都被老林婉拒。他表示，家传酿酒法，传里不传外，传男不传女，是祖上定下的规矩，自己也破不了。

一年到头，只有老林跟自己的儿子小林在酒坊里忙活。

有个外地富商，在饶城饭店品尝过龙井酒后，大为赞赏。跑到林家酒坊，找到老林，提出入股注资，扩大生产，把龙井酒卖到省城，甚至国外的想法。老林一听，断然拒绝。

富商又提出重金收购酒坊或购买林家酿酒秘方的建议，老林也一一回绝。

一计不成再生一计。富商强忍怒火，把心思放到老林的儿子小林身上，老的无法突破，就从小的下手。

富商命人以交友之名接近小林，不断请吃请喝，带小林玩乐赌钱。小林涉世未深，很快落入别人圈套，与人赌博欠下一大笔钱。债主威胁小林尽快还清，不然就斩手砍脚。小林吓得魂飞魄散，此时富商就唱红脸，假装和事佬上场，表示可以借钱给小林还债，只需要把家传酿酒之法用来交换即可。小林生怕被人追债，无奈之下，只好妥协答应，演示了几遍酿酒的方法。富商的工人跟着学酿，奇怪的是，小林和工人酿出来的酒却没有龙井酒那般好。

富商以为小林有所隐瞒，或故意指点错误，正想发火。

小林忙解释道："我只学了酿酒的技术，家传的酒曲秘方，父亲还没有传给我，说是时间未到。秘方才是我们家龙井酒与众不同的最大原因。"

富商看小林唯唯诺诺的样子，量他不敢说假话。不过仍没放小林回家，扣在暗室。富翁修书一封，送到林家酒坊。信上告知老林，说小林欠下巨额高利贷，一是还钱，二是拿酒曲秘方来换，不同意，就等着给儿子收尸。

老林脑瓜嗡嗡作响，高利贷的数字是无论如何都付不起，对方的目的很明显，就是冲着林家的酒曲秘方而来。

给还是不给？给，可能毁了酒坊；不给，毁的可能是儿子。老林想了一宿。

天色发白，守在城郊吕仙祠的接头人，没等来老林送秘方，却等来一个惊天消息。在饶城东西南北四城门的告示栏和三角街的主要街巷口，都张贴上一张纸，纸上写的正是林家的酒曲配方，比例步骤详尽。老林把秘方公之于众，秘密不再是秘密。

饶城轰动了，很多酿酒的人都赶紧跑去抄下秘方。

两天后，小林有些狼狈但完好无损地回到了林家酒坊。有人说，老林此举兵行险着，公开秘方万一激怒绑匪，小林就可能回不来了。

老林则答："要是他们不守承诺，心狠手辣，得了秘方，儿子有可能也回不来。再说，他们想要的秘方，我已经遵守诺言给了，只是给的方式有所不同罢了，他们信守承诺就得放人。"

经此一事，老林以年事已高为由，不再亲自酿酒，把林家酒坊交给儿子打理。没了老林掌舵，林家酒坊酿出来的龙井酒似乎总少了什么。

别人用林家贴出的酒曲秘方和酿酒方法，也酿不出往日的龙井酒味道。

再过几年，老林过世，林家酒坊的酒泯然众人，渐渐没落，龙井酒也跟着失传。

至今，饶城还流传着一个传说，老林当年公布的酒曲秘方不是真的，真的龙井酒也只能跟老林一样，长埋于历史间。

腌蒜头

邱大叔刚做完一大缸"雨蒜头"，坐在院子的长凳上抽烟，歇息。"雨蒜头"是饶城特产，就是腌制的蒜头，饶城人爱拿来当佐粥送酒的小菜。女儿邱娟动听的声音在门外响起，带进来一个年轻男人，介绍道："爸，这是高大志，我的高中同学。"

邱大叔淡淡点头，算是打了招呼。他的性格本就如此，有点不近人情，就算是村长来，他都坐着不动。外边来人，大都是求他的多，递烟送酒，就只为买上一罐他亲手腌制的蒜头。

"他想买两罐咱家的蒜头！"邱娟说明来意。

邱大叔又点下头，手一挥，指向放置腌蒜头的柜子。"都是同学，随便拿吧，爱拿多少拿多少。自家种，自家腌，不值几个钱。"其实，一罐腌蒜头的价钱可以抵上半包软中华的价钱，说便宜也不便宜。家里就女儿一根独苗，邱大叔十分疼爱她，爱屋及乌，所以对女儿的朋友格外慷慨。

邱家腌制的蒜头味道跟其他家不一样，皆因手法与众不同，从祖上流传至今已有二百多年的历史。每年须在中秋节后开始种植蒜苗，待到来年清明节前后收成，因清明时节多雨，故有了"雨蒜头"的美称。

"雨蒜头送粥可是绝配，还有杀菌、消食、开胃的功效呢！"邱娟得意地从腌好的罐里掏出两颗大大的蒜头来，递到高大志嘴边，示意他品尝下。

高大志一嚼，果然清脆无比，有特别的甜香味。

"拿回去不用放冰箱，常温下放着，可以保存一年不坏。"邱娟又介绍道。

高大志高高兴兴地拎着两罐腌蒜头回家。过了几天，他再次上门，还买来两条上好的名烟回赠给邱大叔。

邱大叔面上虽没什么表情，心里还是有点开心，认为这娃娃还算懂事。可高大志接下来的一句问话却触犯了他的忌讳。

"这雨蒜头是怎么腌制的呀？大叔。"高大志问。

邱大叔脸一沉，没答话，自顾自抽烟。一旁的邱娟忙扯了下高大志的衣角，努努嘴。除了担心女儿的婚事之外，邱大叔最紧张的就是自家的腌制秘方，唯恐别人偷学了去，抢了自家招牌。他算看出高大志的心思，原来这小子没安好心，接近女儿是想来偷师！

高大志却似乎没看出大叔的不满，依旧厚着脸皮，三天两头往邱娟家跑，不是约邱娟上街看电影，就是逛街吃饭，还买好些漂亮衣服送她。看到邱大叔在田畈忙碌，还会跑过去帮忙，话语间，不断旁敲侧击着腌蒜头的知识。

碍着女儿的脸面，他不好发作，只好闭口不言，严防死守。可谁知，秘方没让人学去，自家的女儿却慢慢要被人拐跑了。这段时间里，高大志跟邱娟接触多了，感情越来越好，竟发展到谈婚论嫁的阶段。邱大叔无奈，眼见生米快要煮成熟饭，打听过对方的家世人品后，心想女婿也算半个儿子，不算肥水流外田，打定主意教授高大志腌蒜头秘方。

"咱家的蒜头特点个大皮薄，蒜种是独一无二的土蒜种，市场上买不到的，都是咱们祖上传下，外种蒜头拿来腌制，腌出来的蒜头疲软，皮厚不能吃……"邱大叔用心指点，"从地里收割回来的大蒜，首先得处理掉根须和外皮，切掉长长的蒜叶，只保留蒜头，精选分类出颗粒大小，然后再进行腌制。一百斤大蒜得加入十五斤粗盐，最重要的是，一定得用村里的龙井水浸泡，连泡一十二天，过程中，还得经常换水和搅拌，为的是让其入味，同时去除大蒜的辛辣和涩味。"

高大志装出一脸好学的神情。

"十二天后，再捞起蒜头晾干，密封入罐……"邱大叔耐心教导。高大志不时点头。不过，邱大叔发现高大志外表看起来聪明，可学东西似乎漫不经心，特别慢，雨蒜头的要点讲了几次，他都没听进去。

几天后，一批新的蒜头刚收完，邱大叔正哧哧地吃着面条，高大志上门来，手里还拎着好些营养品。

"来得正好，等下吃完帮我做蒜头，实践下。"邱大叔说。

"爸，我还得赶回单位报道呢，刚考上县里的公务员。腌蒜头我就不做啦！"高大志笑，摆手告别。

邱大叔蒙，望着未来女婿越走越远的身影，实在想不通：怎么两个年轻人的婚事刚订下来，一改口叫爸，就不愿意学他的秘诀了呢？

一旁的邱大婶见状，猛敲了下老伴的脑袋，笑道："你个木头脑袋，没听戏里唱，醉翁之意不在酒。女儿已经让人骗到手，谁还稀罕你这烂手艺呀。"

邱大叔听完一脸苦笑，心知中计。他以前还有个众人皆知的毛病，挑剔女儿的追求者们，跟他做腌蒜头一样严苛。

鱼虾蟹

　　饶城有一种独特的赌局，名叫"鱼虾蟹"。跟普通的数字骰子类似，不过采用的骰子由鱼、虾、蟹等图案代替点数，据说起源于海上。饶城靠海，渔民们出海多十天半个月，在船上无聊就发明了这种骰宝，用船上最常见的鱼虾蟹，外加一个"仙公"一个"八卦"一个"葫芦"图案组成赌纸，代替一二三四五六点数。"仙公"即神仙，出海自然得祈求神仙保佑，八卦则如同罗盘或指南针，还有能浮水的葫芦，都是渔民认为吉祥的事物。

　　熙熙攘攘的三角街集市上，突然听到有个沧桑的声音在吆喝："鱼虾蟹，仙公八卦葫芦，要发财的来啊。"

　　没几下工夫，人群就在街角一隅围了个半圈，圈里蹲着一个灰白头发的老头，老头前面摆着一张画着图案的赌纸。老人边摇骰子边继续吆喝。人们看清老人手上的工具特别简陋，就是普通的小瓷盘，上面再扣个深茶杯。

　　赌摊老板是个老人，已经让人惊讶了。要知道，饶城里喜欢赌博的多是游手好闲的年轻人。而且，街头赌博一般多在春节前后，因为那时年轻人兜里都有钱，再则，年末喜庆，设摊赌博也不那么讨人嫌。一般时候，赌档开在偏僻隐蔽的地方，聚赌也多在夜里。

更让人吃惊的是，赌金居然要求一盘至少百元以上。一百块，在当时相当于城外种田的农户半年的收入。

"买定离手啊！"老人摇着骰吆喝着。围观的人不再下注，赌具便放回到赌纸上。老人抬眼环顾下，喊了声："开！"

人群里叹了口气，庄家赢，赌纸上的钱全让老人收了去。

"再来，鱼虾蟹，仙公八卦葫芦，要发财的来啊。"老人面不改色，依旧招呼道。三四盘过后，没一人从赌档上赢钱，全让老人吃了，众人开始犹豫观望，不少人认为老头出千，不然不可能盘盘得胜。

众人小声议论，无论老人如何吆喝招徕，大家都不再下注。围观的人越聚越多，围的是里三层外三层，都等着看好戏。

"我来我来！"过了一会儿，人群里挤出来一个胖子，嘴里咋咋呼呼，挤到老人跟前，从兜里掏出两百块，蹲下，啪啪压到赌纸上，押的是鱼和虾。

有人猜测来的可能是老人的托。赌托往往运气很旺，能接连赢钱，造成一种赚钱的假象，吸引其他顾客下注。

"买定离手！"老人吆喝着揭盖茶杯，喊道："开！仙公八卦葫芦！"

赌纸上的钱给老人收走。

"再来，再来。"老人继续喊道。

胖子有点恼火，说："不行，你的骰子肯定有猫腻。用我的骰子，我才赌。"胖子说着从兜里掏出三颗骰子。

老人一听笑了，接过胖子的骰子，打开茶杯，翻过瓷盘，让众人检查，说："瞧好啦，都是普通的杯盘，没有机关。"将骰子一扣，继续摇晃起来。

胖子咬咬牙，再摸出四张钱，分别押到鱼、虾、蟹、仙公四个图案上。围观的人吞了吞口水，佩服起胖子这种拼命的赌法来，输了就倍投，不停加码，才能有机会把前面输的钱都赢回来。

"买定离手！"老人面不改色，吆喝着揭盖茶杯，喊道："开！八卦葫芦！"

胖子傻眼了，嘴里骂骂咧咧，仍不信邪。甩出几张票子，分别押到鱼、虾、蟹、仙公、八卦五个图案上。

"我就不信没一个中？"胖子大声道。

老人答："我再跟你来个局外局，如果这局，你只要中了一个骰子，我把这期赢你的钱如数奉还，立马收摊走人，可如果你输了，还请适可而止！"老人估计是怕胖子输急了，干出鲁莽举动。

"好，一言为定！"胖子双眼微红。

"买定离手！"老人吆喝着揭盖茶杯，喊道："开！"

"啊！"围观的人哗然了，盘子上三颗骰子都翻到了葫芦那个图案，胖子一个没中。

胖子重重哼了一声，转身挤进人群离开。

此时日上中天，老人见没人愿意下注，慢悠悠收拾起赌具，嘴中念念有语：人道十赌九输，来我这里，让你十赌十输，有来无回。

话已至此，围观的人渐渐散去，老人背着包袱走向城门。在城门外，等候许久的胖子接过来老人的包袱，结伴同行。

后来，老人和胖子的身影出现在其他地方的市集。还有人认出，他们其实是一对父子。老人是饶城中学的林老师，有两个儿子，胖子是大儿子，小儿子因为嗜赌，欠下巨债，得罪高利贷，被逼得上吊自杀。

　　林老师深感赌博害人，在家苦练赌技，后和大儿子出外，以赌宣传赌博的害处。

　　一个月后，林老师把县治下面的十几个乡镇都走了个遍，便金盆洗手，不再出外摆摊设赌，把摆摊赚到的钱都捐给了县立第一中学，成立助学金，鼓励孩子们多读书，不要赌博误入歧途。

茶 色

饶城人嗜茶，家家户户都有一套工夫茶具。

周伯是村里有名的老茶师，爱茶懂茶会茶。平日里，最爱在家中摆龙门阵，跟一帮后生年轻讲下工夫茶的典故和文化，教授孩子们一些泡茶的工艺和品茶的乐趣。

水汽缭绕，茶香四溢，周伯坐在茶炉边上边冲茶边侃侃而谈，能坐好这个位置的人，将来能当官。

这话头一下子吸引住在场所有年轻人的注意力。

周伯略显得意，继续说道，这司炉泡茶的人，俗称为柜长。潮州话柜长与县长同音，寓意吉祥。做柜长的道道弯弯，不比当一个县长少。

说着，老周伯举起盖瓯潇洒地来了一遍"关公巡城"，再"韩信点兵"，将三个茶盅斟满茶水，放下盖瓯，轻抬右手，示意众人喝茶。

请茶！

周伯请！

您请！

后生们稍懂得些礼数，互相谦让。

周伯笑，说，茶礼虽是先尊后卑，先老后少，但今日你们是客我是主，还得讲究先客后主，司炉最末。过门是客，你们先请。

年轻人不再推辞，打闹着抢喝茶。第一个拿杯的阿淮突然被满杯的茶水烫到手，差点失手将茶盅打碎，惊叫一声。

酒满敬人，茶满欺人！周伯乐呵呵道，这是一个茶语，当官做事更是如此，凡事须留三分，不能过满，满招损，害人不利己。

那我等茶放凉了再喝！阿淮调皮答道。

周伯摇头，说，茶一凉就失了味道，不好喝啦。虽人走茶凉是常事，但做人与冲茶一样，得时时保持温度，特别是新来了客人，好比新认识朋友，得换新茶上热茶，体现对新朋友的重视，此乃另一茶语。

年轻人们喝完茶放下茶盅，周伯手不停歇，洗杯加水再斟，再请余下几位品茶。一后生性格鲁莽，提起茶盅时不经意在茶盘沿上擦了擦，发出些响动，小口一抿，可能觉得茶有些涩，眉头轻皱。

周伯都看在眼中，指点道，就算茶不好喝，有时我们也不能表现出来，响杯擦盘更是不敬，这两种行为都有点强宾压主，看不起主人的意思。

听到这番话，年轻人的茶盅提在半空，似乎更难下咽。他无奈地对周伯说，这茶道精深，可真让人捉摸不透啊。

周伯笑，懂品茶更得懂品味其间的人情世故。去人家做客，如茶水渐冷，见茶色渐淡，失去茶色，而主人又没有换茶添热水的迹象，这便是下逐客令。你得学会明茶言观茶色，不要做个"无茶色"之人。

后生们纷纷点头受教。周伯用无茶色来指代那些没有眼力见之人的妙喻，一夜之间传遍饶城。众人佩服不已，周伯老茶师的名号更盛，前去请教的年轻人愈多。

十几年后，周伯日复一日品茶冲茶，但世事轮转，许多年轻人都爱上喝奶茶咖啡的时兴玩意儿，去他家喝茶的年轻人变少了。

周伯常在家中长叹感慨，一年不如一年，一代不如一代了。年轻人们统统跑到外面的世界赚钱，没几个想留守农村发展；都热衷外国的玩意儿，没几个想传承老祖宗的文化。

周伯母劝他少发牢骚，不要农村跟城里比。

周伯佯怒道，不用跟城里比，单拿咱们县跟邻县比，没看到这几年的变化吗？人家县长大刀阔斧，引进外资建设家乡，修公路起工厂，把家乡的茶叶、瓷器通过网络都卖到国外去了。咱们的年轻人赚了钱都不想回来。

正伤感着，家里来了客人。阿淮领着一个年纪与其相仿的中年人来到周伯家，想与周伯品茶请教。周伯一下子来了精神，摆好茶具，殷勤待客。

喝茶间，周伯观察起中年人的举止。中年人看上去好喝茶但不懂茶，什么茶放到嘴里都赞好，喝茶如牛饮水。接受斟茶时，也不懂得回敬回礼，偶尔还有响杯擦盘的举动。

陈先生很少品茶吧？周伯笑问。

陈先生实话实说，工作忙，爱喝茶可都是大杯泡茶，极少细品。

品茶要好茶！周伯似笑非笑。

陈先生谦逊点头。

三人品了良久工夫茶，谈了一番本地风物，陈先生似是收获满满，临走前频频向周伯致谢。周伯客气送走中年人，身边的阿淮问了他一个问题，你看这人茶色如何？

茶色一般，难成大器！周伯坦诚道。

阿淮坏笑，说，这回您老可看走眼了。老陈是我同学，人家之前就在邻县当县长，政绩卓越，今年刚调到咱们县。这次来看下我们几个老同学，顺道来跟你了解下乡事。你刚还鄙夷人家没喝过好茶。大把人争着送好茶给他，他都给挡了回去……

周伯心中又惊又喜，惊讶老马失蹄，喜的是家乡来了好父母官，未来可期，必有起色。

百六秤

民国初年，潮州府有个大富商，他的千金爱上了一个穷小子叫阿明。富商自然看不上阿明，无奈女儿跟人家瞧对了眼，死心塌地非君不嫁。没办法，富商就想着让阿明入赘，但有个前提，先让他来家里打工，考察一番，觉得是可造之材才让他们成婚：反之，这婚事就休想再提。女儿跟阿明一商量，两人便同意了。阿明读过几年书，会算数，便被安排到账房里做工。

这主意本来是皆大欢喜，可还是有人不乐意，那就是账房先生跟他儿子。原来账房先生的儿子也看上了富家千金，账房先生盘算着，富商没儿子，只要自己儿子跟富家女成好事，偌大家业就落到自己头上。谁知半路杀出个程咬金，眼看荣华富贵就要被别人抢去了。

账房先生心中不快，就想教训教训阿明。听说潮州府下的饶平县出产一种香米，香气扑鼻，米白如玉。他便叫阿明独自下乡去购粮，先购回两斤香米来作样板，如成色尚可，后续再大量采购。阿明初生牛犊，不知是计，乐呵呵地就上路了，竟没跟账房先生要一把秤。账房先生得意地对儿子说："凡下乡采办，都得自带秤，防的就是民商缺斤短两。那臭小子什么都不懂，这次去肯定得上当，到时我们就要他好看。"

第二天，阿明采购了两斤样米回来，账房先生有意唤来富商，当面验收。香米要价比其他地方的米贵一些，但质量上乘，富商十分满意，账房先生却说："采购最忌缺斤少两，得先称一下所购斤两，方可确定他是否行事稳妥。"说着，账房先生叫儿子拿来账房里的公秤，将阿明买回的香米过秤。看两斤米非但一两没少，还有多的。

富商边看边点头，账房先生却算盘落空，阴阳怪气地说道："第一次办事顺利是侥幸，老爷，咱们还是得看他接下来的表现……"说着，账房先生让阿明再去采购六百斤香米，他儿子见了着急，怕阿明抢了风头，便悄悄地对父亲说："你还安排那么多事给他，难道想让他在老爷面前多表现吗？"

账房先生安慰儿子道："估计上次买的米分量小，卖米的没算计他，也算那小子走运。这次我们动些手脚，看他还怎么得意！"

这次，阿明又按时归来，马车载着满满的香米。账房先生招呼伙计上前帮忙卸货，搬运腾挪间，他示意儿子偷偷从袋子里倒出几十斤米藏起来。没一会儿，富商回来了，凑过来看货。账房先生忙叫人把货过秤，他心想：我们偷拿了不少，这次怎么着都不会满六百斤了。谁知，所有香米过秤后仍有六百多斤，这下账房先生与儿子都看傻眼了。

过了段时间，店里的香米快卖完了，账房先生让阿明再去采办六百斤。这次，他还特地叫儿子扮成采购商的模样，专门到饶平县放出风声，要大量采购香米，好暗中抬价。阿明拿着和上次一样多的钱到了县城，却得知香米的价格上涨了一些，他议价不成，只得花光带去的钱，尽可能多买一点米。

阿明拉着米回来，就见账房先生与富商早已在院里等着了。

看到阿明卸货，账房先生便问："这次是不是也收购了六百斤呀？"他心里清楚，以现在的价格，阿明预支的那点钱根本买不到六百斤香米，要是阿明完不成任务，正好可以在老爷面前告他办事不力。

阿明却点点头，请富商老爷与账房先生过目。账房先生让人把米过秤，没想到仍有六百斤。

账房先生连道"不可能"，以为手下人跟阿明狼狈为奸，帮着他蒙混过关，于是便抢过秤来想要亲自复秤。

这时，阿明从装米的车上取下一把秤，道："先生，用你那把秤称出来是六百斤，而用我这把秤称，就不是喽！"此话一出，众人都听不明白了。阿明请富商老爷上前细看，他这把秤上面的准星没有不同，只是秤砣要比账房先生手上的那个大了不少。

富商老爷忍不住问道："难道关键在秤砣上？"

阿明点头，说："老爷，您不知道，我近些日子买米，去的是饶平县的三饶镇，那里流行用'百六砣秤'，别的地方是半斤八两，那儿是半斤十两，一斤就是二十两，也因为这样，他们那儿的米就更贵一些。"阿明第一次去买米，因为买的数量少，没看出异常；第二次去，他多了心眼，经讨教才弄明白秤之间的差异。原来以前有位叫吴六奇的总兵驻守三饶，因为嫌每斤十六两的"六"与其名字谐音，有冲撞之意，故下令将每斤定为二十两。"二十两"的换算比"十六两"着实要方便些，便被当地人沿用至今。当时潮州其他地区的百六砣秤都是每斤为十六两，唯独三饶地区所用的百六砣秤是一斤二十两，知晓这事的外地人自然不多，也难怪连账房先生都不知情。

这时，阿明才向富商老爷和盘托出：他第二次买米，用三饶镇的秤买的是六百斤，这些米拉回来用自家店里的秤称出来应该是七百多斤，可最后称出来却是六百多斤，他就察觉当中有人动了手脚。阿明说："这一次，我一到三饶镇就听说有人暗中抬高米价，使得我有钱也未必能买到足够分量的香米，不过幸好'百六砣秤'和我们这儿的秤有差异，一斤多出四两让我勉强过关了。至于那动了手脚和哄抬米价的人……"说到这儿，阿明抬眼看了看站在一旁的账房先生和他儿子，只见那父子二人神色慌张，眼神躲闪，不发一言。

富商老爷听完来龙去脉，又瞥见账房先生父子俩的窘态，心里便有了数。他虎着脸，寻了个理由将那父子俩赶出了门。就这样，阿明顺利完成了考验，成了富商家的东床快婿啦！

《故事会》2020年9月上

三饶饺

当三妹说已盘下戏院对面那间破旧的门面，准备开饮食店时，老杜气得直吹胡子。

他放出风声，不再理会三女儿的事，天天躲在老宅里生闷气。就连女婿饶哥打电话到家里，或是上门跪请，让他过去店里指导一下，他都不愿意出门。他边推饶哥出门，边生气地骂道，我叫小妮子不要回家来卖饺子，她偏跟我作对！摆明想气死老子。

老杜年轻时就在戏院路口的三角街摆夜宵摊，专卖水饺，摆了几十年，赚到钱后又租下了对面的小门面经营。南湖镇吃过他家水饺的人都赞不绝口，他卖的饺子香嫩可口，味道鲜美，汤水清甜而不油腻，煮出来的火候也恰到好处，不会太熟不会太烂。许多人想模仿却怎样都模仿不出来，都说他用的是独家配方和手法。镇周围的山民们来赶集，只要一看到"杜家饺"招牌，便知道是老杜的店，俨然成一地名牌。

靠着小店，老杜将三个女儿抚养成人，教书供学。他就打算将女儿们都培养成才，含辛茹苦，就算店里的活干不完，都不肯三个女儿沾下手。只要看到女儿们想来帮忙，他就会大声呵斥，赶她们回家学习去。

"开店辛苦，起早贪黑还赚不到大钱，爹不想被人看不起，乖乖读书，将来去大城市生活，做人上人。"老杜对她们说。

大女儿和二女儿很听话，学习成绩卓著，大的现在嫁到上海，是名公务员，生活幸福美满；二女儿在北京读完大学，表现优异留校当了教师，是不折不扣的白领阶层。唯独小女儿，特别让他不省心，似乎两人命格相冲，打小三妹做任何事都逆他的意，书读不好，三天两头跑来店里干活，老杜越看越心烦。

"不读书，就跟婶娘去东莞打工吧。学个技术活，去城里当蓝领总比一辈子窝在山沟里强。"老杜下了驱逐令。

三妹拗不过，想着去去也无妨，一来见见世面，二来顺了父亲的意愿。谁知，她在婶娘介绍的工厂干了两个月，就自己拿主意跳槽到城里一家连锁知名的北方水饺店打工。老杜得知后，又气得急火攻心，两天吃不下饭。

"你的命怎么这般贱，灶头火前能有啥出息，干得再好，也只是个厨子。你爹就是样版。我不希望你名扬千古，只是不想你走我的老路……"老杜在电话里骂了无数次。

三妹我行我素，继续待在后厨里忙活。几年过去，三个女儿们都独立成家，"杜家饺"也就歇了业。三妹从临时工当上服务员，又从帮厨当上了大师傅。更让人意外的是，她不止积攒下一笔小钱，还在那里收获了爱情，认识了一起当厨师的爱人饶哥。

上个月，老杜的老伴走了。三妹和饶哥辞掉水饺店的工作，一起回家处理后事。葬事办完，老杜原本以为女儿女婿过两天就走。谁知，他们竟定居下来，还用攒下来的钱，背着自己盘下了以前"杜家饺"所在的那间服装店，请来建筑队重新装修后，改成水饺店开张营业，店里的卖点正是他们在北方水饺店学到的手艺。

新店一开，客似云来。三妹和饶哥起初还挺高兴，可过了半个月，上门的客人渐渐稀疏起来，营业额一落千丈。三妹很着急，偷偷跟顾客们打听，想了解小店有哪方面做得不好。

"北方水饺皮厚个大。尝尝鲜还行，经常吃吃不惯！"

"没你父亲做的好吃。"

"饺子馅肉糙菜不香，口味不适合山里人。"

顾客们不客气的点评，慢慢传到了老杜的耳朵里。他像个打胜仗的小孩，心里乐开了花。他并不打算对女儿施以援手，小店开不下去最好，这样他们自然会死心，踏踏实实回城里打工。

没承想，三妹饶哥得知意见后，积极转型，将店里的主打饺子换成老杜擅长的那种家乡水饺。夜里等客人散去，又潜心研究，反复实验，务求做出最接近父亲手法的水饺来。饺子店的承压能力大大超出老杜的估计，生意又红火起来。

这日是老杜生日。三妹特地放自己半天假，拎着亲手包的饺子来给老人家庆生，水滚饺浮，香气满屋。喜庆日子不好抚了脸面，老杜接过一碗送上来的心意，一勺一口，唇齿带香。

"饺子好吃！"老杜真心赞赏。"想赶你走还真赶不走了。"

"赶我也不走，爹！我要一直陪你到老。"三妹撒娇道，"我这手艺不算辱没杜家饺的名声吧？"

"不，不，比杜家饺还要好。我看，要起个比杜家饺还要响的名字。"

三天后，有人看到，在一个崭新的招牌"三饶饺"下面，老杜忙前忙外，笑容可掬地帮着女儿女婿的忙。

白鹭天堂

阿炎正在自家菜地里忙活，看到远处阳光照耀下的山口走来两个人。等走近一瞧，阿炎认出领头的那位，是自己的发小兼好友陆晓，另一位则背着一个长长的背包，戴着一副金边眼镜，圆圆的脸上堆着笑。

"你怎么回来啦？"阿炎忙跟陆晓打招呼。

"专程来看你的。"陆晓走到他身边，"趁今天休假，带朋友回乡转转。"

阿炎请两人回家喝水，一阵寒暄，才弄明白陆晓的那位朋友是个摄影师，这趟是专门来拍白鹭的，想请阿炎当导游。

村子附近的涌尾山和靠海的那片滩涂是白鹭的栖息地，夕阳西下时，村子上空经常能看到鹭鸟回巢的壮观景象，成群结队的白鹭自由自在生活在这里，这里被饶城人称为白鹭天堂，近几年国家成立了白鹭生态保护区。阿炎从小在乡间长大，对白鹭这种珍稀鸟类十分熟悉。

阿炎本不大想去惊扰白鹭的安静生活，禁不住陆晓恳切的目光，便领着两人朝屋后的小路走去。临出门，他还顺了冰箱里的一小碗鱼，打算吸引白鹭靠近，好让摄影师拍到绝佳的照片。

王哥不禁朝心思细腻的阿炎竖起大拇指。

三人走在土路上，阿炎见王哥背着大背包有些吃力，说可以帮忙背一会儿。王哥婉拒了，解释说是摄影器材，比较贵重。

阿炎没多想，很快，他们就到了白鹭常停留的山林处。

蹲了没一会儿，天空有影子掠过，几只翩翩起舞的白鹭轻盈地落到榕树上。王哥不知何时已从背包里掏出相机，对着优雅的鸟儿不停地按下快门。天空精灵们像是发现了阿炎放在地上的鱼儿，一个个俯冲下来。

这时，王哥突然蹑手蹑脚地从背包里掏出什么，然后举起来朝鸟儿们对准。

"你干什么？"阿炎转身一看，吓了一跳，问道。

王哥正端着一支猎枪，认真地朝前方瞄准。他朝陆晓笑笑，问："你这朋友……你之前不是说他捉过鸟吗？是不是想要钱，可以开个价！"

陆晓忙挡在两人中间，朝阿炎小声说道："有话好说，你先别急。"

阿炎的脸色一下子阴沉了。年轻的时候，他是村里出名的刺头，偷砍滥伐珍贵树木，运出去倒卖盈利，还私下捕猎珍稀动物。几年前，有外地人出高价请他偷盗几只白鹭去贩卖，他一不小心就走上错路。东窗事发后，他被关了两年监狱，几个月前才刚从里面出来。

"既然你是捕猎高手，不如咱们合作，把这鸟卖到国外去，标本能值好多钱，绝不让你吃亏。"王哥端着枪，又诱惑道。

阿炎轻皱了下眉，随即展开，嘴角露出笑容道："原来你们来这是这个目的，早说嘛。想捕鸟，看我的，把枪给我，我枪法又快又准，保证两只都跑不掉。"王哥迟疑了下，将手中的猎枪缓缓递了过去。

一接过枪，阿炎往后急退两步，故意弄出大响动，惊跑了两只白鹭。接着他朝陆晓两人吼道："都别动，你们想盗猎，先过了我这关！"

话音刚落，王哥笑了，陆晓也笑了。

"你还笑得出来，陆晓，想不到你是这种人，身为保护区的工作人员，知法犯法……"阿炎无比生气。

陆晓还在笑，说："你先看下枪里有没有子弹吧。"

阿炎一愣，一番端详，发现果然是把空枪。

"恭喜你，过关啦。这是一次考试！"陆晓道，"给你正式介绍下，王哥，是农林局的领导，上回你不是在电话里请我帮忙，说想当护鸟志愿者吗？"

王哥接过话来，说："你们村正好在保护区范围内，我们也特别需要像你这种熟悉白鹭特性、热爱野生动物保护的志愿者。"

阿炎一下子全明白过来了，不好意思地挠了挠头。突然，他又指向天空，说："看，那些白鹭又飞回来啦。"

陆晓走上前拍了拍他的肩膀，看着天上那对鸟儿，感慨道："白鹭飞回来了，你也回来啦。有了白鹭，森林变得更美了，希望你能和我们一起，让这一份绿水青山长久地保留下去，留给我们的子孙后代。"

阿炎望着天边壮观浑厚的落日，重重地点了下头。

《羊城晚报》2023年10月18日

单枞茶

饶城人唤茶叫茶米。意思是说这茶跟米饭一样，天天必备，从早上喝到晚上；餐餐要喝，从出生喝到入土；家家户户都有茶具，男女老少都爱喝。

潮州茶中最出名的自然是凤凰山天池下产的凤凰单枞茶。凤凰茶区由凤凰山脉的乌岽山、凤鸟髻、大质山、万峰山组成。

宋朝末年，宋帝为躲避敌人的追击，带领流亡朝廷一路南下，行经凤凰山区，又累又渴，喝了很多水都解不了渴，皇帝年幼，号啕不止，随从们束手无策。犯难间，天空突然飘来一朵七彩祥云，从云中落下来一只通体金光的凤凰神鸟，神鸟嘴中叼着一带着树叶的绿枝，轻轻放在小皇帝面前，然后又驾着祥云飘然而去。随从们看得目瞪口呆，过了许久，方拾起绿枝来瞧，枝叶长椭圆形，色泽绿，有油光，先端多突尖，叶尖下垂，神似鸟嘴。有位知识渊博的学士认出此树枝乃是茶树的枝叶。学士急忙摘下嫩叶放入口中，试过无异后，便献给小皇帝，说："此乃茶叶，请皇帝将此茶叶含入口中，细嚼慢品，一解口渴。"皇帝嚼食后，顿觉得渴止生津，精神为之大振，甚是欣喜。命人取来凤凰山顶天池之水，抔下叶子慢火细煮，煮出来的茶水青绿可人，香气四溢，为中上品。皇上大喜，将手中剩下的茶枝郑重地插在凤凰山上，又因为此茶是神鸟凤凰送来的，便赐名为"鸟嘴茶"。

几百年过去，饶城群山种满茶树，皆由此枝繁衍得来。

住在饶城乌崇山腰的袅娜一家以茶为生，靠山吃山。山上大大小小上千株茶树都为她家所有，其中不乏上百年的古茶树。

转眼间，到了袅娜妹子待嫁的年纪。袅娜勤劳善良，貌美如山茶花，喜欢她的人从山顶排到山脚下。她阿爸年纪大，身体老弱，渐渐干不了粗活重活，心急着张罗，想寻个好女婿上门，好帮忙打理茶山。袅娜明白阿爸苦心，不过她有自己的主张，找夫婿她要找个最称心如意的，最懂得茶叶的。

几番挑选，有两位年轻人进入袅娜的眼线。她设了条规定，谁能用山上最好的茶叶，制出最好的茶，她便嫁谁。

王泽为人胆大。首先冲上山，三两下工夫便摘了满筐的茶叶下来，茶叶有大有小、有粗有细、有老有嫩、有长有短、有锐尖有渐尖、有卷叶有平叶，形状各异，混成一堆。

大鹏，聪明细心。在山上面转了半天，采了三包不同的茶叶来，分开放置，看得出，每一堆茶叶都是单株采摘，叶子不过嫩，也不过老。大鹏解释，叶子过嫩制出来的茶苦中带涩，叶子过老制成干茶外形滋味不佳。袅娜听后不住点头，表示认同。

采青完后，又经过摊青、晒青、做青、杀青、揉捻、烘火、摊晾、复烘焙等一轮工艺。成品茶终于摆在大家面前。袅娜特地请来族中长老品鉴以示公允。

一比之下，结果显然。

王泽的茶外形口感都要差于一般茶农所制，最大的弊病是良莠不齐，品质不稳定。大鹏的茶单株烘制，茶条茶索紧卷均匀，茶叶色泽黄褐油润，冲泡时有独特的花香，汤色橙黄，汤水清澈，气味鲜爽，香甜回甘。

大鹏侃侃而谈，建议众人以后实行茶叶分株单采，分株单制。选拔出优良品种栽培，淘汰劣品茶种。再因成茶的品相差异，分级售卖，定能走出致富的新路子，他还说打算注册个品牌，就叫"单枞茶"。

出众的制茶技艺和一番道理说得大家心服口服，比赛自然是大鹏胜出。他抱得美人归的同时，入赘袅娜家一同打理茶山。

王泽输了比赛并不服气，向银行贷款租下隔壁的山峰，用来种植速生桉树，想借此赚钱让袅娜后悔。刚开始几年，王泽靠着密集的人工林确实赚了些小钱。可谁知，第五年开始，王泽的山水土流失，地表出现沙化现象。最严重一次，竟发生山塌，大批树林倒下，泥沙差点将睡在山下房子里的王泽活埋。王泽损失惨重，苦不堪言。

屋漏偏遭连阴雨，银行知道他出现危机，催他尽快还清贷款。

幸好，袅娜夫妇及时伸出了援手，帮他渡过难关。

王泽内心羞愧，不知如何报答。

大鹏笑笑，道："想报答我们很简单，砍了你的桉树林，种回单枞茶，向大山赎罪，如得到大山的宽恕，大山必定会赐予你财富的。"

王泽思痛反省，听从大鹏的吩咐。

又过了几年，山区恢复了往日的生机盎然。大鹏带领山民们种植的单枞茶也打出名堂，成为国内外知名品牌，赚得盆满钵满。

起　名

　　饶城有一处苟姓村落，村里住着的人都是同宗同族同一个姓氏的自家兄弟，大大小小几百人家，多多少少都带点亲戚辈分。左家住的不是叔侄，便是爷孙；右边住的不是姑亲，就是姨亲。

　　从有族谱记载的五世祖算下来，这个村子已延续到二十六世。村里有人结婚早，有人当爹迟。不过人数虽然众多，族里的辈分却没有乱，这全靠前人们留下的族谱字号排辈，简称字辈。一辈人取一个字用在名字里面，别人一听你的名字就可以知道你是什么辈分，该称呼你什么，简单明了，规矩严谨，尽显老祖宗的智慧。

　　传到正仁这一代，辈分诗上云，"行善永延仁，德本常坚固"，占的就是一个仁字辈。他年初刚生了个儿子，这般论起来，他儿子就是德字辈，名字里一定要带上一个德字方可。乡下地方起名字也特别麻烦，讲究一个名讳，也称避名讳。为尊重长辈亲朋，后辈起名字时，绝对不可以重复用到与长者前辈相同的字或名，更严格者，就是有点谐音也不可以，尽量得避免误会，避免落个不尊敬长辈的嫌疑。如果你不注意，不小心用了长辈的名讳，轻则修改名字，重的长者会打你一顿，老死不相往来。

　　现代社会，人一出生就得起名办出生证，入户口，经常将名字改来改去自是麻烦非常。为了大家的利益及方便着想，村里的长老们想了一个主意：命令村中各家各户，在小孩出生后的第二天，知道生男生女，便可起名，结合字辈，想几个认为合适的名字写在大红纸上，然后贴到族氏祠堂的后墙，公之于众，供众人认可，如看到其中有与自家前人或长辈相冲相同的名字，便用笔去画掉或手撕掉那一个名字，反之，则保留没被人用过的名字。红纸张贴三天，新添人口的人家便可领回红纸，在上面被人检查剩下的名字里选出最合心意的那个。三日之限，如果没有提出异议，名字就定下来，将来就算再发现冲撞，都不得反悔，不得逼后辈修名改字。

村民都认可这一做法，正仁当然跟从。和老婆想了一宿，翻遍字典群书，想了十几个自认为不错的名字，屁颠屁颠一大早跑去祠堂张贴。

正仁想，起了十几个名字，怎么也得有三四个留下吧。

谁知计划没有变化快。第一天，不到半天，他想出的十几个名字被人涂抹到一个不剩。原来近年国家政策开放，鼓励二胎，村里的新生儿自然多了起来，常用的名字自不用说，就连像顺德、华德、瑞德、成德、谦德、惠德等比较好听但少人取的名字也都早早被人占了去。

正仁开始犯愁，赶紧召集家人开紧急会议，重新商议起名字。

妻子提议，说："不如叫常德！"

正仁一听摇头，说："行善永延仁，德本常坚固。常字是辈分诗里的字，后来两辈人要用到的字，如果咱家用了，后辈人就不能用了，我可不想被人戳脊梁骨骂。辈分诗里的一百多个字一个都动不得。"

还是正仁父亲肚子里墨水多，想了想，大笔一挥，题了两个，一个"明德"一个"爱德"。正仁内心忐忑，小心翼翼再次将红纸贴在墙上。为了慎重起见，他没有回家吃饭，打算守在名字下边看看众人的反应。

过了一会儿，在城里教书、出国蹀过金的斯文人多仁慢慢蹀步过来，抬头望了眼红纸，一皱眉，一伸手，以迅雷不及掩耳之势，将"爱德"这个名字给撕了下来。

"多仁，你名字里没有爱字，也并没跟你们家长辈相冲突，为什么你要撕掉啊？"正仁又生气又不解。

"知道我的英文名叫什么吗？国外老师给我取的英文名叫爱迪。爱迪生的爱迪。这个爱字重了。所以我不同意。"多仁理直气壮说。

"英文名也算？这不是欺人太甚吗？"正仁发火，骂："好好的中国人，起什么英文名？"

多仁可不理会，坚持不肯让步。两人正吵着。旁边跑来一个，探头缩脑，想要画掉剩下那个名字"明德"。

正仁急了，赶紧挡住，问道："民仁，你凑什么热闹？这个名字碍你什么事？"

"民与明，近音之字，不可用也！"民仁说出自己的理由。

"这不让用，那不让用，天下的名字都让你们取光啦！"正仁破口大骂。

民仁不以为然，答道："取个名字有何难？像这个明字，你将它分开，一日一月，再凑上德字辈，不就有两个现成的名字吗？"

"日德贵人，月德贵命！不错的名字，挺好。"多仁帮腔。

正仁低头想想，记起妻子名中带了个月字，"月德"一名也不能用，又默默将月字涂掉。就这样，只有一个名字留在红纸上。

三天后，剩下的名字安然无恙。

没与人相同，听起来还有点响亮，尘埃落定，正仁儿子的名字终于起好——苟日德。

小南湖

小南湖是村名，藏在山里，村子坐落在山与山之间的盆地上，盆地中央有个湖。湖岸住着两兄弟，是村中仅有的两户人家，兄弟俩的父亲有真本事，临走前还给他俩都张罗了一门媳妇，他们便各自成家，打鱼种菜，自给自足，并不与外界多交流。兄弟俩各过各的日子，极少串门，见面也不多言语，连点头都极少，倒是两个女人常聚到一块。

小南湖风景优美，常有城里人跋山涉水去那里游玩。有一个不成文的规定：去小南湖村旅游观光的人，去的时候不能带钱，一定得带点东西，吃的喝的玩的都可以，权当住宿伙食费送给南湖两兄弟。据去过的人说，拎着东西先进了谁家的门，那客人就算谁家的，就得在那家里吃饭或睡觉，不能跑去另一家。当然，招待的东西不可能是山珍野味，基本是家常便饭，他们吃什么，客人就跟着吃什么。

南湖两兄弟对游客没有多大理会，任他们放下东西，然后去湖边瞎逛拍照，或玩水嬉戏，只要不太过分，哥俩都不会出声阻止。时间一久，来这里玩的人们都会尊称兄弟中的老大作大哥，老二叫二哥，尽管有时他们的年龄比两兄弟要大上许多。

芦苇长满一半湖岸的时候，饶城一位诗人跑到小南湖来，被眼前的美景震撼住，决定定居写生，询问南湖两兄弟能不能让他在湖边搭个屋子，毗邻而居。大哥跟二哥闷声半天，按说南湖村虽是他家世辈居住的地方，可没有明文规定，所有的地方都是他们家的。不过村有村规，乡有乡法，外人想进村至少得他们点头同意。

看他们犹豫，诗人脑子灵活，立马给兄弟俩的媳妇都送了一部崭新的手机，定居的事就这样定下。他们答应让诗人自个儿在湖边选块地搭房子隐居。诗人开心地回去准备材料了，一转身，两部手机就转到兄弟俩手中。

没多久，诗人回来，带着施工队浩浩荡荡地在兄弟俩房子中间的空地上，搭建起一座两层的木质小屋来，叫人清理拓宽了进出村的路口，让汽车能开到房子前。完工那天，诗人称，此地人少、物少、烦事少，大笔一挥，在门楣上写下三个大字"三少居"。诗人成了别人口中的"南湖三少"。

大哥跟二哥无形中多了个弟弟，嘴上虽没吭声，心里挺高兴。有了新居的南湖多多少少有了点变化，人们再来这里玩，首先不再是先走进老大老二的房子，反而第一时间全拥到三少的宽敞新居里，三少好客，来者不拒，热情招待介绍，还陪着到处观光玩耍。

有智者乐水的，三少就唤大哥撑来渔舟，载着客人们在南湖上泛游垂钓；仁者乐山的，三少便唤二哥去帮忙带路，领着众人上山采摘野果，猎捕野鸟野味。老大老二仍没吱声，因为三少手腕高超，懂得与人打交道，前来观光者一个收费数百，三人平分，没几日，又替老大老二家各赚回来一台大电视，让两个嫂子笑得合不拢嘴。

三少还常呼朋唤友，今天吟诗作对，明日挥墨写生。

"此间真是世外桃源，往来无白丁，谈笑有鸿儒啊！"朋友们盛赞。

到了夜晚，三少与朋友们在南湖边搭帐篷观星，又围起篝火喝酒跳舞。两位嫂子好热闹，原本在厨房里帮忙，渐渐被喧闹的笑声歌声所吸引，也凑在诗人们身边看起热闹来，嫂子们喝了点小酒，红颜绯绯，像是回到了少女时代。

三少招呼大哥二哥一起喝酒。老大老二摇头摆首，俩兄弟破天荒地蹲坐在南湖的另一头，抽起闷烟，低声倾谈。

"最近湖里的鱼好像少了。"老二先开口了。

"不只是鱼，连山上的鸟叫声都稀了。"老大应和道。

"果子也疏了。"

"最闻不惯汽车放屁那股油臊味，我闻了直头晕……"

"我也一样，再这么下去，别说空气，连湖里的水都会带股臊气。"

"两个娘们打理菜园都懒啦，一天天玩手机看电视……"

"再这么下去不行啊！"老二和老大摇头。

几天后的一场大雨，进出村的道路又变得坑坑洼洼崎岖不堪，车子再没法开进来。三少费尽心力拉来的电线跟天线也不知给什么东西给咬断。诗人招呼朋友，请老大老二去帮忙修路拉线，两人冷脸青眼，不是回说忙，就是毫不理睬。此后，三少越住越乏味，最后任"三少居"破败，逃回饶城。

三少走了，风景渐渐恢复往常的模样，但在老大和老二心中，小南湖已不复往日风景。

第三辑　俗世男女

中国式离婚

　　昨夜闹了一宿。一大早，春丽吃完早餐，开着电动车送孩子上学。然后她顺道拐进了饶城政府的办公大楼区，停好车，坚定不移地走了进去。

　　她想，这一次，无论如何，都要跟那人离婚。听隔壁邻居阿花说，镇上妇联最近开展了一项新服务，提供法律咨询和免费援助给有需要的妇女。春丽想跟工作人员要一份离婚协议书。

　　接待她的姑娘得知来意，没有马上提供协议书给她，反而苦口婆心地劝起来。

　　"你还没有结婚吧？"春丽问姑娘，她想姑娘肯定不知道男人婚前跟婚后的差别，所以听到姑娘劝自己要大度宽容些，她就感到一阵阵的反胃。

　　来妇联不知多少次了，每一次那些大妈们都是抱着劝和不劝离的态度，一面安慰春丽，一面说会通知街道居委会的人去做春丽男人的思想工作，好好教育他。但大多没有下文。

　　最后，在春丽的一再坚持下，姑娘终于给了她一份协议书，但还是劝两人有空来这里，坐下来好好协调，千万不要意气用事。

　　出了镇政府大门，春丽骑着车绕来绕去，竟绕到自家兄弟的家门前。弟弟刚好蹲在门口刷牙，一瞥见姐姐额头的伤痕，心中便明白几分，嘟囔道："他又打你啦？"

"这回我不再原谅他了，一定要离，离婚协议书我都拿回来啦！"春丽开门见山。

弟弟刷牙的手顿了顿，继而快速地漱口倒水，嘴里含糊地接道："离婚？你可要想清楚啊，离婚可不是你一个人的事，可别把爹再气着。"

不提爹还好，一提爹春丽心里就来气。去年，弟弟跟弟媳闹离婚，把家里弄得鸡犬不宁，天天不得安生，最厉害的一次吵架，爹气得差点中风，在床上躺了半个多月，勉强同意儿子离婚的要求。

"你们离婚就行，到我这，咋就不行，爹就不同意了呢？"春丽气，心里不明白。

"男人离，再婚容易，你们女人离，想再嫁可就难上加难了。"弟弟的语气听上去比冷嘲热讽还难听。

春丽不想听他再扯，跨上车，朝老宅方向开去。她想亲自去打探下爹的意思。不巧爹跟朋友有约，中午不回家吃饭。娘就留下春丽一块儿吃。娘俩一边煮饭一边唠嗑，越聊春丽越觉得绝望。娘句句话都是老三篇，大意说的是年轻时跟孩子他爹的苦。

"想当年，你们都看到，我被你爹打得那叫一个惨！现在想来都心酸啊。"娘竟抹起泪来。

春丽记得。当年的场景，仿佛一道道儿时阴影挥之不去。她不想再重蹈娘的覆辙，说："他昨天又跟那帮猪朋狗友打麻将，还喝得醉醺醺回来，我说了两句就动手打人……"

"男人都一个样，老了就好，老了脾气就下去啦。忍忍吧。"娘劝道。

春丽扭头不再搭话，她决定这次谁的话都不听，要果断逃离这个火坑。

下午回到家，男人仍在卧室里酣然大睡，一时半会儿没有醒过来的迹象。上初中的儿子很乖巧，自个儿搬了凳子，坐在后院写功课。春丽缓步走过去，在孩子身边悄悄蹲下，静静地看孩子写字，目光里满是欣慰与爱惜。

孩子突然停下笔，转头问春丽，"妈，你打算跟爸离婚，对吗？"

春丽默然，不知如何回答。

"他老是欺负你！"

春丽犹豫，问孩子："我们俩离婚，你会有意见吗？"

儿子答："你不用老是去问别人的意见，有谁问过你的感受吗？你想想自己，过不下去，就离，我支持你的决定。"

春丽眼眶湿润了，她开始动摇，心想，儿子这么乖，真离了，跟谁过呢？对他的成长肯定会有影响。她愣了许久，慢慢缓过神来，拍了下孩子的肩膀，把眼泪憋回心底，说："没事，妈好着呢，我们不离，我这就煮饭去。"

说罢，春丽站了起来，蹒跚着向厨房走去，又开始了日复一日的生活。

《羊城晚报》2020年7月3日

向来如此

早上一起床，就听到妻子跟母亲的争吵，他赶紧洗脸刷牙，生怕被她俩拦住，充当裁判。婆媳问题永远是个难题。妻子和母亲掉入水里，先救谁都是错！

妻子跟母亲的声音越来越大，连家里的猫听到，都吓得躲起来。妻子刚生了个儿子，还在坐月子当中，脾气有点暴躁。这两天，她的头痒得很，想着起来洗头。谁知，被母亲看见。老人家不同意她洗头，拼命阻拦。

医生都说了，可以洗头，不单要洗，还得比平时洗得勤快，洗得干净。妻子的喊声透过洗手间的玻璃门传了进来。

坐月子期间不能受风，头发湿了，会落下头疼病。母亲劝道。

妻子说，我非要洗。

母亲回，不能洗。

谁说不能洗？妻子问。

向来如此。母亲答，就跟吃木瓜一样，你得多吃才多奶，这是老祖宗们的智慧。

妻子语塞，四下张望，想寻找他来作救兵解围。他穿戴好衣服，拎起公文包，连早餐都不吃，悄悄开门，溜出门去。

一到单位坐下，隔壁的同事就笑眯眯地告诉他，中午的午餐不要叫外卖了，有人请客！

谁请客？他有点诧异。

新同事呀！同事指了指不远处座位上，一个略显局促的年轻人。

新人得请客！他恍然大悟，又问，这不合理吧，人家第一天上班，不是应该我们请他吃饭吗？怎么要人家请呢？

规矩如此。谁不是这样过来的呀。新人刚来，想快速融入集体，就得请前辈们吃饭。同事说。

可……他还想说点什么。

向来如此，你就不要争了。就问你去不去。同事说。

幸好这时他收到一条微信，一个供应商请吃饭，他正好拿来当借口，躲开了"勒索"新人的机会。

中午，跟供应商在餐厅里边吃边谈。

忽然，供应商塞过来一个信封。他的神经一下子紧绷起来，他知道信封里装的是钱，忙推了回去。

你快收下，回扣是行规，我懂。供应商笑眯眯说，发微信不方便，我就提了现金出来。

不合适吧！他的眼神飘忽不定，家里刚多了张嘴，其实正需要钱。

向来如此，你说合适不合适？你不收才是真不合适！供应商皮笑肉也笑。

向来如此！就对吗？他忽然想起鲁迅先生的名言。

向来如此？那肯定就是对的，这是大多数人的选择，何必跟大家作对呢？内心深处有个声音如此这般，对自己说道。他一手默默接过那个信封，一手跟供应商碰了个杯。

几个月后，不知是谁举报他受贿的事。东窗事发，领导把他叫到办公室，递给他一份处理报告和辞退通知书。

他很愤怒，说道，肯定是有人嫉妒我，搞掉我，还坐我的位置罢了。其实，不止我一个人收，大家都收过。收钱，吃回扣，向来如此！

向来如此？领导斜睨着眼，缓缓说道，职场竞争，你争我抢，向来如此！要怪只能怪你手脚不干净，给人捉住把柄，做错了事，就得承担后果。这也是，向来如此的事！

《红山晚报》2021年11月18日

陈老手

陈老手真名不叫这个名，当其面大家都叫陈老师。

自打退休后，陈老师每天早上起来就去公园溜达，跟一帮年纪相仿的老头在空地上练推手。陈老师习太极多年，懂得巧劲之妙，蓄劲如开弓，发劲似放箭。技艺纯熟，掤、捋、挤、按、采、挒、肘、靠，善四两拨千斤，弹人跌丈外。

园中长者皆不是其对手，陈老师"推人"多矣。

中午吃罢午饭，小睡片刻后。陈老师抖擞精神再出门，钻老年活动室。推、洗、砌、倒，双手如风，来回揣摩，左右开弓，推玩的乃四方麻将城是也。陈老师生性豪爽，赢也好，输也罢。几个小钱来来去，心亦喜。按他的话说，"卫生麻将最健康。消磨时光，索条万；嘻嘻哈哈，笑一堂。"玩得入迷，偶尔忘记时间，误了饭点。他高兴，师母却不乐意，少不得磨耳啰唆一番。遂再有牌局，婉言推却。

怕老婆，爱老婆，不想老婆啰唆。陈老师"推人"多矣。

入夜，他爱躲进书房成一统，倚于书架边的老藤椅上，左手捧书，右手持烟，边吸烟边翻书，不亦乐乎。他自诩"五好老人"：好书好烟好酒好牌好太极。书第一，因其曾是报社主编，干了一辈子编撰工作，读书写书爱书迷书。为人行文亦坦然具正能量，颇有侠气。烟第二，因烟能带来灵感，能令人放松。其指盖掌心皆黄，白色烟气在粗糙指间萦绕，读到好文章时常忘乎所以，烟灰跌落身上，烟头烧穿衣物，皆不以为意，露出一口大黄牙，神态怡然，大赞，"好文，妙也"。

爱文及人，他乐于提携晚辈新人，为后学之辈写评提点，推能举贤，力荐新作到各大报纸杂志发表。

有伯乐之能，亦有大海之量，传帮带，薪火相传数十载。陈老师"推人"多矣。

近日，市内几名文学新人连连斩获省级大奖，当中有几人为陈老师发掘之明珠。当地文化圈便办了庆祝晚宴，邀陈老师为座上宾，列首席。

席间，众人杯觥交错，纷纷前来敬酒道贺，溢美之词不绝于耳。

"陈老真乃慧眼识珠！"

"千里马常有，而伯乐不常有。陈老师就是伯乐再生。"

"真大师！大推手！"

"名士之风！"

几句迷魂汤灌得陈老师春风得意，加上席间美酒不断，更是平生快事。越饮越多，喝得脸红脖粗之际，另一桌娉娉婷婷走过来几位端着酒杯的妙龄少女，正是曾得到陈老师指点推荐的几位文学女青年。静雯、湘云、黛玉、袭人、可卿等人围到陈老师身边劝酒敬酒，如群星拱月，又如鲜花团簇。

不知是谁提出合影的主意，众人称好。一众佳人便分列于陈老师两侧，陈老师酒气上头，脚下轻浮，迷糊间被夹于湘云袭人之间，一手举着手杯，一手随意搭于袭人腰际。谁知陈老师身矮，又因袭人当日穿着一身滑丝晚礼服，轻薄如翼，粗糙老手没搁稳，一个不经意就滑到了袭人的臀部……

这一幕恰好让立于一旁的好事之徒黄三捕捉进手机之中，后将视频发到群聊中，重点圈出老手所放位置。黄三黄腔黄调，是个善煽风点火添油加醋颠倒黑白搬弄是非无中生有的老手，却给他起了个外号，唤"陈老手"，老手者，老咸猪手也。粤语咸猪手，指惯揩油偷香者。

视频传开，推送的人多矣。

谣言越传越玄乎，想象力丰富者，还掺杂诸多香艳风流元素，引人遐想。有人讥讽他推荐的多为貌美年轻的文艺女青年，定有不轨之心，不可告人之密。

师母闻知，大骂："这推荐，那推荐，这回将自个推到贱里去！"

陈老师酒醒，也觉得憋气。

一世英名，毁于手滑；一生清者自清，自认出淤泥而不染，竟不如一恶搞视频。

这外号，看来是推不掉矣。

藏起来的爱

坐了四个小时的长途，回饶城的大巴终于在高速休息区停了下来。我也有机会下去解手，顺便解决午餐。吃完一碗牛肉粿，我坐在靠近路边的桌子上抽烟休息，等待司机重新开车。

突然，一个小孩不知从哪里跑了过来，猫着腰，一下子躲到我的桌子下，又时不时探出头来，用一双机灵的黑眼睛朝我后面张望。我正纳闷，就听到身后传来一阵急促的脚步声，有个粗重的声音，夹杂着喘气声，朝这边喊道："别躲了，都瞧见你啦。"

小孩忙低下头，刻意掩饰行踪，令我觉得十分好笑。

"浑小子，看我不打死你。"男人越走越近，骂道，"赶紧给老子出来。麻利地。"

孩子一听，脸上没有显出害怕的神色，似乎在思考些什么。男人可容不得他犹豫，三步并两步，走上前来，低身弯腰，想用蛮力把躲在下面的孩子拉出来。

"有话好好说，可别伤到孩子！"我见状出言劝阻。

男人有点睡眼蒙眬的样子，没有理会我，掉转方向，一个弓步向前，想从侧方进攻。小孩也不傻，滴溜溜地转身，像个陀螺似的，灵活地移到右边，一点都不畏惧男人的大声责骂和恐吓。

双方躲避进攻了几个回合，男人身材魁梧，也直喘气。

"你给老子出来，我不打你。"男人对孩子说道。

"说话算话，爸，动手打人是小狗。"孩子调皮地笑笑，从桌子下钻出来，不过他很聪明，防着一手，把我当成屏障，挡在两人中间。

原来是一家人，我终于明白他们的关系。

"把钥匙还给我。"男人伸出大手。

孩子小心地把钥匙递过来，带着些许不情愿。

"还给你就还给你。不过，我现在又尿急了，得多上次厕所。你再等会儿啊。"说完，小孩不等父亲答应，飞也似的朝厕所方向跑去。

男人急眼了，想要大骂，可没骂出口，眼睁睁地望着儿子的背影远去。接下来，他坐到我旁边的凳子上，掏出一根烟来，边抽边摇头，显得有点无奈。

"小孩子都这样，调皮，你可别气坏了。"我开玩笑地搭话。

"唉！你不知道。"男人使劲叹了口气，答道，"这小子，鬼点子可多了。一路上折腾得我够呛。坐在我后边，不是唱歌，就是要讲故事给我听，一会儿把手机音响调到最大，一会儿又扮导航给我指路，吵得不行。刚才进站加完油，他说肚子疼，要去上厕所，我便停在旁边等，等着等着我都迷迷糊糊睡着了，他都没回来。等我醒过来，发现半个小时过去啦，吓了我一跳，再一瞧，车上的钥匙不知道给谁拔掉了……给我急得，再一瞧那小子在下边直乐，我就知道肯定是他搞的鬼……"

真是个调皮的娃！我心想，边听边乐。从男人口中，我得知，他是个长途车司机，长年累月在路上跑，这次要送货进城，刚好儿子放假，就想着捎上孩子去亲戚家暂住两天。

一根烟快抽完了，孩子还没有回来。男人急了，嘴上又开始骂骂咧咧，甩掉烟头，向着厕所疾步走去。谁知男人前脚刚走，小孩不知从何处冒了出来，胸前还抱着两罐红色显眼能提神的功能饮料。

"叔叔，等下我爸回来，你跟他说我先回车那边了。"小孩礼貌地请我帮忙。

我点下头，看了下不远处的大货车，嘱咐道："乖点，别惹你爸生气啦。"

"其实我是故意的！"孩子朝我挤了下眼，说，"他昨晚上跟人家打牌打了半夜，我怕他疲劳开车不安全，才一路上故意气他，让他保持清醒。"

我似乎有点明白，问道："那么你故意在这里上厕所，还拿走车钥匙，也是为了让他多睡一会儿？"

孩子不好意思地点点头，腼腆地转身走开。

我笑了，望着这个比实际年龄要成熟许多的孩子，一步步走进阳光里。

《羊城晚报》2019年4月8日

《小说选刊》2019年6期转载

老江湖

　　老江湖坐在人群中，听着弟弟巧舌如簧地辩解，尽管他听不懂弟弟口里时不时吐出的那些词语。

　　"有文化的人真不一样，死到临头还嘴硬。"

　　"真能说，比律师的水平都要高！"

　　后排两个听众小声议论，老江湖听在耳里，微微仰头，闭起双眼回想，记忆里的弟弟永远那么有文化。兄弟俩都是饶城人，弟弟是大学生，天生就是块读书写字的料，小时候读书一直名列前茅，而老江湖初中没毕业就辍学去外省打工，干过工地小工、酒店服务员、流水线工人、仓库打杂等不需要高文凭的工作，做过无数行当、走过大江南北、蹚过湖海山川，在许多省份生活过，他常笑自己跟一个行走江湖的手艺人一般，所以，朋友们给起了个外号，叫作"老江湖"。弟弟也有个花名，背地里人家喜欢叫他"眼镜"，当面却不敢这样叫，都称呼他的职位，尊为局长。此时，局长胖胖的身躯正窝在矮小的被告席上手舞足蹈，口沫横飞。

　　记得弟弟刚毕业，靠自身努力，被招到市里办公室工作，领第一个月的工资，死拽硬拉，嚷着请客，把在大排档当厨工的老江湖带去城里最高级的西餐厅吃饭。长方形的西餐桌，平铺着镂空的白色蕾丝花边餐布、悠扬的轻音乐、光亮可鉴的刀叉碟子、还有装满猩红色液体的红酒杯，似乎在暗示人们舒适的格调就是奢华虚荣，价格不菲。

他和弟弟分坐在两头，互相对望，老江湖窘迫，弟弟满脸热忱。

"牛排渗着血水，这玩意儿能吃进肚子？"

"精瘦的菲力，三至七分熟；油腻的沙朗肋眼，四至六分熟；带骨的丁骨，五至八分熟……"弟弟左手叉右手刀开动起来，边示范如何切肉边介绍牛排的文化。

老江湖听不懂也看得麻烦，紧握叉子，在肉上用力一戳，抬起整块牛排，直直往嘴里送，血水沿着嘴角落到桌布，触目惊心。

"真正好吃的牛肉，得三分熟，切开像婴儿脸颊样粉嫩，入口轻嚼，温润即化，满口鲜甜纯香。"弟弟继续卖弄。

老江湖三两下工夫，已吃光整块牛排，全然不理会一块血淋淋的牛肉有多大的学问。弟弟说，看似野蛮的刀割肉叉蕴含无限西方文明，嘲笑没文化的工人蓝领喜欢吃大排档，有文化的白领都往西餐厅里钻。

审判长重重敲了敲桌面，示意大家安静下来，听被告供述。

老江湖猛地睁开眼，目光与弟弟接触对视，弟弟快速地撇过头去，似乎无法再从弟弟眼中找寻到往日的清澈透亮。

弟弟仕途顺利，近乎青云直上。进机关几年，从合同工、办事员、科员做到副科长、科长，娶了市长的女儿后，不到一年，便爬到局长的位置。局长权大，特意照顾老江湖，出钱让他买了个驾照，安排到下属的企业当专职司机。

老江湖载着经理老板到处转，偶尔会在高尔夫球场、高档会所里碰到弟弟。

艳阳高照，绿草如茵的高尔夫球场里，弟弟跟老总们挥着高尔夫球杆，谈笑风生，不知不觉间即可敲定上亿的大项目。有一次，他背着球袋站在球道边看弟弟挥杆，老江湖竟觉得那姿势跟父亲在乡下打草时的身姿有点类似，不同的是，弟弟手里打着是有文化的草；灯火辉煌的隐蔽会所外，老江湖和其他司机守在停车场打牌赌钱打发时间，看见进进出出的都是城里有头有脸有文化的上流人士，他没有进去过里面，不过，他认为，那些有身份的人进去做的应该都是有文化的事。

法庭辩论结束，进行最后的合议。尽管弟弟能言善道，但在确凿的证据面前，他几乎没有胜算。老江湖一想到弟弟可能会被转移到关着无数没文化人的监牢去，就十分沮丧，监狱算是天底下最没有文化的地方了。他隐隐想起，事发前的头一晚，还瞧见弟弟从市里最有文化的场所——市歌剧院出来，身边傍着个女人，不是弟媳的女人。

审判长宣读起判决书，弟弟不顾法庭的威严，当场在庭上叫嚣，表示会运用法律知识，继续上诉，还说自己不是一个可以任人鱼肉、没有文化没有尊严的犯人。

听到这，老江湖痛苦地抱紧头，龟缩成一团。他想不透，没有文化，到底算不算一件好事。

获得绿城清风杯廉政小小说大赛优秀奖
第四届"光辉奖"世界华文法治微型小说征文优秀奖

举哥省哥

热火朝天的工地上，有一队来自饶城的建筑队，队长举哥正带领大家加劲干，赶工期争优先。举哥是他的名号，他的本名不叫举哥，大家之所以叫他举哥，是因为他喜欢把一句歇后语挂在嘴边：脱裤子放屁——多此一举。

除了叫他举哥，兄弟们还暗地里给他起了另一个外号，叫省哥。省字名副其实，跟节省有些关系，不仅为人朴实，勤俭节约，遇到工作里的情况，也时不时想着节省。

推土机刚把旧楼给推倒，等着卡车来把碎砖残瓦拉去垃圾堆填区的空隙。举哥大手一挥，招呼兄弟们上前，每人在断壁残垣间拾几块较为完整的砖头瓦片出来，堆放在一起。

这有什么用？有新加入的小学徒不解地问。

你就不懂了。咱们举哥这是为老板省钱呢。把这些砖头瓦片利用起来，就可以砌几面临时工棚的墙壁。经验丰富的工人师傅解答道。

过两天，老板不是会拉新的砖来给咱们用嘛，何必浪费自己的体力和时间。小学徒有点费解。

临时工棚用得着新砖吗？咱们干完这档活，就推倒啦。再说，车拉砖一来一回，占地方又耽误工期。放着现成的砖不用，专等迟迟送到的新砖。这不是脱裤子放屁——多此一举吗？举哥在旁边听到小学徒的抱怨，厉声教训起来。

小学徒吐了吐舌头，不敢再多话，埋头苦干起来。举哥这一捡一用，省下一笔不小的资金。

随着时间推移，楼盘越修越高，举哥这一队人一层层干上去，不知不觉已装修到十层。为保证楼盘清洁和卫生，工人们的吃住都在临时工棚附近。连上洗手间，就算有的房间厕所已装修好，工人们都不能违规使用，只能步行下楼去工棚后面的简易厕所解决。

一上一下，累人不说。人有三急，常憋得工人叫苦。

举哥得知兄弟们的抱怨，笑着说道，规矩就是规矩，咱们可不能破坏规定。不过上厕所是小事，有时为了小便专门跑十几层楼，真是脱裤子放屁——多此一举！我想很好解决，特别是男同胞，以后上楼作业，随身带一个大的空可乐瓶，尿急了撒瓶子里，既干净又不违规，等下了工再拎下来厕所倒掉。

工人们一听，点子虽歪，但实用性挺强，而且工地里女同胞不多，便都一一照做。举哥这一瓶一用，替工人们省下了一点时间。

工期的截止时间慢慢逼近，举哥他们处理起房屋的收尾工作。这天，需要安排几个人配合，吊在大楼外壁替玻璃窗粘补玻璃胶，身手灵活的小学徒也被挑了出来，加入"蜘蛛人"队伍，跟在边上学习，同时也练练胆量。

小学徒有股初生牛犊不怕虎的勇气，装出一副老成的模样，大大咧咧地学着前辈们站到窗台上，正要跨出去。

等等！你下来！在各个施工点巡查指导的举哥不知何时站在

了他们身后，指着小学徒喝道，工帽没戴好，绳索也没检查过，你就敢走出去？不是送死吗？说着，举哥吩咐人给小学徒多加了一条安全绳。

一条就足够了，队长。加多一条，不变成脱裤子放屁——多此一举吗？小学徒涨红脸，显得有些不服气。

安全无小事。你是新手，就得绑两条，这是我们一早定下的规矩。举哥伸手替他理了理安全帽。

挂好第二条绳，小学徒二话不说，又想第一个跨出去。举哥又制止住，操起腰间的对讲机，询问楼下的作业人员几句。

什么？你还安排下面的人拉好安全网？小学徒听到他们的对话，觉得不可思议，说，绑了绳下面还拉网？你真怕我掉下去啊？有一项安全措施就足够了吧，拉网是不是显得脱裤子放屁——多此一举呀？

举哥假装生气，正色道，不，拉网可不只是为了到时接住你。除了保护上面，我还得保证下面过路人的安全，万一你一失手，掉下些工具杂物，有网兜住，别人的安全才能得到保障。我这么啰唆，可不是多此一举，我这叫一举多得！偷工减料不是省，忽略安全更加不是省。知道吗？

小学徒听完，恍然大悟，不好意思地挠下头，然后大声地回答道，明白啦，举哥。

就这样，举哥的一网一绳，不知给阎王爷节省下多少生命。

《劳动时报》2018年7月24日

《微型小说选刊》2019年2期转载

东江老韩

儿子他们回来的时候，老韩正忙着喂鸡。

他赶紧放下手中的活，洗干净手，迎上去。小汽车下来四个男人，司机正是自己的儿子小韩。小韩朝父亲介绍，三个朋友是城里的大老板，听说咱们家乡紧靠东江林场，风景优美，专门来考察旅游，看看有没有发展的空间，找点项目开发。

老韩连连点头，笑脸盈盈。

朋友们连茶都不喝，就要小韩领着转转，欣赏下周围的风景。小韩表示自己太久没回来，山路都不知道怎么走了，于是便请老韩带路，小韩跟在后面，边走边跟朋友们介绍。

东江林场位于东江支流附近，故名东江林场。林场有十多万亩林地，逶迤而下的东江两岸种满各种树木，郁郁葱葱，鸟语花香。

所谓靠山吃山。老韩从小就在林场边长大，年轻时当过伐木工，也干过最累最危险的撑杉人。东江人有句老话，"东江第一惨，惨不过撑杉排"。旧时山路难行，撑杉排是从上游的东江林场把砍伐下来的杉木通过水运的方式运下来，送到城里或码头，再运到全国各地。城里的房屋庙宇，甚至家具农具，都需要用到林场杉木，需求量大。杉木一个个绑起来，如同竹排一样，放入江中，顺流漂下。撑杉人两三人分工合作，有领排有撑排，就住在排筏上简陋搭建的"铺寮"，备些干粮伙食，日行夜宿，风吹日晒，短的两三天，长的半个月都有。撑杉排比挑鱼苗凶险万分，除了懂水性，还得小心江河下暗藏的嶙石锋礁，搁浅是家常便饭，遇到大雨山洪，水流湍急，更是死里逃生。后来路修好了，生活条件也好了，老韩就在林场边承包了一块空地，搭建成一个养鸡场，在里面养殖山鸡。

一路走，几个客人一路拍照，啧啧称奇，觉得这里就是世外桃源。嘴里议论纷纷，小韩嘴里抛出各种各样的名词，什么"农家乐""野外拓展基地""露营基地""团建"，等等，老韩都听不明白，只是不停提醒他们注意安全，还有别在林里抽烟，小心引发山火。

走累了，众人回到老韩的简易棚房前。

老韩张罗杀鸡准备午饭，取出电磁炉和大锅煮水。儿子走过去，打量了下电磁炉，问："用这个炉煮到什么时候？不如搭个土灶，烧柴来得快。"

"对对对，我看到林里有很多枯枝干柴，我们去捡些来。"

"柴火饭最好吃！"

其他人附和道。

老韩摆摆手，说："林场附近最好别点明火，万一火星飘到林子里，天干物燥，容易引发山火。"

"我爸是林场的义务护林人。"小韩苦笑了下，说："他就是这样子。胆小。"

"十多年，我一直都用电器做饭煮水。"老韩补充道。

"这……也苦了点吧？"有人问。

老韩笑笑，答："不苦不苦，吃得饱穿得暖，比以前撑杉排不知要幸福多少倍。"

见老韩如此，其他人不再说什么。大锅里的水迟迟没有烧开。小韩不停在后面踱步，看了一会儿，他在朋友们身边耳语一番。

然后，小韩对父亲说："这里吃饭麻烦，我们还是回城里吃吧。"说完，不顾老韩一脸错愕，拎起两只杀好的鸡，还有一大袋鸡蛋和番薯，朝老人招招手，上车绝尘而去。

车子一路向前，可没开多远，他们又在溪边一片空地前停下。大家高兴下车，原来他们打算背着老韩，在这里野炊。

"等下一只做烤鸡，一只用来打番薯窑。"小韩口沫横飞，得意道："番薯窑可是我们乡下的特色，我可是搭番薯窑的高手，窑得烧得红，番薯和鸡才容易熟。做好了，那鸡的味道，比叫花鸡还要好吃。"

一番描述引得大家口水直流，积极性一下子起来，有人找石块，有人捡干柴。没几下工夫，火燃起来了，越烧越旺，树木的芬芳夹杂着鸡肉的香气。

众人垂涎欲滴，望着串起来的烧鸡出神。

突然，一声怒吼在旁边响起来，质问道："你们干什么？"紧接着，一大泼水猛地浇到火堆上，火一下子灭了。小韩一抬头，见父亲怒气冲冲，提着空桶直瞪着他。

"就烧只鸡吃，你至于那么火大吗？"小韩不服。

啪！一个巴掌狠狠甩到了小韩脸上。老韩眼睛里快冒出火来，他指着溪对岸的一座小山丘，说："你忘记你妈了吗？忘记十多年前那场大火了吗？还有那几个森林扑火队的叔叔？我发过誓，有我在的一天，林场附近绝不能生火野炊。"

小韩听着父亲的话，低下头，眼眶不知何时涌满泪水，他想起了母亲，那个曾经因为扑救山火而牺牲的伟大母亲，还有几位她的同事。

众人默然，青山无言。

山丘上几个矮矮的坟茔依旧默默守护着林场。

《劳动时报》2022年5月30日

剃头福

东门大榕树下有间简陋的理发店。

店主叫阿福，四十多岁，面相白净，身子瘦长，特别是他的一双手，干净修长，大家都说如果他生在国外，靠这双手就能当个钢琴家。职业关系，他的头发常年"一丝不苟"，三七分的发型显得利落帅气，脸上挂着平和的微笑，从不高声说话，待人有礼。人好价廉外加手艺上乘，饶城人都喜欢到他的铺里剃头。

剃头福剃头十分细致。这是大家都认同的一句话。时下的理发店，没有他这般守传统和耐心。

"还是剃头福的满彩舒服啊。"去过新开的发型屋回来的客人这般说道，"年轻人理发，连胡子都不会刮，在头上狗刨几式，就算完事，叫啥活呢？"

阿福听着，微笑道："当下学徒都是速成，没练过多久基本功。不过，年轻人有年轻人的优点，要是电发染发，他们比我高明。"

整一套功夫，剃、剪、刮、梳、掏、修、剔，行话叫满彩。时兴的离子烫、陶瓷烫，他都不会，坚持的是剪发剃头、修面刮胡的老功夫。客人进来，他先请坐下洗头，没请外人没招徒弟，更没有女技工按摩，铺里内外都是他一手打理，洗头自不例外，用的是家常的肥皂或洗发水，没有名牌不带洋货。洗净泡软略略擦拭，带着湿润劲，推子剪刀轮换转，手起刀落，理发顾客想要的发型，再洗去碎发断发，调好椅背请客人躺下，修眉刮面去胡净鼻，刮到耳朵处，会用旧式刮胡刀另一头细长的三棱刀柄帮客人将耳孔里的茸毛旋净，顺势轻掏下耳屎，微痒舒服，顿时神清气爽。

别以为他只对成人周到，小孩同样，该做的功夫都做足做全，刮脸修眉一个不落。一视同仁是剃头福的规矩。大人孩童、男人女人，皆明码标价，不因亲疏远近而有所区别。生意好，店里常坐满客人，一个没剪完，就有三四个在旁边长凳上等着，进来一位，阿福点头示意，请客人自便喝茶或看报纸，心中暗记先来后到，不管候着的人怎样交叉坐，下一位轮到谁，他都记得一清二楚，绝没有错，谁也别想浑水摸鱼，加塞插队。

熟客们多遵守剃头福的规矩，很少有意见，可也有人想当例外。

村里媒婆知道阿福几年前没了老婆，跟儿子相依为命，便三天两头想给他介绍媳妇。有意无意带着女人来店，一来看阿福长相，二来试阿福手艺。女人仗着几分姿色，等得不耐烦，嗲声嗲气要阿福帮自己先剪，阿福不为所动，仍照规矩办事。女人恼羞，气极离去，媒婆直骂阿福木头脑袋。

族长带来位客人，介绍是镇上新来的领导，听闻阿福手艺好，专门前来。阿福忙着给一孩子理发，无暇寒暄，请两人暂坐。片刻，孩子理完下来，领导挪着肥胖的身子正要往剃头椅上一坐，阿福拦住，指着门外另一个玩耍的孩子，说："你得再等下，前面还有一位，俩孩子一同来的。"领导尴尬，族长吹胡子瞪眼，非叫阿福先帮领导理发，说贵人事忙。阿福不理，仍坚持唤孩子上座，孩子不谙人事，大马金刀坐下，阿福埋头忙活。

领导没受过此等冷遇，脸上挂不住，拂袖而去。族长紧跟在后面骂骂咧咧，骂阿福不通人情。此事传开，众人更佩服阿福的规矩。

又一日，理发店等候着几个男客，进来一位女客。众人抬头一瞧，都认出是住阿福对门的莲嫂。莲嫂守了十几年寡，常见到莲嫂帮阿福料理家务，照顾孩子，饶城早有两人的风言风语，俩人似乎也有那么一层意思，却一直没捅破。

莲嫂道出来意，下午要跟几个姐妹进城做衣服，就想来剪下刘海发尾。

阿福示意她稍坐。莲嫂没闲着，拿扫帚将剪落的断发扫到屋角，擦拭镜面，又从后面倒几盆满水出来，把之前用过的一堆湿毛巾洗干净晾晒起来。她手脚麻利地忙活着，其他客人似笑非笑地看着，开玩笑说她俨然像女主人。

莲嫂没半点扭捏，阿福倒不好意思起来。等手底客人忙完，他竟破天荒向在座几位致歉，询问道："各位如不忙，要不让女士优先？"

没等诸位点头，莲嫂不乐意了，答道："不行，规矩就是规矩，我可以等。"客人们的笑意霎时堆到脸上，忽然一个说家里火忘关，一个说肚子疼得去上厕所，一位说刚好想起有要事办……

众人如鸟兽散，剃头铺里只剩下一对人儿。

获得"潮州市喜迎二十大 讴歌新时代"主题文学征文二等奖

火叔公

饶城人都知道火叔公一家，因为很多饶城人都给他们家人当过学生。

火叔公是教师世家。清朝时，他爷爷的爷爷就在饶城开私塾，一代传一代，没出过大官，倒出了不少秀才举人，继续传道解惑。解放后，他奶奶成为饶城第一家托儿所的所长，专门帮饶城人带孩子教孩子，后来改制，成了幼儿园，是他姑姑接的班。到了火叔公这一辈，他成为饶城第一个大学生，考进师范学校，后来成了饶城一中的校长，他的两位哥哥，一位是镇小学的校长，另一位则是教导主任；两个妹妹，一个音乐老师，一个教人画画；弟妹、妹夫也都是教师。

真要细数下，他们家，跟教育岗位沾边的，得有上百位。饶城人无不尊敬他们一家，特别是对火叔公。

一传到火叔公的儿子辈，情况却发生变化。

侄子、侄女们热衷考公务员、进企业，所选的职业大多跟教育无关。而火叔公的三个儿子，更令他感到头疼，没有一个对当教师感兴趣。他常想，这一代孩子估计是逆反心理太严重，父辈想他们当老师，孩子偏偏不干。

大儿子年轻时，特别憧憬向往部队生涯，当了几年兵，本来转业回来要进镇政府当司机。火叔公坚决不同意，好说歹说，力劝孩子改变主意。

你是大哥，得起带头作用。咱们书香世家，到你们这一辈，竟没一个人为教育事业做贡献，这像什么话？火叔公痛心疾首地说，就差老泪纵横给孩子下跪。

大儿子无奈，只好同意，给弟弟妹妹们做个榜样。

火叔公跑前跑后，托关系找人，求爷爷告奶奶，才把大儿子安排进乡小学当一名代课老师，负责体育课，终于算是把下一代踢进了教育系统。

二儿子从小老实木讷，读书不甚灵光，初中毕业就没再继续读书，跟着亲戚到外地工厂打工。火叔公觉得孩子专心学一门技术，能混口饭吃也不错。资质愚钝，硬塞进学校当教师，怕误人子弟，火叔公做不成那样的事。干了一辈子教育事业，他见过太多那样的人，滥竽充数满口仁义道德，其实肚子空空，脑中无货，霸着饭碗，排挤贤才，祸害最深，他最痛恨的也是那些人。

显然，他把全家的希望都押宝到小儿子身上。小儿子最调皮，也最聪明，打小就十分优秀，长相秀气，思维敏捷，读书考试常名列前茅，跟同龄的孩子在一起，总有点鹤立鸡群的意思。

可惜，小儿子坏也坏在过于聪明上。

读到高三，本应该考师范上大学，小儿子偏不。那年月，经济发展的大浪潮席卷到各个角落，金钱至上的思潮不断激荡在人们心头。小儿子结识一帮社会青年，竟瞒着火叔公跑到深圳，说跟人家学做生意。

火叔公气急败坏，总听别人在耳边说小儿子在外面如何如何，倒卖衣服、干传销、卖光碟、做发票、做报关，合法的、灰色地带的，什么赚钱就做什么。几年下来，还真给小儿子混出人样，白手起家，财富如雪球越滚越大。

每次回家，小儿子给他送来好烟好酒，他都拒之门外，两父子之间永远多了道心结。

最近几年，小儿子又与人合伙，转行干起玉器生意，还把当技术工的二儿子给拉了过去，边学习边帮忙，一起赚大钱。火叔公没有说什么。可今年回家，小儿子竟然怂恿已当上主任的大儿子，也一起出门去做玉石买卖，大儿子心动，向学校递交辞呈。火叔公坐不住了，指着儿子们大骂。

大儿子委屈，说，当教师虽然稳当，可不能发财，自己想大富大贵，也不能算错。

小儿子，笑嘻嘻，笑父亲迂腐，说玉石生意是正经行当，他不仅带哥哥们出去干，将来还会带更多亲戚族人一起发财。

这叫先富者带动后富者。小儿子嬉皮笑脸，故意说道，我教人发财，也是授人以渔，四舍五入也算是别人的老师。

大儿子跟小儿子离家那天，火叔公气得一夜无眠。

后来，小儿子真的说到做到，不单带携两位哥哥发了大财，还回来带了更多族里的后生出去，一起做玉石生意，族里的新洋楼如雨后春笋层出不穷。

这天下午，火叔公路过宗祠，见到族里几位族人在一块闲聊。见到他来，都起身问候，态度依旧恭敬。不过，言语间，透露出的敬意似多因为他的小儿子。

你家阿庆好本事啊！带领全族都发财了。

做玉，真是好行当！赚钱！

众人有的夸奖，有的竖起拇指。

　　火叔公点点头，继而摇摇头，缓缓说道，玉是好，能给大家致富希望；可全跑去做玉，社会就没希望了。

　　说完，火叔公转身回家。伟岸的身影，一点点隐没在落日的余晖中。

　　　　获得"潮州市喜迎二十大 讴歌新时代"主题文学征文二等奖

苦 张

三角街有间中药铺。说药铺，其实不准确。店里没有坐馆大夫，前面一长桌售卖各式凉茶，后三面墙立着高高长长的中药柜子，配两人高长梯，方便上下抓药。说白了，这里只负责配药，跟外国药剂房一样，倒有点术业专攻的意思。病人要想来这看病，对不住，店主摆摆手，请到正规药店看毕，再凭方子来抓药。

店主姓张，二十多岁，饶城人不叫他本名，一味唤他苦张。

苦是因为他售卖的凉茶浓如墨汁，苦如苦胆。招牌从左到右，写着数十味凉茶，癍痧、解感茶、二十四味、降火茶令人苦不堪言，连本应带些许甘味甜意的五花茶、祛湿茶都带着一丝涩意与苦味。

"良药苦口。不苦能叫药吗？"苦张完全不理会顾客的意见。胜在苦张的凉茶有效，轻症者喝一两回便可神清气爽，省下求医问诊的费用，所以凉茶虽苦，追捧者亦众。

另一苦则众人叹其命苦。苦张九岁失了娘，与父亲相依为命，守着药铺维生。苦张既当学徒，又当管家；父亲则是半个师父加半个娘，拉扯到他十数岁，一场意外又带走父亲。无亲无故，十几岁的少年没求人没告爷，硬是把药铺撑下来，慢慢有了今日局面。苦张单身，吃穿多不讲究。有时胸前挂个围裙，像铁铺中的学徒；冬日里穿件破旧大褂，又似旧式私塾里的老先生；遇到夏日炎炎，干活累了，还打起光膀子。总之不伦不类，常让大妈们笑话。妇女们暗叹他命苦，没个女人帮持家务，给他介绍几回姑娘，都没搭成线。

镇上的人去趟县城不容易，病人不愿意多折腾，得了方子带回来，没得方子的偷偷抄下，吃完药来苦张处照抓，没有丁点遗漏，价格还便宜。县城几大药店，回春堂、同仁堂、庆余堂里坐馆的方子，无论龙飞凤舞，还是笔走游蛇，他都看得懂抓得清。这是打小练就的功夫。苦张没读多少年书，父亲教他识字写字，用药方当教材，一笔一画，一字一文，让他明书理、知医理。药铺一角摆放张四方小桌，上面摆放着纸墨笔砚。一到晚上，拉铺关门，苦张就在上面练字读书。

去年夏天，三角街上竟新开了一家西医店，是位旅居的华侨回来开设的，华侨有落叶归根的念头，在南洋干的是行医，遂重操旧业，回益乡邻。对西医，大伙抱着怀疑加好奇的心态。有人说西药厉害，一颗药就顶七帖中药；有谣言说病人进去后就得开膛破肚，小病都得上麻药。尝新的，好奇的，众说纷纭，让西医店小火了一把。苦张不理不睬，照旧卖着凉茶。

一天，铺前来位穿着洋气的姑娘，方言磕磕碰碰，不过还算听得明白。苦张听清她得了感冒，想要碗解感茶。一碗黑汁很快送到姑娘手上，樱桃小嘴轻啜，姑娘突然哇的一声，把凉茶全吐到地上。

"真苦！"姑娘说。

"不苦能叫药吗？"苦张摇头，没有收姑娘钱。姑娘药没喝，扔下转身跑了。半晌，姑娘绕回来，手里多了瓶东西。掀开盖子，姑娘递给苦张，请他喝，谢他的凉茶。苦张迟疑着将瓶子靠近嘴边，小抿一口，一股凉意与甜意从喉间直落胃肠，紧接着有股气体在胸腔内上扬。

"这是何物？"

"荷兰水。"姑娘答，"是洋人的凉茶。"

两天后，姑娘再来时，感冒已好，说只喝了荷兰水。苦张不信，两人的缘却结下了。姑娘原是华侨的女儿，天天在镇上闲逛，无聊就跑来苦张的店里玩，缠着他教自己辨别草药，还拿起桌上的毛笔，歪歪扭扭地画起来。苦张没有戒心，知无不言，任她摆弄。姑娘想学中国字，他也乐意教。

终于教会姑娘写全"苦张"三字，姑娘高兴雀跃，从椅子上跳起来，在苦张脸颊上亲了一口。苦张错愕，躲避不及，红着脸站着，心头有股莫名的感觉直往上涌。

渐渐，镇上人发现苦张铺里的凉茶似乎发生变化，隐约在苦水里尝到一丝罗汉果、甘草的甜意，衣着也变得讲究起来。也有人认为是幻觉，跟西药店存在一样短暂。没多久，西药店开不下去，华侨一家又回去南洋，只有药柜上落满灰尘的汽水瓶印证着姑娘来过的痕迹。

后来，人们再去苦张的凉茶铺买凉茶喝，喝后，咋舌皱眉，纷纷道："苦张的凉茶更苦了。"

《韩江》2022年3期

铁　婆

饶城有铁匠铺，常年炉火通红，铁鸣铜唱。

铁婆年轻时叫铁妹，是铁匠的女儿。本来铁匠行当忌讳女人，不准女人摸锤子，可铁匠妻子早逝，没生儿子，只好把女儿当花木兰养，所以铁妹从小就在打铁的炉灶前转悠，帮忙递工具拉风箱，自然就没多理会禁忌。等到大些，父亲手把手地教她打铁，让她充当下手。上手的父亲一手钳住烧得通红的铁块，一手拿小锤在铁块某处一敲，铁妹就得抡起大锤子，看准父亲刚才的落点猛打。时不时转动铁块，一人一下，叮当作响，配合得天衣无缝。

渐渐，铁妹把父亲的本事都学到了手，有人夸，她造出来的农具铁器比铁匠还要高明。等她成年，已可独当一面，父亲招了位倒插门女婿，等两人成婚，父亲就退居二线，将铺子让给两口子经营。打那时起，人们就唤铁妹为铁婆。

铁铺说是男人当家，明眼人却看得出，铁婆既是老板又是师傅。做活时，铁婆总站在上手，撑钳点小锤，而男人则打下锤。饶城不理会这些禁忌和男女差别，只认铁婆打出来的铁具，好用、实用、耐用。大伙都说，要论饶城里哪个女人最泼辣，众口纷纭；但要问哪个女子最硬净，一致公认是铁婆。

一次农忙前，接到一笔打农具的大单，两口子日赶夜赶，废寝忘食，终于在交货的前一天把所有东西都赶出来。终于能坐下来歇口气，摘掉手套的一刻，丈夫惊讶地发现，铁婆的手掌早被鲜血染红。原来有铁屑扎破她的手掌，隐约见到白骨，铁婆却一直没吱声，咬着牙将活做完才罢手。

"打铁得趁热，这点小伤没事。" 铁婆对丈夫说道，洗净手，简单包扎处理，大大咧咧仍去干活。

还有一年，她刚生完女儿在家坐月子，见铺里活多，丈夫忙不过来。将女儿扔给父亲照顾，三天后，又出来铺中帮忙打铁。换作其他女人，不休养一年半载，都不愿下地。

铁婆是真的铁，性子比男人还要钢。

女儿刚读初中，父亲跟丈夫因病相继去世，邻人们都劝铁婆改嫁，找个好人家，不用如此辛苦。铁婆担心改嫁后女儿受欺负，摇摇头没接受别人的好意，母女俩相依为命，铁婆独自撑起铁匠铺，坚持赚钱供孩子上学。女儿一有空就到铺里帮母亲的忙，久而久之，铁妹的外号落到了女儿头上。铁妹很乖也很争气，读书一直名列前茅，后来还考入重点大学，毕业后分配到城里的大单位上班。

直到女儿找到工作的那天，铁匠铺里的炉火和铁婆心里的那团火才算真正熄灭，加之打铁行业式微，铁婆便关掉铁匠铺，搬回乡下老宅独居。几年后，女儿结了婚买了新房，她不愿进城去跟年轻人同住，麻烦女儿，种点青菜自给自足，虽孤独但自在。

年前，得知女儿当上妈妈的好消息，她喜出望外。本打算进城去帮忙照顾，后听女儿说有亲家母在帮忙，怕人多拥扰，便打消了念头。

昨天，与女儿视频，女儿无意间说漏嘴，原来亲家母身体不舒服，已住院一星期，女婿时不时得在医院陪护。家里只有女儿一个在坐月子兼带孩子。铁婆听知，心急火燎，嫌女儿逞强，有事不出声。第二天大早，便挑了两大袋满满的土产和鸡鸭，走了半小时山路，到大路边坐上了第一班开往城里的班车。到了车站，她不舍得花钱打的，拎关扁担袋子挤上公车。车上的乘客，见势纷纷要让座给她，她笑着摆手，扶着把手，愣是一路站到女儿的小区前。

下了车，没有打电话叫女婿来接，半问半寻找到女儿的那幢楼。不巧，小区的电梯坏了，铁婆二话不说，挑起担子疾步如飞，上到六楼仍气不喘心不跳。

女儿开门吓了一跳，又惊又喜。

见到女儿憔悴的面容和疲劳的眼圈，坚强了一辈子的铁婆，欲言又止，眼泪突然止不住地流了出来，哭得稀里哗啦。等她再看到外孙女可爱的脸庞时，又破涕为笑了，笑得火红。

《韩江》2022年3期

关庙祝

    饶城南面的银山山麓下建有一处小庙，庙里供的是关羽，人称关公，庙又被称为关公祠。

    离关公祠最近的村子叫关厝屯。百年前，关厝屯的村民为祈祷风调雨顺，村里带头，联合附近七乡八里的乡民凑钱修起来的，关厝屯的人出钱出力最多，地界最近，所以公推让关厝屯找一户人家出来担任庙祝。

    去外县请来位老道士，暂居数月，教了些白事道场、祭拜供奉的手艺，关庙祝的父亲的父亲就接下了这份差事。

    在他爷爷那一辈，村人就管负责庙里杂务的人叫关庙祝；到了他父亲一辈，还仍被叫作关庙祝；自然而然，到了他这一代，关庙祝的名号便落到他头上。说不准，等他走后，儿孙一辈要愿意，仍能捞到这称谓。

    此间小庙小神，庙祝的职位不能说大富大贵，但小有油水，旱涝保收也是情理中事。表面看上去，关庙祝生活清苦，安贫乐道。要当真一一细算，会发现内里大有乾坤。乡下妇女们多迷信虔诚，初一、十五前来烧香拜神，是必不可少的例行公事。祭拜完，多会送些拜神的果品、肉类、糖果给庙祝，心有所求、还愿、解签的还会捐些香油钱。婚丧嫁娶、入宅上梁，等等，出钱请他瞧个良辰吉时；逢年过节更是活动不断，神灵出巡、乡村祭祀、各种年俗年例都少不了他的身影。一到农历新年，从初一拜到正月十五，关公祠门庭若市，香火缭绕。有人笑言，庙祝正月里做半月能抵别人一年。

这一代庙祝脑筋活络，经常想些项目出来请善长仁翁们行好事。东门旧桥残败不堪，关庙祝号召信众有钱出钱有力出力，修桥铺路，唤人种下福果；镇上有孩子因家贫读不上书，庙祝建议众人捐资助学，成立奖学金翻新校舍赞助学童，结下善缘；干过坏事的也不用担心死后下地狱，庙祝说可在祠内认捐功德门槛，槛下题字，任万人踩万人踏，就能赎清罪孽，换来下世庇佑。此类种种，钱财多过于庙祝手间指缝，雁过拔毛，就可捞点油水中饱私囊。

背后门道少人知晓，账也无人去查。庙祝待客表面客气，村人多道庙祝是有菩萨心肠的好人。也有背地里说他待人分三六九等：无香油钱只送供品者，庙祝谢；有香油钱有供品者，庙祝笑谢；香油钱多者，庙祝殷谢。

偶尔面对孩子时，没有一点好脸色。关公祠门前有块空地，孩子们好热闹，常去空地上玩耍跑跳追。庙祝不居家时就睡在祠正殿旁的偏房，孩子吵闹影响其晨睡午休，便出来大骂驱赶，口中喋喋不休。若刚好被大人瞧见，庙祝便会解释，担心孩子们冲撞神灵，打扰此间仙所宁静，恐神仙迁怒，故请他们去别处玩。言辞凿凿，倒多像是为孩子们着想。

孩童们遂骂其为神棍，骗钱骗喝的蛀虫。

关庙祝之子与村中孩子厮混长大，受了影响，打小不向往父辈的生活，羡慕起那些做生意的商贾来。长大后，更厌恶道袍大裋，常打扮得一身西装笔挺，头发梳得光亮，鞋头锃黑。不是学人家开服装店，就是与人合伙开饮食店，可惜做事不坚，干活不定，行行不精。没几年工夫，将关庙祝积攒多年的积蓄花得一干二净。

关庙祝气极，嘴上大骂，暗地支持，心底仍盼儿子能回心转意，来接自己的班。

这日，儿子又跑来伸手要钱，告知最近有朋友搭路，想买辆货车跟人去跑运输。一听价钱数目，庙祝顿觉头晕，摆摆手让儿子先行归家，慢慢想主意筹钱。

儿子前脚走，后脚就有富婆信众前来拜神，庙祝忙上前热情接待，清理里外的神台，以便富婆烧香膜拜。富婆是关公祠的常客，与庙祝十分熟络。每次走时都会添上一大笔香油钱，故庙祝不敢怠慢，伺候左右。

富婆锦衣华服，胸前还抱一宠物狗，待庙祝将供品摆放好，便把狗放于祠前空地溜达，不须吩咐，庙祝自会左右看顾，像半个主子般守着小狗。富婆进进出出，在神台前三跪九拜，庙祝尽心陪着小狗转悠。转着转着，小狗似在地上发现骨头一般，不停刨咬。庙祝俯身细看，发现地上竟有一条白金项链，庙祝眼尖心细，一眼就认出项链是富婆之物，估计是不小心脱落。他心下一动，推开小狗，嗖的一下，仓皇将项链塞入胸前浅袋。本以为神不知鬼不觉，没料小狗不依不饶，朝其大吠，不停抓挠。

富婆闻声从殿内走来，庙祝情急，双手一抱一收，抱紧小狗装出亲昵模样。富婆以为只在玩耍挑逗，没有起疑，正欲返身入内。

突然，关庙祝撒手大叫，原来小狗趁势在其胸前猛咬一口，猝不及防，疼痛难忍，小狗与项链都被他抖落在地。

《韩江》2022年3期

钟表南

阿南家里穷、兄弟姐妹多，高中没读完，父亲没法再供他继续读书，想让他出来做工赚钱，帮补家里。阿南孝顺，听从吩咐去找同族的叔公。

叔公是个修表匠，在四方塘菜市场里摆摊修手表。阿南聪明机灵，给叔公当了一年学徒，修表的手艺已学到九成。等叔公觉得没什么可以再教他，就让他出师，自立门户。

没多久，阿南就在三角街中心的戏院门口支起修表摊。他研究过，除了菜市场，戏院前是饶城另一个人气兴旺的宝地。

修表手艺需要心静心细坐得住，修一块表就好比给表做手术，认真庄重比得上外科医生。别看阿南年纪轻，他的修表功夫比叔公有过之而无不及。有问题的手表到了他的手里，不管跑快跑慢，还是一动不动，只要听一听，摇一摇，看一看，大概就能猜出故障所在。拆开表，一百多样零件错落有致摆好，路人看得眼花缭乱，他却心中有数，几下工夫就能完完整整重装回去。没多久，修表南的名声在饶城打响了。

在当年，手表和自行车、缝纫机、录音机被称为四大件。饶城很多人家结婚，都少不得要购置上一两件。

自动手表洗一次油一块五，床头钟八毛，修表换零件另计。

除此外，手电筒、打火机、锁头送过来，修表南闲下来钻研，慢慢也都会修。一个月下来，修表南赚的钱，是饶城商店职工工资的两倍。

生意火爆，招来不少人眼红。首当其冲，是在戏院门口检票的青年阿钦。阿钦和修表南年龄相仿，十分妒忌修表南的手艺。有事没事，就常跑到修表南的档口前，故意赶他走，说他挡住戏院的出入口，影响安全。

阿钦赶，他就走；阿钦没值班，他就回。修表南心知肚明，不与人对抗，反打起"游击战"，流动摆摊。镇文化站门口摆过、饶城中学门口摆过、西门头摆过、枫树脚也摆过，总之哪里有人气，他就去哪里。他还打出广告，文化站的干部和中学的学生老师来修表，一律半价，因为他特别尊重读书人，特别是学生的表，极其上心，反复检查，修得分毫不差，就为了学生们能看准时间，不迟到早退，珍惜时光。

见修表南如此，阿钦背后更是咬牙切齿。

一日，修表南又在戏院门口修表。阿钦神不知鬼不觉，出现在摊前，身边还站着个胖子。修表南抬头一瞧，一怔，忙收拾开表器和袖珍榔头想收摊。

阿钦皮笑肉不笑，制止他，道："别走，今天不赶你走，有事相求。如果你这事做好了，以后我都不赶你。"

"此话当真？"修表南一听动了心。

阿钦点点头，缓缓道出来意。身边的胖子是阿钦的朋友，最近手头紧，想转卖一块洋表给阿钦。

"这表国内都没得卖，是我在南洋的亲戚，托人通过香港中转回来送我的。"胖子边解释边掏出手表。

修表南瞥见表壳上标志的牌子，突然双眼放光。劳力士表是外国名牌，别说饶城，当年在省城也是凤毛麟角。修表南也只在画册里见过两回手表图片。

"就是不知真假，没付款人家不让拆。"阿钦少有地恭维道："你修表南眼毒手精，手表什么型号、什么牌子、价钱几何，都能说得八九不离十。你就帮我看看，劳力士是真是假。看准了，你以后就随便在这摆。要是看走眼……"

"看走眼，我以后就不修表！"修表南不知抽了哪根筋，全没了往日的沉着，随口接话道。

"一言为定！"

修表南接过手表，反复翻看。

"如何？"阿钦在旁不停催促。修表摊边围着许多看客。

"这表是真的！"

"好，就听你的。这表我买了。"阿钦把装在信封里的钱交给了胖子，转身又对修表南说，"现在你再把表拆了。"

"拆了？这么贵的表……"

"表是我的了，我叫你拆你就拆，拆坏了不怪你。"

修表南心头忐忑，额头渐渐冒出细汗，隐隐有些手抖。表拆开，修表南见机芯粗糙发暗，上面没有任何劳力士商标标志或机芯编号，是假货无疑。真壳配假芯，修表南脸色铁青，明白中了阿钦的局。

尽管如此，修表南也没有食言，收了修表摊，出外谋生。

二十多年后，深圳地王大厦的办公室里。成为富商的阿南每隔一段日子，就会掏出一个老式的劳力士拆卸上油，当作繁忙公务间的休闲。他发达后，花真表的钱从阿钦手里买下那枚假表，一直放在身边。用来提醒自己，做人或做生意，都不要一时冲动。

《红安文艺》2022年1期

关于爱情

　　阿琴来电话跟我说，她上个月孩子满月了，最近一段时间有空，想约我喝下茶叙叙旧。我欣然同意。琴是我多年的好友，严格来说，我是她跟她前夫老钱的共同好友。在他俩没有离婚之前，大家已认识了十年。

　　街角的茶室里，茶香花香氤氲，阿琴一如既往地贤淑有礼，早已帮着冲好我最喜欢的铁观音。细语轻谈间，她时不时亮出手机，向我展示她可爱的女儿，嘴角眉眼藏着难见的幸福感。

　　"祝福你。你当初选择离开老钱，兴许是对的。"我见她欲言又止，故意把话头扯到她心里所想的那个方向上去。

　　"是啊是啊……也许吧。谁能真的明白呢。"她苦笑一下，展眉道，"其实应该说是他不要我，而不是我离开他。"

　　我轻啜清茶，陷入回忆。

　　在很多年前，他们本来是一对无数人羡慕的情侣，从小一起长大，一起读书，后来毕业后，老钱独自在深圳打拼，挣下一份不小的家业，两人顺理成章走到一块儿。美中不足的是，结婚多年，他们却一直没有孩子。起初，老钱并不在意，倒是阿琴见到别人家抱着孩子在公园里玩逗时，目光时不时飘过去，余光都带着羡慕。

　　老钱找了个机会，去医院检查，回来后，还促撺着阿琴也上医院检查下。

　　"生得了就生，随缘呗！"阿琴嘴上是这样说，心里却不这样想。她做梦都想着能有个孩子在他们膝下围绕。到医院折腾一圈，结果出来了，阿琴身体正常。"或许是时间没到吧。"阿琴安慰老钱。老钱脸色显得沉重起来，眼见着身边的好友亲戚一个个当上爹妈，常听人风言风语奚落暗笑，他回家的时间也变得越来越少，常借口说公司业务忙，得经常出差或加班。

　　阿琴则背着他，做过无数努力。不是找多子多孙的大嫂询问经验，就是去乡里村落寻访传说中的偏方灵药，还托人从国外买回来些看不懂名字的补品和药物尝试。每月初一、十五，观音庙准时必去，一个月不曾落下，虔诚叩头，礼拜许愿，可惜愿望一直无法成真。

　　"看来我是没得福气咧！"阿琴向母亲抱怨。

　　"不是你没福气，可能是你男人有问题吧。"母亲暗暗支招。没等她们叫老钱再去医院检查，他倒从别处领回来个大腹便便的妖娆女人。老钱开门见山，说女人肚里怀的是他的孩子，一定要给她一个名分。说着，还拿出一份早已写好的合约，上面条款清楚，细节周全，只要阿琴同意离婚，老钱愿意将名下财产十分之八转给她。

　　事已至此，加上对方有肚子里的孩子撑腰，阿琴觉得没有再纠缠下去的必要，干干脆脆签了合约，就搬了出去。后来，那个女人替老钱生了个大胖小子，便住到了一块儿，阿琴单身几年后，在去年也找到了如意郎君。

　　故事看上去似乎双赢美满，阿琴偏要打破平衡。

"也许你可以帮我转告他，"阿琴对我说，"我只想向他证明，我并不是生不了。而那生出来的说不准，还不一定是他的种！"

"你还是关心他啊！"我摇头。

"我只是不想他被人骗，继续蒙在鼓里。"阿琴显得有些激动，说，"我看过那男孩，长得跟他一点都不像。"

"是很不像……"我点点头，问，"你认为以老钱的精明，他会不知道吗？"

"不可能？他知道？"

我摇摇头，没有把知道的事情说出口。老钱在类似的场合跟我有过一番推心置腹的谈话，他说自己早知道自己的事，只是不忍心阿琴跟着自己孤独终老，而且她一直很喜欢小孩子，所以才跟那位未婚先孕又找不到孩子爹的姑娘生活到了一块儿。

阿琴望着我无语，许久，突然像是明白过来似的，端起面前早放凉了的茶，一口闷了下去，宛如饮下一杯烈酒。

《羊城晚报》2019年6月24日

《小小说选刊》2019年15期转载

粮食梦

清明节刚过，阿言却没有休息，弓着腰在田间埋头苦干，垒坝截水、疏导灌溉……有条不紊地进行着各项田间管理活动。烈日似火，抬起头的瞬间，迎面吹来一阵凉风，四下寂静无声，蓝天白云，稻子摇曳，他的内心充满宁静。有一刹那，他仿佛又回到了高原哨岗，但此时没有那么孤独和艰苦，因为这里是他的家乡，有他的亲人和他爱的一切。

不远处，断断续续的歌声，打破了田间的宁静，是阿言的女朋友小菊过来送水。远远望见小菊的笑颜，阿言眉头飞扬，顿觉凉意直透心间，舒坦幸福。

"真想不通你为什么放着好好的老板不干，回来种田。"小菊吐了吐舌头，放下水壶，嫩白如藕节的手做出扇子状，在脸边扇了扇，有点心疼自己的防晒霜，嘟着嘴说："不知道你图什么？"

阿言曾是高原边防某部的一名战士，退役后，拒绝了上级分配的稳定工作岗位，毅然奔赴珠三角打拼。

那时候，身份还是他老同学的小菊就大惑不解，问："为什么有水电站工作这个铁饭碗不干，还去打工呢？你图什么？"

阿言笑笑不语，几年后，他和朋友们合伙的五金塑胶生意蒸蒸日上，朋友们正打算开多家分公司，让阿言全权负责，谁知他又退了股，回来饶城家乡务农，承包下十多亩没人种的农田，捣鼓家乡的土特产，种植一种叫"香米稻"的水稻，正式成为一名脸朝黄土背朝天的农民。

香米稻是古老的稻种，曾在百年前的世界博览会上获得过金奖，但因种植难度较大，当地已极少有人种植。为此，阿言专门买回许多种植水稻方面的书籍，还请教了市里的农科专家，想提高香米稻的产量，让其重焕生机。

半年后，通过科学的管理方法，阿言种的香米稻丰收了，将原来亩产五百斤的稻子提高到了一千斤。

阿言一下子成了村里的风云人物，以前抱着看笑话心态的村民不禁向他投去敬佩的眼神。不过佩服归佩服，当阿言与驻村扶贫干部商量后，成立了水稻种植合作社，鼓励大家一起种植香米稻时，这些人仍犹豫不决。

"我以两千块一亩地的价格给大家保底，收成不好，我两千块全收；收成好，超出的钱仍归大家赚。"阿言毫不犹豫地说道。

听到阿言派发的"定心丸"，大家的积极性逐渐高了起来，几十户农户主动加入了合作社。大家都很开心，只有已成为阿言老婆的小菊，躲在角落里，暗自埋怨："宁愿冒着亏本的风险，也要拉着大家来种香米，真当自己菩萨一样的。"

有了合作社和扶贫工作组的保驾护航，第二年，村里的香米稻又丰收了。阿言还被村里人选为村委会主任，成为乡里最年轻的村干部。

阿言没有过度兴奋，新的问题又出现眼前。香米稻如果保存不得当，容易变质，会影响口碑和销路。

于是，阿言咬咬牙，把小菊陪嫁过来的几万块钱全投进去，在村里建了个香米稻酒厂，专门酿造香米酒。

小菊挺着大肚子，气得不轻，但最后还是认同了阿言的想法。

阿言的想法层出不穷，围绕着香米稻和村里的农产品，他开起了网店，注册了香米稻品牌，制作出了香米饼，有些还走出口的路子，远销到了国外。

几年后，香米稻的种植规模越来越大，亩产不断提升，种植户们的年收入也跟着水涨船高。不少年轻人不再到外地打工，都在阿言的影响和带动下，回乡创业。

上级的嘉奖和证书如雪花般飞来，"优秀村干部""最美退役军人""致富带头人"等美名称号接踵而来。

小菊和儿子望着家里满满的奖状，既自豪又骄傲。

小菊问："你做这么多，图的就是这些？"

阿言笑了笑，没有答话。他端坐在电脑前，目不转睛地研究一项新产品，打算和外地的加工厂合作，废物利用，把没什么用的香米稻壳开发成一种新型的稻壳香枕。

这时，村支书火急火燎地从门外进来。一进来，就对着他们一家笑，笑得小菊莫名其妙。村支书说："恭喜你啊，言子，你的转正意见批下来啦，条件符合！"

阿言高兴地从椅子上站起来，紧紧握住村支书的手，久久不放开。其实在当兵时，成绩突出的阿言就是优先发展的对象，他那时总谦虚自己做得不够多不够好，迟迟不肯提交入党志愿书。

"好小子，继续加油！"村支书鼓励道。

"不忘初心，为人民服务！" 阿言朝支书敬了一个标准的军礼。

小菊看着阿言激动的神情和布满老茧的双手，由衷地为他感到高兴，她的眼睛渐渐湿润，隐约明白了丈夫一直以来的追求。

原来在阿言心里，始终牢记农业对家乡发展的重要性，只有重视农业生产，才能更好地促进乡村振兴。所以通过这些年阿言的不懈努力，带动了乡亲们一起种粮，一起致富，为国家粮食安全贡献出一名退役军人的力量。

《农业科技报》2021年8月24日

修理伯

　　修理伯坐在花坛边，不时扶下老花镜，三两下便帮看门的李大爷修好机械表。递回表，他没理会对方忙不迭的答谢，张罗在旁边看热闹的老头们再下两盘棋。

　　"老哥手真巧，啥都会修！"对弈的夸道，"你以前是干啥的？"

　　修理伯一脸神秘，这问题以前也有人问过，他总含糊带过，只说是退休工人。要是被问急了，他便答说以前在老家种地，专门"修地球"。还真别说，他那形象黝黑皮实，双手粗糙，看得出曾经过长时间的风吹日晒。

　　"上次还见你帮小孩修理好一台进口的电动玩具车。"那位又问，"懂电路，还会英文，可不像一般修理工哦。"

　　修理伯盯棋不语。李大爷见状，赶紧捧道："所以我们才叫他修理伯呀。什么机器到他手里都能修好！"修理伯脸上微露出得意神色，却摆手示意不要吹捧。

　　"虎父无犬子啊！"李大爷继续说道，"他三个儿子肯定也是继承好基因，都当上了工程师！"

　　"工程师？"大伙好奇。

　　"他小儿子是市地铁公司的项目经理，专门给市民修地铁线的。厉害吧？"李大爷俨然成了代言人，"而且他能文能武，写得一手好字，画得一手漂亮国画，还会写文章写小说，今年我家的对联就是他帮忙写的……"

修理伯终于忍不住开口制止道："别给那小子长脸啦。他就是心思太不专，什么都想学，文理不分，现在才只能捣鼓地铁，比不上他大哥二哥，家里最没用的就是他。"

修理伯有三个儿子，二儿子在铁路公司，负责设计高铁线路，一年到头在全国各地跑；大儿子在国内飞机制造厂当高工，自打国产飞机卖到国外去，一个月飞好几次国外，长年累月不在家。所以，修理伯只能搬来跟工作地点最稳定的三儿子同住。

"大儿子修飞机！二儿子修高铁！三儿子修地铁！"李大爷竖起大拇指，说，"个顶个地棒，我儿子比起来可差远啦，只懂得帮人装空调修空调。"

修理伯谦虚道："职业不分贵贱，劳动都光荣。不管修什么，只要有利于人民，便是好孩子。"

有人又问："培训三个孩子成才，你肯定花了不少心血吧？给我们说说经验嘛！"修理伯一听，神情显得有些暗淡失落，慢悠悠答道："都是我家老婆子的功劳，还有靠孩子们自觉吧。我以前忙，没顾得上教孩子，辛苦孩子他妈了，不然她也不会这么早走。"

众人怕掀起修理伯的伤心事，没再侃下去。两盘棋过后，大家鸣金收兵，各回各家。

修理伯一回到家，就见到小儿子在客厅的桌上，铺开笔墨纸砚，对着本旧书帖临摹。修理伯佯怒道："术业有专攻！你如果能把业余时间多花在钻研业务上就好啦，整天玩那些没用的。"

小儿子不敢反驳父亲，他知道跟父亲解释书法陶冶性情或劳逸结合都是徒劳，只会招来一顿批。修理伯还想再教训点玩物丧志的话，孙女捧着手机从里屋走出来，说道："爷爷，你就别只顾着修理我爸啦。告诉你一个好消息。大伯跟二伯刚在微信群里说啦，过两天一起来家看你。"

一家人分居天南地北，加上各自忙，好多年没有一大家子团聚了。修理伯高兴得几天没睡好。

几天后，大儿子跟二儿子全家人都如约而至，其乐融融，宽敞的屋子洋溢着温馨和幸福。吃饭时，三个孩子分坐在修理伯身边。

大儿子性子急，第一时间拿出带的洋酒来，向修理伯敬道："爹，你干了一辈子革命工作，现在就好好安享晚年。这酒是国外一客户送我的，我没舍得开。"

修理伯突然眉头轻皱，没有举起酒杯，也没有示意孩子开酒。

二儿子不甘落后，也忙从身后拿出两瓶包装精美的酒来，说道："爹喝不惯你那洋酒，还是喝我的国酒吧，上次公司开会，有两瓶没喝完，我就想着带回来孝敬爹。您以前工作是滴酒不沾，当下不在戈壁啦，不用修火箭，咱们爷几个得好好喝喝。"

修理伯依旧没举起杯，脸色越发凝重。

还是小儿子心细，忙拦住两位哥哥，道："你们还不明白爹这个老航天人的脾气吗？客户送的、公家的都敢拿回家？今天开心，爹没骂你们算好的啦，别打开，留着全退回去，还是喝我自个儿买的绍兴黄酒吧，虽然比不上你们的好酒，可喝着实在。"

大儿子二儿子一想到爹的原则和清正，暗暗吐舌头，赶紧把各自的酒都收了起来。

修理伯的脸上这才露出难得的笑容，明白还是小儿子跟自己住得久，最知心。他朝三人点点头，缓缓举起酒杯，示意小儿子倒满黄酒。这时，电视里正好播放到天问号顺利抵达火星的新闻。

"敬祖国！"老人说。

"对，敬中国！敬航天人！"

酒杯碰到一块儿，是团圆的声音，也有梦圆的声音。

获得"航天清风杯"主题征文大赛优秀奖

郑狮头

阿郑头大如狮，头发蓬松卷曲。

他不是混血儿，家族也没有外国人的基因。不知怎么回事，一出生，头发就比别家的孩子卷曲，不需要额外添加什么营养，头发都如野草般茂盛茁壮。有时候，戴上帽子都压不住蓬松的头发。父亲曾把他的头发剪短，理个平头，但没多久，头发又长出来，乱如野草。父亲忙，就没再怎么帮他打理，头发越长越长，头发的面积都要比他的脸大。远远望去，真像狮子的头。

久而久之，大家都不叫他的本名，唤他郑狮头。

郑狮头喜欢这个外号，觉得自带霸气。顶着大脑袋，加上魁梧的身材，他成了村里的孩子王，经常翘课不上学，成绩时时倒数。父亲气得不行，连骂带打都驯服不了他，这种状况一直延续到小学毕业。

到了上初中的年纪，郑狮头本不想再读书。父亲却坚持要他读书，还帮他报名到几十公里外的饶城中学寄宿读书，期望远离原来的环境，有所改变。

开学第一天，坐前排的两位同学就嘲笑起郑狮头的发型，他一怒之下，就和他们干了一架。很快，班主任林老师得知此事，就把他叫到办公室面谈。

林老师身体微微佝偻，估计是长期伏案的结果，一张瘦长脸，最特别是长着一个鹰钩鼻，炯炯有神的眼睛，显得特别干练，隐约带着英气。本来他已经到了退休的年纪，学校缺老师，返聘请他多带一届学生。

郑狮头在班里听过同学们谈起林老师，知道他是特级教师，对学生很严厉。

"郑大跃是你爹？"林老师请他在办公桌旁的凳子上坐下，笑着问道。

郑狮头愕然抬头，眼神惶恐，点点头，准备迎接暴风骤雨。

"我记得你爹，你的样子跟你爹一个模样。"林老师笑笑说，"印象深刻，二十多年前，他是我的得意门生。听话、学习好，组织能力也强。"

郑狮头很意外，目光落在林老师的老布鞋上。他想不到，平日里老实寡言的父亲，居然曾是个优秀学生。

林老师问了一些他家里的情况，最后嘱咐他别再和同学打架，没有批评他，就让他回班级去。

"虎父无犬子，我相信，你一定能比你爹更优秀。"林老师站起来，送他出门时，在他柔软蓬松的头发上抚摸了下，语重心长道。

下午开班会课。林老师宣布了一个让郑狮头更加意外的消息。林老师让他担任班长一职，理由是他年纪最大，长得最高，定能管住人。

郑狮头想推辞，林老师给出一个让他更难拒绝的理由。林老师说："你爹以前也当过班长，还拿过学校的优秀班干部呢！"

就这样，郑狮头成了同学们口中的郑班长。成了班干部的郑狮头收敛了脾气，觉得不能跟以前一样任性妄为。他在心里暗道，一定不能让林老师失望，在老师面前丢爹的脸。

林老师除了是他们的班主任，还教授数学科目。爱屋及乌，郑狮头喜欢上数学，他的数学成绩突飞猛进，期中考试，他的数学成绩拿了满分，全年级第一名。

"你的数学思维跟你爹一样好。"林老师赞不绝口。

几天后，林老师推荐他去参加县里的数学比赛，他不负众望，帮学校赢回来一枚奖牌。

假期，他捧着奖牌回家，在奶奶面前炫耀。奶奶很欣慰，直夸他乖，是弟弟妹妹们学习的榜样。

郑狮头心里得意，表面装出谦虚模样，说："我也是学我爹，他才是我们的榜样。听老师说，他以前读中学，也拿过数学竞赛的大奖，而且还是市级的。"

"什么中学呀？"奶奶尴尬笑笑，接着道，"以前家里穷，没办法供你爹他们读书，你爹跟几个叔叔，都只读了两年小学，就没再读下去……"

郑狮头一听，整个人似陷入谜团里。

郑狮头后来问过爹，想知道他到底认不认识林老师？爹如实回答，他确实在开学前，去学校交学费的时候见过林老师。当时，爹还带了一袋自家种的番薯和芋头想送给老师们，可林老师一颗都没有收，只是一个劲地让爹放心，会培养好孩子。

那次，是爹第一次见到林老师。

南门扁

饶城的南门街，是除了三角街菜市场外的另一条商业街。

街道两旁，商铺林立。南门街正中间的三间大铺面积最大最宽敞，分别属于三兄弟。他们是三胞胎，出生的时候，当商人的父亲看到柜台上悬挂着的一串铜钱，仿佛心有福至，就分别给他们兄弟三人起名叫扁、圆、方。扁平外圆内方，正是钱币模样。

阿扁是大哥，店铺在中间，开的店卖日用杂货；阿圆是老二，店铺在左边，卖的是服装；阿方是老三，店铺在右边，卖的是副食。三间店面是他们经商多年的父亲留下来的，他们家算得上是经商世家，饶城店铺多没有招牌，但只须说到"南门扁三兄弟"的字号，大家都知道是这三家店。

阿扁从小跟父亲走南闯北学做生意，年纪轻轻就能独当一面。等店开起来，阿扁也成了亲，女方叫合意，家在北门，祖上曾是饶城的商贾大户，算得上门当户对。合意性格急躁，做事风风火火，刚过门，就摆出女主人的派头，穿得干净利索，不是打扫卫生，就是在店里走来走去，迎宾迎客，介绍产品。阿扁则悠悠然，坐在店铺一角的柜台边，煮着工夫茶，边品茶边和顾客闲聊。

一早上下来，没成交几单生意。合意有点着急，对阿扁说：

"有你这样做生意的吗？端坐在茶炉后，跟大爷一样，龙门阵摆得欢，茶叶喝掉不少，可有几人是来买东西的？"

"买卖不成情义在。" 阿扁咕咕喝着茶，慢条斯理道，"饶城做生意就这样，熟人社会，讲究一个人情味。今天他们不买，保不定明天来买。和顾客熟络，有生意他自然会第一个想到你，光顾你。"

合意爱较真，认为做买卖得钱货两清，亲兄弟都得明算账。相反，阿扁则一脸和气，遇到个把钱不够或赊账的主，都不放在心上，不写欠条，先让人把货拿走，等有钱了再还上。有人爱讨价还价，阿扁好说话，略做退步就成交生意。合意常抱怨说，如此下去，店铺不出半年准蚀本关门。

阿扁笑眯眯不答话，呲溜呲溜喝茶，任合意如何聒噪，他依旧我行我素，把妻子的话当耳边风。半年一盘点，一算账，店铺没亏，赚了不少。合意傻眼之余，佩服起丈夫的经营之道，此后只负责搞好后勤工作，生意都听阿扁的安排，以他为主，按他的意思。

三十多年过去，南门街三兄弟的铺面屹立不倒，俨然已成老字号。

客来人往，阿扁两公婆坐在满铺的货物间，年复一年，日复一日，虽算不上大富大贵，可也是小康之家。

阿扁的两个儿子似乎继承了家族的生意基因，大儿子在深圳做玉石生意，企业颇具规模。小儿子则在省城上班，是一大型连锁超市的副经理，手底下管着上百号人。

一年暑假，小儿子请了十来天年假回来探亲，一身西装革履，意气风发，见到父亲的老店仍是旧时模样，不禁心生感慨，侃侃而谈，在阿扁面前说起生意经，指点起店内的货物摆放和经营方法来。

"你的手法过时啦，把店交给我十天，绝对能做出你三个月的营业额来。"小儿子夸口道，"不如这样，你们俩休息几天，让我来代班经营。"

阿扁笑笑喝着茶，有心看下儿子手段，竟破天荒答应儿子的请求。

小儿子说干就干，当天就改变店内布局，按照城里的方法，给每个货物都贴上标签，在店外挂出横幅，打出买三送一等各种促销的标语，喇叭喧闹，口号吆喝不断。新鲜新奇的招徕方式，果然一下子吸引了饶城人的注意，儿子接手第一天，门庭若市。儿子不让两老帮忙，专门请了两个兼职售货员。

合意见势头不错，建议就放手让小儿子折腾，趁着这个机会，夫妻俩坐车去深圳度假，看望大儿子一家。

半个月过去，阿扁夫妻俩回到饶城，见店铺乱糟糟一团，小儿子正和顾客吵架，兼职售货员也不见踪影。阿扁听完来龙去脉，微微摇头。原来儿子的促销手段热闹两天就偃旗息鼓，饶城人口不比大城市，不可能天天买。人少了，卖一天的利润还抵不上请两个售货员的工资，便辞退了兼职。还有些人误认为换了老板，不再来店里帮衬，生意一下子冷了不少。儿子就另辟蹊径，开不了源就节流，认为一直合作的供应商报价过高，利润偏低了，擅自做主换了供应商，因为时间匆忙，加之想在父亲面前表现一番，没有仔细考察供应商资质和商品质量，进了一批次货。卖出去大半，很多顾客发现问题，纷纷跑来投诉，有些人还狮子大开口，要求一赔十。

小儿子如热锅蚂蚁，不停踱步，忧心忡忡说："要是在城里，我们还可能吃上官司。现在把次货收回来，加上赔款，哎，算下来，这个月我都白干了，还亏很多钱！"

"亏就亏，做生意有输有赢，没什么大不了。"阿扁淡然道。

最后，阿扁回家坐镇，让顾客上门退货。顾客一来很多是阿扁的熟客，一见他出面，都息事宁人；二来见阿扁性格温良，脾气好，笑脸迎人，不像他儿子年轻气盛，不服软，三言两语道歉下来，顾客觉得受到尊重，气消了不少，不要赔偿，事情完美解决。

小儿子想不通，为何父亲出马就大事化小、小事化了？

"饶城经营生意，其实就是经营人情世故！城里行得通的那一套，在这里或许行不通。" 阿扁坐在柜台后，悠悠然，性子一如既往的扁平，不露锋芒。

蒋门神

蒋门神姓蒋，真名蒋大为，饶城一中的看门人。

一开始，学生们可不是叫他蒋门神，背后都叫蒋门狗、看门狗，认为他狗仗人势欺负学生。蒋门神不在乎别人的看法，做事依旧认真，凡是有学生迟到早退，他都如实记下名字，交给对应班级的老师。夜里关了大门，他提着手电筒，在后山操场的围墙下来回巡逻，抓住过好几个夜里偷偷翻墙爬出去的学生，扭送到教务处，让他们记了小过。

不单学生们不喜欢，老师们似乎对他也没什么特别的好感。据说蒋门神曾当过兵，转业到当地的林场上班，可惜性格过于耿直，得罪了领导，一气之下，就辞职出来，在学校看门，吃住都在学校里。节假日，他也不常出门，偶尔出去买点必需品，就老窝在宿舍里看书，这种性格很难合群，平日里不苟言笑，不与人多来往，自然很难讨人喜欢。

有一回，高一的住宿生俊伟和同学们在外面吃夜宵回来，时间很晚，已经过了规定的关门时间。俊伟平时就是个刺头，加上喝了点酒，酒气上头，变得更加跋扈。

"快开门。"俊伟对门房里的蒋门神喊道。

蒋门神眼神直盯着俊伟几人。

"看什么看，再看我把你眼珠挖掉。"俊伟放出狠话，脑子一抽筋，把手里一个空酒瓶猛地朝铁门一敲，玻璃碎开。俊伟手里握着断裂的瓶嘴。

蒋门神摇摇头，只好打开大门。俊伟这才扔掉玻璃屑，得意扬扬地搂着同学们走进学校。

"瞧见没有。蒋门狗就是一条狗，欺善怕恶，只要你比他狠，他就怕你。"俊伟对同学说道。

同学有不同意见，说："人家或许怕你耍酒疯，酒瓶误伤了自己呢？"

俊伟没觉得蒋门神那么好心，纯粹就是懦弱。谁知第二天，蒋门神照例把晚归的名单交给了老师，不过，他没有举报学生们喝酒。俊伟被记了小过，气得不行，叫嚣着，下次喝酒一定要给蒋门狗好看，学武松来个醉打蒋门神。

没等俊伟喝醉亮相，蒋门神却又遇到件麻烦事。

一日，校门口来了辆白色面包车，到了大门口，车窗摇下来，露出一张戴着墨镜的瘦脸，趾高气扬，叫嚷着要蒋门神开大门。蒋门神客气询问对方单位，来学校办什么事？瘦脸一副看不起人的模样，嘴里骂骂咧咧要开门。

见对方不愿说出身份和目的，蒋门神不肯开门。瘦脸又骂了几句，只好倒车，把车停在校门口不远的路边，也不下车，一直等到中午学校放学。蒋门神很警觉，眼角的余光不时瞥向面包车。

两个女同学刚要经过面包车，忽然，车门拉开，从后面车厢跳下来一个胖子，把姑娘们吓了一跳，呆在原地。胖子拉住其中一个女孩就往车上拽，姑娘们吓得哇哇大叫。说时迟那时快，蒋门神几个箭步跑上来，一下推开胖子，质问道："光天化日，居然欺负学生，你们想干什么？"

"少管闲事，你个看门狗。"胖子威胁道，"不然连你一块儿揍。"

蒋门神不怕威胁，拦在女学生前面，护住姑娘们，让她们跑回学校。瘦子看情况不对，开门从驾驶座上跳下来，不知从哪里掏出一把匕首，晃了晃，朝着蒋门神猛刺过去。蒋门神临危不惧，不缓不慢闪身躲过，一个手刀劈下，打掉了瘦子的匕首，一拳重重打在瘦子肚子上，瞬间让他直不起腰，没有反抗之力。胖子想从另一边偷袭，蒋门神一个漂亮的回旋踢，把胖子踢翻在地，疼得他哇哇直叫唤。

三两下拳脚就解决两人，在场的学生们不禁惊呼鼓掌，为蒋门神叫好。其他老师报了警，很快，警察就把闹事的两个人，连人带车带回去调查。

消息很快传回来，原来那位女生的父亲欠下一笔高利贷。瘦子和胖子想绑架女学生，威胁她父亲给钱。

多亏蒋门神及时出手，不然女学生不知道要遭遇什么伤害。同学们无比佩服起英勇无敌的蒋门神来。

"以后蒋门神就是我的神，你们谁再叫他蒋门狗，我就跟他翻脸。"俊伟在班上宣布。蒋门神的外号也就这样传开了。

几天后，蒋门神来门房上班，看到窗户的铁栏杆上塞着一封信。信是俊伟写的，他先跟蒋门神道歉，最后还委婉表示，想找时间跟蒋门神学功夫，拜蒋门神为师。

蒋门神看着信，轻轻摇摇头，脸上露出一丝久违的笑容。

死猪标

死猪标是饶城最出名的屠夫，专门杀猪。死猪标的父亲死猪安也是屠夫。

公社化时期，不给私宰买卖生猪。死猪安就半夜骑着自行车下乡，去收购病死要掩埋的死猪回来，处理干净，再将死猪肉切块切粒，蘸裹番薯粉，倒入油锅炸香炸熟，配上他自制的甜辣酱，偷偷到集市上摆摊售卖。那时的人们没什么油腥入肚，加上死猪肉成本低，售价便宜量又足，顾客蜂拥而至，没一会儿就售光。大家虽知道吃的是死猪肉，可百无禁忌，吃了也没什么事，照样光顾，都戏称他的小吃摊为死猪档。时间一长，名号叫开了，就算后来死猪安不再售卖死猪肉，可仍落下了"死猪"的外号。

死猪安本来不想儿子继承自己的行当，想孩子读好书，考上大学混个铁饭碗。可死猪标从小就调皮，不好好读书，还长得人高马大，经常去猪肉档帮忙，切、割、刮，剔肉去骨样样熟练，上初中十几岁就能独当一面，俨然一个小老板。

死猪安见状，只能让他子承父业，也算有门手艺维生，卖猪肉天天碰油水，再不济都不至于挨饿。

就这样，死猪标就一直在四方塘的市场中心卖猪肉。

死猪标的猪肉档一直是市场上最好的档口，别人一天只能卖一头猪，他能卖两头，逢年过节，卖上三五头猪也是稀松平常。生意之所以好，全因为他童叟无欺，足斤足两，待客热情，卖的猪肉又好又新鲜。

日积月累，他还练就了一刀准的本事。顾客来到，说清楚要哪个部位几斤几两，一刀下去，分毫不差。

一日，有位顾客来市场买肉。先到死猪标的肉档上买了一斤猪肉，死猪标一刀干脆利落，一称正好一斤，扯条草绳绑好。过了一会儿，顾客买菜回来，觉得不够想再买一斤，可死猪标的瘦肉已经卖光，只好去到对面朱屠夫的肉档，同样要来一斤猪肉，朱屠夫也是一刀一条，绑好递过去。顾客拿着跟死猪标切的一比较，翻来覆去看了下，总觉得朱屠夫切的肉小一些。

"同样是瘦肉，同样是一斤。怎么看上去有差别呢？"顾客不解。朱屠夫不承认自己切少了。顾客多个心眼，全拿到市场的公秤上一称，死猪标的肉一斤刚好，而朱屠夫的肉只有九两半。顾客不乐意了，找到朱屠夫大吵大闹。

故事传开，朱屠夫多了个外号，人称朱九五，意思说他一斤肉最多有九两五，不足秤。有了比较，死猪标的生意自然好上加好。

可朱九五不乐意了，跟几个同行嘟囔，说："市场上的秤，多做手脚。就他死猪标的秤最良心？这不摆明了让我们难堪？价钱有时还比我们便宜，这不让大家少赚钱？"其他几人眼红死猪标的生意，也多有愤恨。

几天后，市场上不知从哪里散播起一个消息，谣传死猪标卖的猪肉都是病猪死猪，跟他父亲一个德行，专发黑心财。死猪标的名号就是打那时起安到他头上。

死猪标本不以理会，谁知三人成虎，谣言越传越真，饶城人都说死猪标的猪肉不安全，前来猪肉档买肉的人比以往少了许多，一天下来只卖出一头猪。

死猪标不想申辩，一气之下，停业两日。朱九五等人则掩嘴坏笑。

第三天早市，市场上人来人往。突然，一阵摩托声引起了小骚动，死猪标的摩托车出现在猪肉档前，车后没有装猪肉的箩筐，而是绑着一头活猪。好奇的人都围观起来，不知道死猪标葫芦里卖什么药。

死猪标没理会别人的询问，和妻子一左一右，自顾自忙活。只见死猪标把绑住四肢的猪放在肉案后面的地上，一只手持刀，一只手抱着猪的腰部，猪头朝一面，尾巴朝一面。妻子刚把一个大盆凑到猪头下面，刀就在电光火石间捅了进去，猪血如水龙头自来水般潺潺流入盆里。血放干净，死猪标拿来大铁钩把猪头朝下吊在后面的横柱上。妻子不知从何处提来一大桶热水，猪下摆上一个洗澡大盆，死猪标边舀热水淋猪边翻转着刮猪毛，没几下工夫，猪毛剃得干干净净，污水杂毛尽数落入底下大盆中，没弄脏周围地面。接着摊到长案上开膛破肚，取内脏分肉斩骨，行云流水，围观的人都看呆了。

摆弄妥当，死猪标开始吆喝起卖肉，众人回过神来，纷纷加入排队买肉的行列。如此新鲜的肉，谁不想买上一块呢？

死猪标笑着切肉，边教顾客分辨新鲜猪肉的方法，现教现卖，谣言不攻而破。

张两元

三角街口有一家精品店。说是精品百货店，其实是两元店。两元店开在人流最旺的中学对面，进货成本低，产品花样繁多，商品多定价为两元，薄利多销，也是一种不错的经营策略。

两元店的老板本名张卓尔，不过饶城人多叫他张两元。张两元戴着厚厚的近视眼镜，终日坐在店门口的柜台后，不是捧着本武侠小说看得如痴如醉，就是听着录音机里播放的足球解说陶醉不已。

客人来了，不怎么招呼，任由顾客自行挑选，看中了拎到柜台前结账。张两元抬抬眼皮，瞥一眼桌上的商品，不用计算器，立马能报出一个准确的总金额，收钱找钱，绝不多说一句。有时看书听球入迷，忘记报价，顾客询问，打断他的兴致。张两元会不满地回怼道："全店两元，二二得四，二三得六，你自己不会算吗？小学生都知道多少钱。"这种服务态度自然得罪不少顾客，不过，好在张两元的小店货物质量总比别人的好，款式也比别人的新颖比别人多，所以生意还算可以。

友人看他雷打不动的模样，笑问："你盯都不盯，就不怕店里进小偷吗？"

张两元指着门上贴着"内有监控"的纸条，慢条斯理说道：

"全店两元，偷了也不值多少钱。再说，我在角落里安装了摄像头，不用担心，没人敢偷。"

友人将信将疑，走到店内的墙角，抬头一看，在货架的几个盒子间，似乎还真有一个椭圆的镜头。再一细看，却没发现任何线路，大惑不解。

"这么高级？难道是无线装置？"友人问。

张两元懒懒散散站起来，走到墙下，踮起脚尖，伸手拽住镜头，一把扯了出来。友人低头一瞧，发现不是摄像头，而是一个儿童玩具望远镜。

"两元一个，把它从中间拆开，一边一个，就是摄像头。"张两元嘴角一扬，说道，"别人我不告诉，你得保密，靠这空城计，我的店里没丢过东西。"

友人摇头不已，大叫张两元滑头。

别看张两元现在这副吊儿郎当的模样，以前可大有来头。传言他是名校毕业，后回饶城一中教书，本有大好前途，却因为看不惯校长私吞公款，常骚扰女教师，除了实名举报，在结果没出来之前居然出手把校长打了一顿。后来校长被免职，张两元也没在学校待下去。有人说他被排挤被炒掉，也有人说他不想同流合污自己辞职。欣赏的人夸他人如其名，卓尔不凡；笑话他的人，则说他一身酸气，读书不单把眼睛读坏，连脑子都读坏，不会做人，呆子一个。

没了铁饭碗的张两元，下海经商，在市场里卖过衣服，摆过地摊卖过鞋子，不过都卖不长久。他觉得卖衣服鞋子很麻烦，要试要换，每个人的喜好要求都不一样，最要命的是，女顾客们似乎都爱讨价还价，有时砍价几个来回都卖不出一件衣服。

一气之下，张两元就开了这家两元精品百货店。

这天下午，放学时分，儿子旭西从饶城一中回来，嘴巴鼓鼓囊囊，似受了气。张两元爱子心切，放下小说询问发生何事？旭西娓娓道出，原来班里举办奥数选拔赛，市里很重视，还派来领导监考。旭西虽然答得最快最准，可改卷的老师却说旭西好几道题的解题方法不对，一个班只选拔一名，最后选上了教务主任的儿子。

听着儿子说出解题思路，张两元眉头紧蹙。没等孩子说完，他就拉下门闸，带着旭西小跑进对面的中学。

父子俩直到教务处，里面的老师正和领导们在商量着比赛的事宜。张两元开门见山，说出来意。

"你儿子的解题方法跟标准答案不一样，所以没能入选。"数学老师站出来解释道。张两元认得数学老师，之前老师就曾劝他送孩子去自家开的数学补习班，张两元没答应。

"答案是死的，人是活的。解出来的结果一样，怎么就能说过程是错的呢？"张两元不服气道。

"标准答案没有那种解法。"

"参考书也不一定全对！"

"你难道比专家强，这书可是北大专家编的！"老师有点生气。

一直站在后面的市里领导突然开口道："卓尔师哥，真的是你啊？没剃胡子我差点没认出来。"张两元一愣，没认出对方。

领导说："我是北京大学的师弟啊，当年我们都是奥数队的，你以前带我们夺过几次国际比赛的大奖呢，这本参考书借鉴了你很多思路……"

在场的人都目瞪口呆。

没多久，旭西代表一中出赛，顺利拿下比赛冠军。

削梨彬

饶城中心的电影院是最热闹最繁华的所在。

每当有电影上映，影院门口的台阶附近就蹲着很多小摊贩，卖瓜子、卖花生、卖水果、卖各种蜜饯小食，等等，削梨彬也是其中的一员。他因为家里贫苦，没读几年书就辍学，挎起竹篮，进些时令水果来影院叫卖吆喝。

一来大人们见他是个孩子，爱惜之情顿生，二来因他的水果新鲜卖相好，故帮衬的顾客很多，生意不错。而且削梨彬还有一手绝活，更是吸引顾客的关键。

来影院的观众进场匆忙，极少有人带水带刀。削梨彬脑子灵活，把洗好的橄榄、油柑等用纸包好，放在篮子一角，随手可取，干净卫生，吃完纸袋还可装垃圾，甚为方便。收钱找钱永远都用右手，保持左手干净。带皮的水果不用提前削好，顾客看中哪个水果，削梨彬左手拿起，拇指无名指一上一下捏稳，右手持刀，刀锋轻附在果皮上，左手小指在下面拨动，水果飞快转动，一眨眼的工夫，果皮已被均匀削下，一圈圈的果皮粗细深浅如一，一刀到尾，不断不折，放回去能完完整整地扣在果肉上。最后，再把削好的梨往空中轻轻一抛，明亮的水果刀尖准确无误把梨接住，递到顾客面前，宛如杂耍表演，令人称奇。

他削得最多的水果是梨，削得最漂亮的也是梨，鸭梨、莱阳梨、香梨、秋月梨、雪花梨等，皆不在话下，削梨彬因此得名。传言旧上海的黑帮闻人杜月笙也会这门削梨绝技。削梨彬为人也如杜月笙般慷慨好交朋友，卖水果时遇到带不够钱或没带钱的地痞，削梨彬会大方赠送，不会与人红脸。两三次下来，地痞不好意思再白食，也没人欺负他。

邻人们常笑夸，将来削梨彬或许会跟杜月笙一样有出息。

长大后的削梨彬却没有如别人预想的那样成为大人物，仍干着贩卖水果的行当。他在影院附近的三角街租下一个不小的门面，开了间水果店，还娶了门媳妇。成家立业后的削梨彬，一副干净干练的状态，身上总穿着白衬衫，白面短发，两只衣袖挽起，露出两只干净、白里透微红的手掌，倒有点像个教书先生。

削梨彬待客热情，彬彬有礼。他老婆却说他名中带木，是两块木头，不懂得变通。削梨彬的水果从不缺斤短两，以次充好。水果本是易损易坏的货物，坏的掺在好里卖，或削掉坏的部分当果盘卖都是家常便饭的事，可削梨彬便不从众。他会把碰坏的水果和差的水果挑出来，好的一堆差的一堆，不同的价格，明卖明买，童叟无欺。就连你询问卖的橙子酸不酸？他都会如实告诉你，绝不忽悠欺瞒。实在卖不出的水果，不是留着自己吃就是扔掉。他老婆抱怨，跟了他这么多年，卖水果的人居然没吃过几个好水果。

水果店显眼处的玻璃瓶中总插着两把小刀。虽当上了老板，但削梨皮的绝技仍是水果店的保留节目。只要顾客想看，削梨彬就有求必应地露上一手。

这日中午，削梨彬看店。

三角街人来车往。两辆自行车相对驶来，在水果店门前迎面撞到一块。车上下来两个年轻气盛的男孩，先是互相指责，继而破口大骂，看热闹的路人渐围渐多，可没人上前劝架。

左边的男孩越说越激动，突然从腰间抽出一把匕首，晃了晃刀尖。另一位见状不妙，瞥见水果店里的水果刀，大步上前，猛地抽起一把，相持而对。

路人们吓了一跳，怕伤及无辜，全退后几步，有人悄然离开。

两男孩恶狠狠对望，蓄势待发，越靠越近。电光火石之间，从水果店里窜出一道白影，插到两人中间，伸出两手。两个男孩只觉得握刀的手被人一扭，回过神来，手上的匕首小刀已不翼而飞，再定神一瞧，全到了削梨彬的手上。

出门在外，以和为贵！两位小兄弟，一点小事何必动刀动枪。削梨彬一脸镇定，刀锋隐没在手心，笑道，不如我请你们吃鸭梨，消消火气。

两男孩一愣，有了台阶就顺势作罢，一场冲突就这样被削梨彬消弭于无形。

事后，削梨彬的老婆得知此事，大骂凶险，他多管闲事，万一误伤自己吃亏。邻人则夸他勇敢大胆，功夫高强，能空手夺白刃。

削梨彬笑笑，说，哪有什么功夫，不过是用刀熟练，懂得避开锋芒而已。低下头，他仍削起水果。

获得谷城老街故事、散文和诗歌征文大赛优秀奖

一念之间

　　建明准备离开家乡饶城，到省城读书，母亲唤过他，从房间角落的陪嫁衣柜底摸出一盒东西，递到他的手中。

　　建明打开盒子，手指触碰到温润的玉质，闪电般弹了回来。

　　"我不能要。"建明说。盒子里装的是母亲的家传之物，一面翡翠挂件。这件翡翠的料子特别罕见，长方形，一边是色黑如漆的墨玉，一边是色泽如脂的白玉。墨色一边雕刻的是半张魔王脸孔，白色一边雕刻的半边慈悲佛像。此玉牌唤为"一念之间"，取其佛魔同存，一念为神一念为魔的寓意。

　　小时候，建明见过几回"一念之间"，每次他想触摸，都被母亲叱喝，知道是难得的宝贝。解放前，母亲娘家是饶城有名的玉石商人，传下来的子孙后代，各房各系家中或多或少都留有一两件玉件，皆是市面不常见的好东西。

　　"你现在出门读大学了，也算大人了。玉我就传给你，你得好好保护。"母亲轻轻将玉放到建明手中。建明是饶城第一个考中大学的大学生，算是光耀门楣，母亲本想等孩子成家立业再传之，又担心儿子在外无人照顾，玉能辟邪保平安，便提前送他。

　　母亲说："出门在外，得多思多想，万事留个心眼，遇事莫冲动鲁莽，切记一念天堂一念地狱的古训！"

没多久，建明带着母亲的期望与祝福，前往省城。

不知是吉人天相，抑或真是玉牌庇佑，建明一路上顺风顺水，到学校住下也没有水土不服的毛病，跟同学们相处亦融洽和睦。

同学们见他佩戴玉佩，十分好奇，提出想欣赏的念头。建明只愿意让同学们静观，不能下手把玩，玉有灵性，除了主人，其他人不可以随意亵渎。

"为何佛的那面看上去比魔的那边大一些？"同学问。

建明耐心地为大家解答。这其实并非雕刻失误，而是设计上的有心为之。"一念之间"佛的一面引人向善，魔的一面可给人力量，但不能均等平分，佛的一面多些，魔的一面自然就少些，讲究一个善盖过恶，邪不能胜正。

日常中，他尽量让玉牌避开污秽晦气之物，洗澡或上体育课前都会细心将其擦拭干净，再放入垫有红绸缎的盒子里，锁好放妥。

省城里的生活多姿多彩，诱惑也多。放假时，同学们约建明到校外的娱乐场所游玩，打桌球，跳迪斯科，都是从香港传过来的时髦玩意儿。建明有些心动，但一感受到胸前玉牌的温润，母亲的叮咛便在脑际回荡，不敢怠慢学业，回绝了同学，朝图书馆走去。

岁月如梭，建明大学毕业，因为品学兼优成绩前茅，被分配到市重要部门当公务员。靠着自己的能力，建明好几次都逢凶化吉，在工作上干出了成绩，仕途青云直上，官职一路高升，还娶了老局长的女儿，在市里买了房子，成了真正的城里人。

官做大了，奉承巴结想跟他拉关系的人也多了，邀请应酬纷至沓来。

一开始，建明还能坚持原则，遇到老板们送钱送礼，他摸摸胸口的玉牌，婉言谢绝。交往多了，感情加深，越难洁身自好，虽仍时不时摸下胸前玉牌，但背后已言行不一，睁一只眼闭一只眼。

到后来，礼物现金收到麻木，名表换着带，名车轮着开，房子早换了几处，连原来的老婆也离了婚，在外头同时养着几个情妇。至于那块玉牌，也被其他金链玉饰替代，被他随意丢置于床头柜中，不见天日。

一日，东窗事发。建明同时被多人举报。据传，举报的人当中就有他的前妻。当纪委工作人员赶来拘捕之时，他开车仓皇出逃，在半路竟遭遇车祸，车里的现金和珠宝，连同他的尸体都消失在熊熊大火中。

七十多岁的母亲，孤身一人，进城去给儿子收拾遗物。在建明房间，可能是累了，也可能过于伤心，老人呆呆地坐在床头，一动不动。

老人手心捧着一块玉牌，在阳光的照耀下，散发出淡淡冷色。不知是何原因？眼前这块"一念之间"，黑色的一半隐约渗透过了白色一半。

获得第二届"邹记福杯"广东小小说大赛优秀奖

师公仔

　　凌晨，师公仔准时出现在主人家里。在一阵氤氲的烟气与悲伤压抑的哭声中，他英姿飒爽地登场了，有条不紊地安排伙计们做好各项准备。别看他才二十出头，但说话的语气，与干事的干练模样，像是干了半辈子行当一般，跟相差几十岁的主人家谈起事来，头头是道，主人家止不住点头，全依他的吩咐办事，不敢有一点差池，生怕冲撞神明，触了霉头。

　　"三岁定八十！这小子天生就是吃这碗饭！祖师爷赏饭吃啊！"身为父亲兼师父的老师公见小孩子学得似模似样，备感欣慰，曾偷偷对妻子这般说道。

　　按时下流行的说法，别人是富二代，官二代，师公仔则是巫二代。

　　师公是饶城民间对法师、巫师的一种称呼，最常在丧礼仪式上见到他们。主要职责是超度亡灵、安抚死者、送人往生，等等。做师公，要懂很多技艺，除了背诵经文咒语、默写各种符咒、熟悉丧礼的种种仪式程序，有些还得学习风水命理、唱诗、舞蹈、杂耍，甚至武术等，本事越多越大，自然名气越大，越多人信服，就越多人会请他去主持丧礼。

　　师公仔打小跟父亲穿来走去，充当助手的角色，耳濡目染及师公有心教导下，早学会整套功夫。初中没毕业，师公仔无心向学，跟人家到城里打了两个月工，嫌工厂生活辛苦枯燥，又跑过来继承父业，跟父亲做师公。没几年时间，青出于蓝而胜于蓝，父亲便放手让他自己独自干，单挑起一个师公班子。自此，饶城便有了两个师公，一个是他父亲，人唤老师公；一个就是他，人叫师公仔。

师公仔穿着崭新整洁的道袍，挥舞桃木剑，口中念念有词，说完四句，又将逝者的籍贯、出身、生平等事如同相声贯口一般，一大段说词一口气说出，一气呵成，字正腔圆，声音虽不大，但字字能传到厅上众人耳中，且隐隐有曲调节奏，令人佩服。

动作挥洒，行云流水之际，师公仔突然瞥见跪拜在灵前的众人中，竟有一张熟悉脸孔。纤细瘦小的身板在一群妇女的簇拥下显得鹤立鸡群，虽梨花带雨仍掩盖不了一双明亮眼眸的神采。这双眼睛他曾看过无数遍，师公仔分了神，差点露出笑容，忙收敛心性，正襟板脸，不敢再望向曾经的同班同学，这户人家的小孙女思思。

初中肄业后，师公仔没跟老同学们多联系，但他打听到，思思读了高中，还考上了省里的重点大学，以后还打算考研究生。

丧礼进行到最后，有一项掷珓杯的仪式。

思思是族中幼女独孙，听闻逝者在世时，常抱怨没有男丁继承香米，待孙女不多疼爱。轮到思思上前跪拜，家人都认为必得跪上三四轮，方能得圣杯。没想，只一轮跪拜叩头，师公仔轻掷珓杯，落地为圣，众人松了口气，认为是思思的福报，最后终得老人宽爱疼惜。

思思亦感神奇，拾起玟杯交还师公仔时，认出了旧日同桌。师公仔一脸正经，事后也没有告诉她，师公的手底功夫到一定境界，想掷出哪种玟杯，都是随心所欲的事。

丧礼过后，思思与师公仔重新联系上，还将他拉入了同学群。不知是为了引起思思的注意，还是同龄人的关系，本来一副生人勿近模样的师公仔变得活跃热情起来，时不时在同学群中转发一些自己做法事跳舞唱经的视频，在群里引起不小的轰动，同学们猎奇之余都佩服起师公仔的本事。

"其实你应该去当个演员，能说会跳，记性又好！"思思开玩笑地发了一句。

说者无心，听者有意。此后，师公仔像变了个人似的，工作变得不再上心，而是整天摆弄些短视频，学网红们直播，上传各种各样的才艺。发展到最后，他居然跟父亲说，不想再当师公，想去继续进修读书。

父亲想不明白，问："干这活几次赚的钱，就能买部小汽车。现在大学毕业赚的都没有你多，何必折腾呢？"

师公仔不理会，打算将积攒下来的钱去报读演艺学校，跟思思在同一个城市。

"你有了钱，还怕没女人吗？"父亲仍劝说。

"我不是为爱情，我为了梦想！"师公仔斩钉截铁地答，"再说近年殡葬改革，老一辈走得多，后辈们都不喜欢繁杂仪式，或许是时候让咱家换一换行当了。"

师公没再言语，暑假过完，师公仔追随思思的步履，去了城里。

蔬果辉

饶城三角街市场有两家紧挨着的小店。

一家卖青菜,老板叫阿莫;一家卖水果,店主叫阿辉。阿莫与阿辉不是亲兄弟,但胜似亲兄弟。两人年纪相仿,都是差不多时间在三角街开铺。两家人互相关照,不是你帮我搬货,就是我帮你拉菜。今天阿莫送点青菜给阿辉,明天阿辉就会回赠些水果给阿莫。

阿辉的妻子有些意见,暗地里抱怨:"菜一斤才多少钱,水果可贵多了,拿青菜换水果,他可赚了。"

阿辉笑笑,没放在心上,说:"礼轻情意重,人家送的不是菜,是情义。"

青菜便宜是事实。饶城郊外多菜田农田,很多农人常挑些自家种的青菜进城贩卖,卖的人一多,阿莫的生意就不温不火了。

一天早上,阿辉像往常一样来店里,他发现隔壁的阿莫比以往都要早,正在店里忙着理货。

"来啦,兄弟。"阿辉热情地朝阿莫打招呼。

阿莫嘴里含糊地应了句,埋头干活。阿辉也店里店外忙碌起来。妻子送早餐过来,见到两个男人在闲聊,便悄悄拉过阿辉,指着阿莫的青菜店说:"隔壁也卖起水果了,你还有心情和人家说笑。"

阿辉一愣，伸出头看了眼阿莫的青菜店，发现靠近里面的架子上摆了十来个西瓜。纳闷儿间，他碰上阿莫的目光。阿莫有些难为情，说："这……是我乡下表叔种的，老人家……年纪大，卖瓜不方便，就放在我的店里卖，我……"

"没事，没事，没规定你不能卖西瓜。"

阿辉笑笑说："瓜得放出来，摆在里面谁看得到？还有，找一个最大最熟的，切开一片片摆在前面当样板，这样才能招揽顾客。"阿辉的妻子板着脸不说话。

在阿辉的帮助下，阿莫的西瓜卖出去一个又一个。可那堆西瓜源源不断，卖了又来，来了再卖，卖了大半个月。

阿莫尝到甜头，越来越觉得卖水果比卖青菜赚钱。他对阿辉说："青菜一般就卖半天，水果则不同，可以从早上卖到晚上，而且利润比青菜高多了。我想多进点水果……"阿辉不介意，反而热情指点他。

"多种经营，不错的主意。没事，你尽管做，饶城这么大，多一家水果店，照样能消化。"阿辉说。阿莫放手干起来，他把店里一半的店面改摆水果。阿辉妻子愤愤不满，言语间夹着怒气。

过了些日子，水果的生意并没有阿莫想象中好做，他进的水果价格比别人高不说，质量还没别家好。或许是饶城人觉得阿莫没义气，连好兄弟的饭碗都要抢，大家也很少去他的店买水果。

阿莫一生气，把青菜店全部改卖水果，还下血本打出优惠价格吸引顾客。

阿辉的生意多多少少受到影响，阿辉的妻子脸色如乌云密布。没过多久，阿辉把自家的水果店改成了青菜店。

"凡事都有个先来后到吧，明明是我们先卖水果的，没理由要让着他呀。"阿辉妻子生气地说道。

阿辉宽慰道："做生意就怕内耗，一斗价互压价注定两败俱伤。生意各做各，卖什么都一样。我没卖过青菜，觉得挺新鲜。"饶城人都夸阿辉大度仗义。

阿莫自觉理亏，没脸像以前一般与阿辉来往，阿辉倒没放在心上，自顾自做生意。阿辉受人尊重，青菜生意也搞得有声有色；而阿莫的为人遭人议论，水果生意过了促销期就一落千丈。可他不能一直贴钱维持人气，水果店经营不下去，阿莫彻底关门走人。

过了几天，阿莫闲置下来的店面被阿辉租了下来。

阿辉重回老本行，扩大店面，一边卖青菜一边卖水果。他曾想请阿莫回来帮忙，但阿莫妒忌阿辉生意好，逢人便说阿辉城府深。

关于传言，阿辉不辩解，继续做生意。此后，他在饶城多了个名号，人称蔬果辉。

《小小说月刊》2023年10月

老 焉

老焉，下午来我家，帮忙换个灯泡。秀儿对正在菜地里拔草的老焉喊道。

行咧！老焉头也不抬，耐心地薅着草。光听声音，他就知道是哪家的媳妇。

老焉，明天过来，帮俺家补下屋顶。青嫂说。

行咧！回去的路上，他又遇到青嫂。

等走到家门口时，寡妇刘婶已经等在门外，说自家从山上引下来的水管漏水，需要他马上去看看。

行咧！老焉放下工具，二话不说就跟着刘婶去修水管。到了寡妇家，刘婶站在院外帮忙，老焉进进出出，敲敲打打，没一会儿，就修好了水管，水都没喝一口，就转身回家。

他们之间没有多余的感谢，老焉也没有收钱，仿佛潜规则里就是老焉本分要干的活。虽然累，但老焉很乐意，毕竟他现在是村子里唯一能算得上男人的人。

老焉所在的山坑村距离饶城镇区有十几里山路。平日想外出，都得走上几公里山路，才能到达有汽车经过的公路边。山坑村是个小自然村，村里的成年男人都去珠三角打工或做生意，大一点的孩子在饶城寄宿读书，假期才回来。老焉左腿有点残疾，身材单薄，一直没娶亲，一直以来，他为了照顾生病的母亲，没离开过山坑村。去年，母亲病逝，他就一个人住在老屋里。

村里留守的女人们都戏称，老焉是村里最后的男人。所以，很多时候，需要干些女人做不了的活，都要麻烦他。老焉话不多，能帮忙都尽心帮忙。女人们偶尔会送自己做的糕点或自家男人的旧衣物作为答谢。

闲时，老焉扛着锄头在山头林间转悠，一转就半天，挖点山货竹笋，听鸟儿歌唱，累了躺在树下打个盹；要不就抽着最便宜的劣质烟，蹲在溪边的石头上发呆，一呆能呆半晌。种的粮食足够自己吃，没什么其他花费。日子过得平淡安静。

一个男人和一群女人的村庄，并没有发生什么特别的事情。

几个妇女一直想撮合老焉和寡妇刘婶，年纪大过老焉的刘婶看不上他，觉得他性子太窝囊，不像个男人。老焉沉默不语，仿佛女人们谈论的是另一个男人。

到了年底，外出的男人们陆陆续续回来，有人开着崭新的摩托车，有人则穿着跟城里人一样的时髦衣服。山坑村又热闹起来，炊烟袅袅，鞭炮味夹杂着烟草的味道，处处透着团聚的喜庆和欢愉。每到这个时候，老焉更感孤独。

男人们长期在外，和老焉少了许多共同语言。他们说的老焉听不懂，老焉说的他们不想听。最重要，老焉没钱，和他们玩不到一块儿。城里打工回来的男人抽的烟比老焉好，喝的酒比老焉好，回乡最多的娱乐，就是聚在一起打牌赌钱，花花绿绿的票子堆在桌上，看得老焉直发怵。

老焉极力想和男人们打好关系，融入圈子里。

这天晚上，老焉拎着两瓶烈酒和花生米来到祠堂，男人们围坐在桌子边，玩着炸金花，玩得正起兴。

来，喝酒！老焉招呼道。

男人们抬眼瞥了瞥，估计看不上老焉带的便宜酒，没有人回应。老焉闷闷坐下，靠在墙边自个儿喝起来，斜着眼瞅着男人们玩牌。

男人们有输有赢，说说笑笑。话题竟扯到城里的女人身上，一个说城里女人的腰就是细，走起路来跟水蛇一样；一个说城里女人的皮肤白，比自己婆娘嫩多了。众人听了，嘿嘿直乐。

老焉跟着干笑两声，随口插了句，刘寡妇的手也很白。

哟，老焉。寡妇的手你瞧过？

不止瞧过，我还摸过。老焉不知是喝多了，还是想人前吹牛。其实他就在刘寡妇给他递工具修水管的时候，不小心碰过人家的手。

怎么样？刘寡妇的手嫩吗？男人们嘴角带着戏谑，问。

老焉不答话，故作高深地喝着酒，脸上挂着浅笑，似乎在吊别人的胃口。

你倒是说呀，老焉。

这小子，艳福不浅啊。我们哥几个在外面累死累活赚钱，还不如人家待山沟里舒服。

瞧，他还穿了新鞋。有人嘲笑道。

对，衣服也不错。

另一位瞧出来了，老焉那一身半旧的衣服是自己不要的。就骂道，你从哪捡了我的旧衣服呀。

嫂子说你不合穿了，就送给我。老焉如实答道。

不合适，不合适……你也不能穿。男人朝老焉骂了句。

老焉嘴里嘟嘟囔囔，别人听不清他在说什么。

你还敢回嘴？男人骂。

有人喊：揍他，揍他一顿就老实了。妈的。

祠堂里响起板凳倒地、男人吼叫、惨叫的声音，但很快又恢复平静。

第二年开春，老焉背着铺盖，坐上了去外地的大巴，第一个离开了故乡，出外打工。

老林小林

　　饶城城西有一户普通人家，户主叫老林。四十多岁才得了个儿子，起名叫小林，宠爱得不行，天天捧在手心。

　　老林夫妻俩没读几年书，也没有其他手艺，更不会经商，只能出卖力气，在瓷作坊里上班。为了能多挣点钱，老林干的是里面最辛苦的"白地"工种，搬抬扛运，打包瓷器，一般男人干不了这种活，老林硬是扛了下来，练出一身的腱子肉，晒成古铜色的皮肤，站在那里如同古希腊的雕像，后背长期受到重力的压迫，略显佝偻。

　　儿子小林与老林截然相反，长得清秀瘦弱，皮肤白皙，跟戏文里唱到的富家公子一样。老林自己穿的不好，却给儿子买了最好的衣服和鞋子。等小林长到上学的年纪，妻子就辞了工，专心在家里煮饭带孩子。小林读书很争气，成绩常名列前茅，家里一面墙都贴满了从学校带回来的奖状。老林很开心，奖励儿子很多礼物，带他去城里吃昂贵的洋快餐。邻居们见了，背后劝他别把孩子纵坏了。老林却得意，说："这怎么能叫纵容呢？这叫奖励，叫爱。我自己吃差点没关系，孩子得过得富足。"

　　小林很争气，小学到初中，成绩都没落下。中专考上了省里的学校。三年时光过去，小林大变样。他在学校里看到城里同学各种炫富，心里的一点优越感荡然无存，渐渐无心学业，跟一帮纨绔子弟厮混在一起，只知道三不五时打电话回家里要钱。老林不明就里，只要儿子开口，以为儿子在城里开销多，或是学习需要，他次次满足，从没有怨言。有一次，还背着老婆偷偷到医院卖血换钱，寄给儿子。

临近毕业，儿子去考公务员，笔试成绩一塌糊涂，自然与铁饭碗绝缘。老林知道后，没有怪小林不争气，反而一个劲埋怨自己，怪自己没本事，没钱没势，没办法给儿子走后门拉关系，竞争不过别人。

老林想叫儿子回来饶城。小林不想在小城镇混一辈子，跟父亲要了一笔钱，说打算和同学们在城里创业。

钱汇过去，小林没打工也没创业，听朋友教唆把钱都投入到网络博彩里。一开始运气不错，居然让他赢了十多万。小林很高兴，换了新手机，过年回家乡炫耀，让老林脸上光彩不已，误以为小林真的事业有成。

谁知，过完年出去，短短一星期，就把赢回来的钱输了个精光。小林不知收敛，反而认为钱去得快来得也快，照样花天酒地，用身份证开了十几张信用卡，在网络信贷平台上不停套现透支，除了供日常开销和赌博，他还跟着别人去会所玩乐，和吧台小妹交往，未婚先当爹。伴随着一大沓银行催收账单和法院传票寄回饶城老家的，还有个刚满月的孙子，老林是又惊又喜。老林摸摸头，愣着原地想了许久，最终还是负担起抚养孙子的重任。

小林没脸回家，偶尔打电话回来，大多都是要钱。老林不知道儿子现在哪个城市生活，只知道每次的电话号码都不一样，归属地天南地北，每个省都有，感觉儿子如同过街老鼠。老林想帮儿子，可不知道如何帮起，也没能力帮儿子翻身。法院的通知已把儿子列入了老赖的黑名单，欠债的数额大到老林干一辈子都不可能赚得回来。

前天夜里，儿子突然来了个电话。电话里，小林似有悔意，痛心疾首，不停向父亲道歉，末了，有意无意说了接下来的打算，说想筹笔钱接手朋友的二手车，已经付了定金就差尾款。有了车，就可以跑运输干司机，或许能有转机，现在最大的问题就是缺少买车的钱。

老林听后心头一热，决定再扶儿子最后一把。

可惜自己年纪太大，没办法再卖血。两年前，他生了一场大病，在医院检查出有好几种基础病，医院已不再接受他的血液。

老林想了一夜，想到前几年有个老头在路上被车撞伤，车主赔了十几万块。他寻思着，如果能用这把老骨头也换回十几万，也是儿子的福气。

第二天一早，老林吃过饭，就急匆匆上路。

半天后，老林就倒在血泊中，迷迷糊糊看到车上下来一个熟悉的身影。那人惊恐地抱着他喊道："爸，你咋不看车，跑到路中间来呢？"

司机正是他的宝贝儿子，小林。小林开着那辆从朋友处借来的二手车，本想着假装风光，开回家演一场戏骗钱，没想到演的是生死离别的大戏。

漏　缝

阿鼎深呼一口气，拨通表哥的手机。

"老表，是我呀。"阿鼎的声调很亲切，说，"晚上来家里喝酒，顺便再帮忙瞧下屋顶……"

"正忙着呢，有空再说。"没等他说完，表哥那头不耐烦地挂掉了电话。阿鼎右手举着手机，愣在自家新居的门前，像一只年迈的鸭子，无奈又无力。

本来月底准备新居入伙，是件欢喜事。谁知却被天台的漏缝给弄得心神不宁。年初阿鼎贷了笔款，买下镇郊一块地皮来自建房子，一家人便不用再与父母挤在旧宅里。

饶城不大，建筑队却有好几支。阿鼎原本打算多花些钱，找有口碑的师傅来负责。乡下表姨不知从何处打听到风声，跑过来，支支吾吾说出来意：儿子今年不再帮人打工，跟妻子出来单干，拉起支建筑队，先考虑下他，绝对亲情价。

阿鼎一开始并不想让亲戚接手自家的工程，一担心表哥经验不足，手艺不行；二亲戚关系，面子上过不去，要讲价不好讲，做不好的还不好意思责骂。表哥发愁没生意上门，跟阿鼎软磨硬泡，好话说尽。为此，几年没上门的表哥竟还拎着礼物去家中看望母亲，见到阿鼎刚满月的儿子，爱不释手，抱在手里玩了好几回，比自己生的还要亲。阿鼎瞧在眼中，顾及血缘亲情，终于点头让表哥全权负责，来个开门红。

　　阿鼎平日要上班，装修队是自家亲戚，想来也放心。工程开始，便没怎么监督，只是退休的父亲不时过去帮忙。

　　一日下班，阿鼎发现父亲的脸色不对劲。一问之下，才得知装修队的诸多问题：市场统一价的泥沙，表哥替他们买材料，竟从中赚取高额差价；砖头以次充好，价钱却收足；装修工水平不一，出来的活好坏不定……

　　阿鼎专门请了半天假，带上条好烟，想跑去看下装修的进展，顺便犒劳下工人。还没进门，就听到屋内表哥两夫妻正在吵架。阿鼎躲在外边偷听一会儿，才弄明白表嫂在骂表哥，劝他看在亲戚分上，心不要太黑，稍微赚些便可。表哥却大骂嫂子妇人之见，生不吃熟不吃，拿什么给工人发工资？

　　阿鼎实在听不下去，弄出些动静进去。表哥一见故意装出惊喜的模样，欢迎主人前来检查。阿鼎上下转悠一圈，发现确实如父亲所说，除了一楼客厅装修得像样点，其他地方马马虎虎。

　　"如果整幢楼都能像客厅一样好就完美啦！"阿鼎说。

　　"都一样得花多长时间？就不是这个价啦，表弟。客厅来的人多，被人参观机会多，得弄好些。其他嘛……"表哥耸耸肩，挤出一脸坏笑。

　　阿鼎越听越生气，紧绷起脸。紧跟在表哥身后，监视他的一举一动。表哥正在铺地砖，听到阿鼎在身后指指点点，言语中带刺。为支开表弟，他嬉皮笑脸道："以前在别处干活，到了时间，主人家会弄些点心来当下午茶……"

　　阿鼎明白他的意思，为了让工程顺利完成，阿鼎忍气吞声去街市买回许多饺子面包来。刚放下点心，走出门口，就听到身后传来表哥的声音，向手底的工人，嘲笑表弟吝啬，买些便宜货来敷衍。

阿鼎无奈摇头。两人你盯我防，吵闹四个月，三层小楼勉强完工。表哥也不等主人验收完工，早早收队拍屁股走人。撤离的第二天，下了连夜的大雨。雨过天晴，阿鼎惊讶地发现三楼的一面墙壁居然满是水痕，反复查验之下，才弄明白是顶层的防水没做好，水浸过天台渗到楼下。

装修过房子的人都知道，最麻烦的事就是防水。一旦处理不好，出现水漏，都须耗费巨大精力来重工。表哥嘴上答应会处理，派了个小工来看过，再拖上个把星期后不了了之。

"你再不来。我就宣扬出去，说你的手艺不行。"阿鼎思前想后，再一次拨通表哥电话，下了最后通牒。

等啊等，等到新居门铃响起。阿鼎一开门，略带失望，来人不是表哥，而是表哥介绍来装木楼梯的木匠。表哥嫌木楼梯赚钱不多，才转手介绍给别人。过了一会儿，木匠刷完最后一道漆后，恭敬地请阿鼎验收。阿鼎看了一眼，十分满意。

"你人挺随和！并不像你表哥口中说得那般麻烦。"木匠笑道。

阿鼎一愣，猛然想起表哥之前的提醒，说木匠常欺生，如果认为你不懂行便会少做几道功夫，奉劝他验收时得拿着手电筒一寸寸地检查楼梯。

一想到表哥，阿鼎觉得头顶的漏缝似乎变得更大了。